マカエンセ文学への誘い

—ポルトガル人子孫によるマカオ二十世紀文学—

内藤理佳［訳］

Sophia University Press
上智大学出版

●扉写真

プライア・グランデ（南湾）1970年代
〔写真提供〕カルロス・ディアス

Praia Grande, década de 1970
Photo courtesy of Carlos Dias

はじめに――「マカエンセ文学」という世界

皆さんは、「マカエンセ」という人々のことを知っていますか?

十五世紀前半から、ヨーロッパの海洋帝国として隣国スペインとともに大航海時代の立役者となったポルトガルは、アフリカ最南端の喜望峰を越えてインドに到達、周辺のアジア諸国を支配下に置いたのち、次に、中国（明）との交易を目指しさらに航路を東に進めました。しかし、朝貢貿易しか認めない明との交渉は決裂。絹織物や陶磁器など、当時西洋では大変貴重とされた中国の産品を入手したいポルトガルは密貿易を余儀なくされました。中国大陸周辺のいくつかの島々を転々とした結果、彼らが拠点としたのが、現在中国広東省の南端に位置する小さな漁村であったマカオでした。

ポルトガルは、マカオ現地官吏に租借料、すなわち「家賃」にあたる地代を定期的に支払うことで定住を許可され、以後四世紀以上にわたって、マカオを、日本を含む極東との交易ならびにキリスト教布教活動の拠点としました。

大航海時代、ポルトガルは国策として現地婚を推奨していたため、ポルトガル領となった世界中の土地でポルトガル人男性と現地人女性の交婚によって多くの「混血」の子どもたちが生まれました。マカオもその例のひとつとして、来航するポルトガル人男性と、マカオ現地の中国人（漢人）女性、ならびにインドやマレーシアなど、マカオ以前にポルトガル人が支配下に置いた東南アジア出身の女性との間に多くの子孫が生まれました。こうして誕生した「マカオのポルトガル人子孫」を指すポルトガル語の名称が「マカエンセ」（macaense）です。

マカエンセは、マカオ人口の九割以上を占める中国人に対し、社会の少数派（エスニック・マイノリティ）でありながら、二十世紀最後の年まで植民地支配を継続したポルトガルの現地コミュニティと結びついて社会の中間層として機能し、一種の特権階級として一般中国人住民に比較して恵まれた生活と社会的ステイタスを享受したうえ、精神面においても「我々は東洋のポルトガル人である」というエリート意識を誇っていました。

実はポルトガルと中国がマカオの領土権について正式な国際条約を結んだのは一八八七年（葡清友好通商条約）のことで、ここにおいてようやくマカオはポルトガル領と認められました。しかし、二十世紀に入ると、中・ポ両国の歴史は何度となく転換期を迎え、その影響を受けてマカオもまた激動の時代を迎えます。中国では辛亥革命（一九一一）・中華民国成立（一九一二）・中華人民共和国成立（一九四九）に次いで文化大革命（一九六六）が起こり、ポルトガルでも王政の廃止と共和制への移行（一九一〇）・サラザール独裁体制（一九三二～七四）・民主革命（一九七四）によって独裁体制が終焉。植民地主義放棄とともに、マカオの立場も変化し、一九七九年、中国・ポルトガル両国間で正式な国交が結ばれると、「マカオはポルトガルの行政管理下にある中国領である」ことが両国間で確認され、さらに一九八七年の中葡共同声明により、その十二年後の一九九九年十二月二十日に、マカオが中国に返還されることが決定されました。

こうして二十世紀後半に連続して起こった政局の変化の中で、将来を憂慮するマカエンセの多くがマカオを離れ、ポルトガル語圏であるポルトガルとブラジル、英語圏のカナダ・オーストラリア・アメリカ合衆国などに移住していきました。その結果、現在、世界規模で数万人と推測されるマカエンセ人口のうち、マカオ在住者（約八千人、マカオ総人口の約一パーセント強）よりも、海外移民のほうが多数派となっています。

一九九九年十二月二十日、マカオは中国に返還され、香港と同様、中国特別行政区となりました。返還五十年後にあたる二〇四九年までは、一国二制度のもと、返還前と同様の社会体制の継続が約束されているものの、急激な中国化の波とともに、「ポルトガル人の子孫」としてのエスニック・アイデンティティのもとに集結していたマカエンセ・コミュニティの結束は次第に求心力を失ってきています。

特にマカエンセ・コミュニティの指導者たちが懸念しているのは、彼らの伝統文化の継承問題です。マカオという東洋と西洋が出会った地に生まれ、「東洋のポルトガル人」としてポルトガル式の教育を受けて育ち、ポルトガル式の生活をしていたマカエンセの人々は独特の文化を発展させてきました。もっともよく彼らの伝統文化を表しているのが祖母から母、母から娘へと世代を超えて伝えられてきた家庭料理と、「パトゥア語」もしくは「マキスタ」と呼ばれる言葉です。「パトゥア」

は「農村、田舎の言葉」を意味するフランス語を語源とし、「マキスタ」はポルトガル語で「マカオの言葉、ならびにそれを話す人々」を意味します。パトゥア語はポルトガル語の文法体系をベースとして、広東語・マレー語・コンカニ語（インド・ゴアで話されている言語）・タミル語など、実に十数種類もの言語の語彙を持つポルトガル語系クレオール語として、マカエンセ・コミュニティ内の話し言葉として継承されてきましたが、十九世紀後半、マカオがポルトガル領として認められいわゆる「正式な」ポルトガル語教育が普及するとともに、次第に「間違ったポルトガル語」とみなされ、話されなくなってしまいました。現在ではパトゥア語の話者はごくわずかの高齢者のみに限定され、ユネスコの消滅危機言語に指定されています。

しかし、四十～五十代以上のマカエンセたちを中心とした文化継承活動が実を結び、二〇一二年、パトゥア語（特に同言語による演劇活動）とマカエンセ伝統料理はマカオ無形文化遺産に登録されました。また、それを機に、二十世紀後半に輩出したマカエンセ作家・詩人・歴史家らによる文学作品が再評価され、マカオで版を重ねています。

本書では、その中から異なる特色を持った四名のマカエンセ作家を選び、代表的な作品を数点ずつご紹介します。第一章では、二十世紀のマカエンセ・コミュニティの重鎮の一人として、弁護士や教員としても活躍したエンリケ・デ・セナ・フェルナンデス（一九二三～二〇一〇）の作品から小説を二編、第二章では、女性ジャーナリストとして第二次世界大戦前後の激動の時代を駆け抜け、作家としてデビュー作を出版した直後に夭折したデオリンダ・ダ・コンセイサォン

（一九一三～一九五七）の短編小説を四編、第三章では中国広東地方の一部に属するマカオに伝わる伝説や歴史をポルトガル語で紹介したルイス・ゴンザガ・ゴメス（一九〇七～一九七六）のエッセイ風作品を六編、第四章では「アデー」の愛称で親しまれたジョゼ・ドス・サントス・フェレイラ（一九一九～一九九三）が残した数多くの詩篇の中から六編を選びました。これらのほとんどがポルトガル語で発表されたものですが、アデーの作品には、パトゥア語で書かれた詩も含まれています。

マカエンセの手による文学作品は、筆者が知る限り、これまで日本で紹介されたことはありません。マカオという中国広東文化の中でポルトガル人子孫として生まれ、ポルトガル語を母語として育ったマカエンセたちが育んできた独特の世界観を、本作品集を通して読み取っていただければ幸いです。

＊訳出にあたっては差別的表現を避けるようにしましたが、もともとの語のニュアンスを伝えるためにそれに類する語を使った箇所もあります。

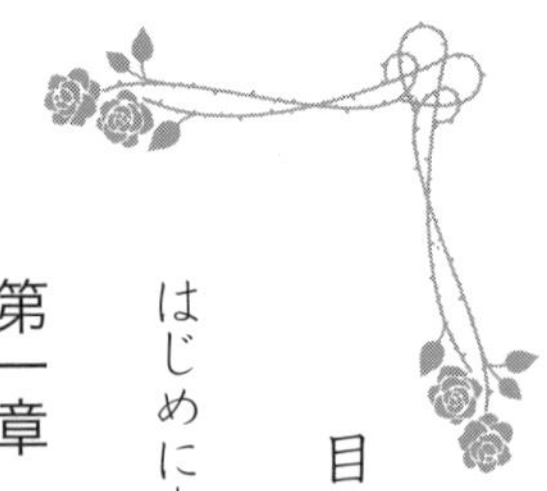

目次

1930～40年頃のマカオ

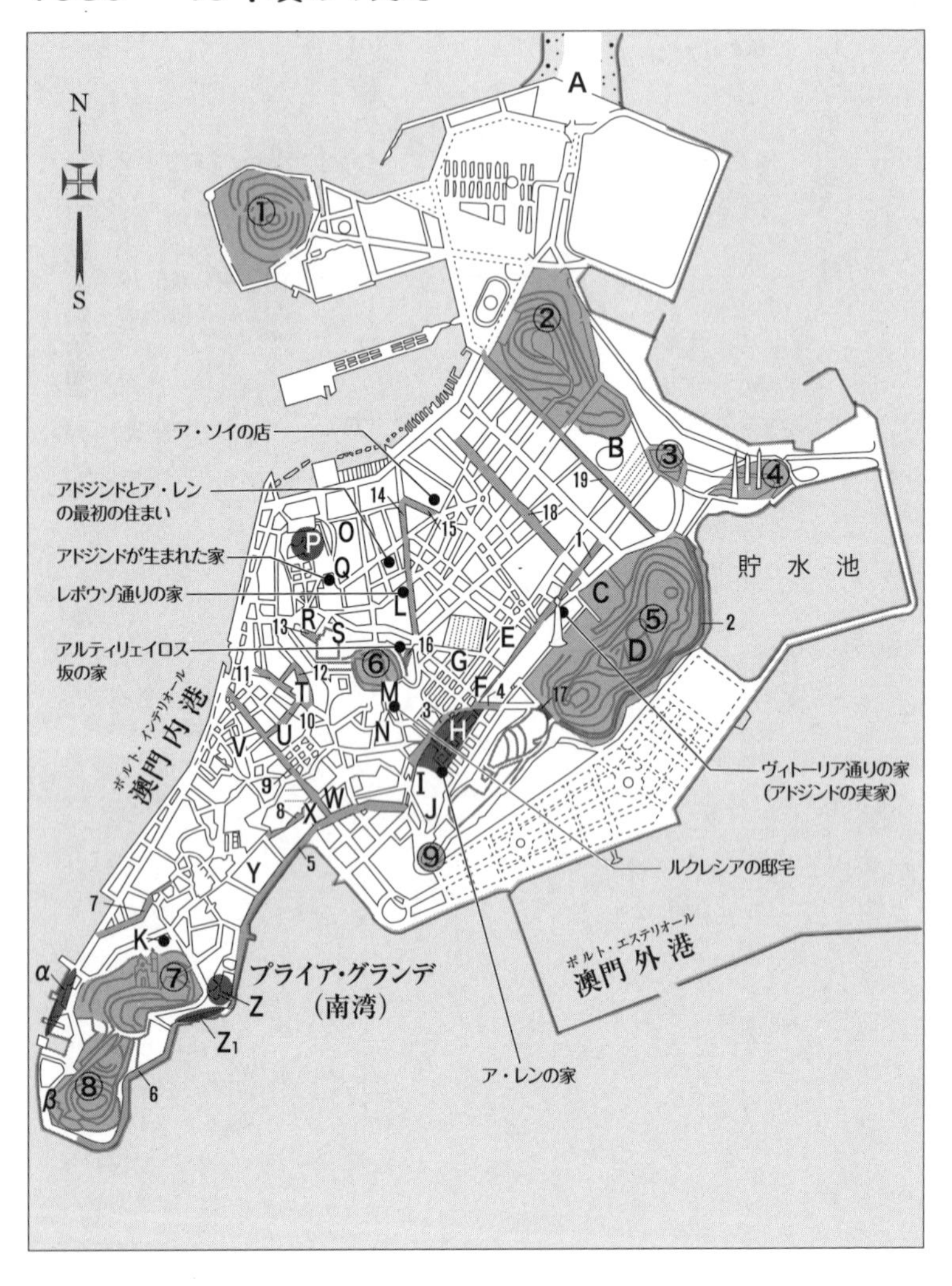

N
S
ア・ソイの店
アドジンドとア・レンの最初の住まい
アドジンドが生まれた家
レポウソ通りの家
アルティリェイロス坂の家
ヴィトーリア通りの家（アドジンドの実家）
ルクレシアの邸宅
ア・レンの家
貯水池
ポルト・インテリオール
澳門内港
ポルト・エステリオール
澳門外港
プライア・グランデ（南湾）

■地図中の地名

★通り

1　ヴィトーリア通り
2　カシーリャス通り
3　カンポ通り
4　ブランダオン通り
5　プライア・グランデ大通り
6　レプブリカ大通り
7　マンデュッコ海岸通り
8　セントラル通り
9　アルメイダ・リベイロ大通り
10　メルカドーレス通り
11　宿屋街（エスタラージェンス通り）
12　ノッサ・セニョーラ・ド・アンパーロ通り
13　サン・パウロ通り
14　レポウゾ通り
15　バルカ通り
16　アルティリェイロス坂
17　ガイオ通り
18　オルタ・イ・コスタ大通り
19　コロネル・メスキータ大通り

★丘、要塞

①　イーリャ・ヴェルデ
②　モン・ハー
③　モンターニャ・ルッサ
④　マリア二世
⑤　ギア
⑥　モンテ
⑦　ペーニャ
⑧　バーラ（聖ティアゴ・ダ・バーラ）
⑨　聖フランシスコ

★建物、公園、地区

A　ポルタス・ド・セルコ（中国側とのボーダーゲート）
B　観音堂
C　フローラ地区
D　ギア灯台
E　カンパル地区（タップ・セアック）
F　ヴァスコ・ダ・ガマ公園
G　聖ラザロ教会
H　雀仔園地区
I　聖ローザ・ダ・リマ神学校
J　聖フランシスコ公園
K　リラウ広場
L　鏡湖医院
M　バイショ・モンテ地区
N　聖ラファエル病院
O　パターネ広場
P　カモンイス公園
Q　ラルゴ・デ・カモンイス（カモンイス広場）
R　聖アントニオ教会
S　聖パウロ天主堂跡
T　ジャネーラス・ヴェルデス地区
U　プレジデントホテル
V　佛笑楼（ポルトガル料理レストラン）
W　大西洋銀行
X　リヴィエラホテル
Y　官庁街
Z　ベラ・ヴィスタホテル
Z_1　ボン・パルト地区
α　バーラ地区
β　媽閣廟（バーラ寺）・バーラ広場

マカオ周辺の島々（1960年頃）

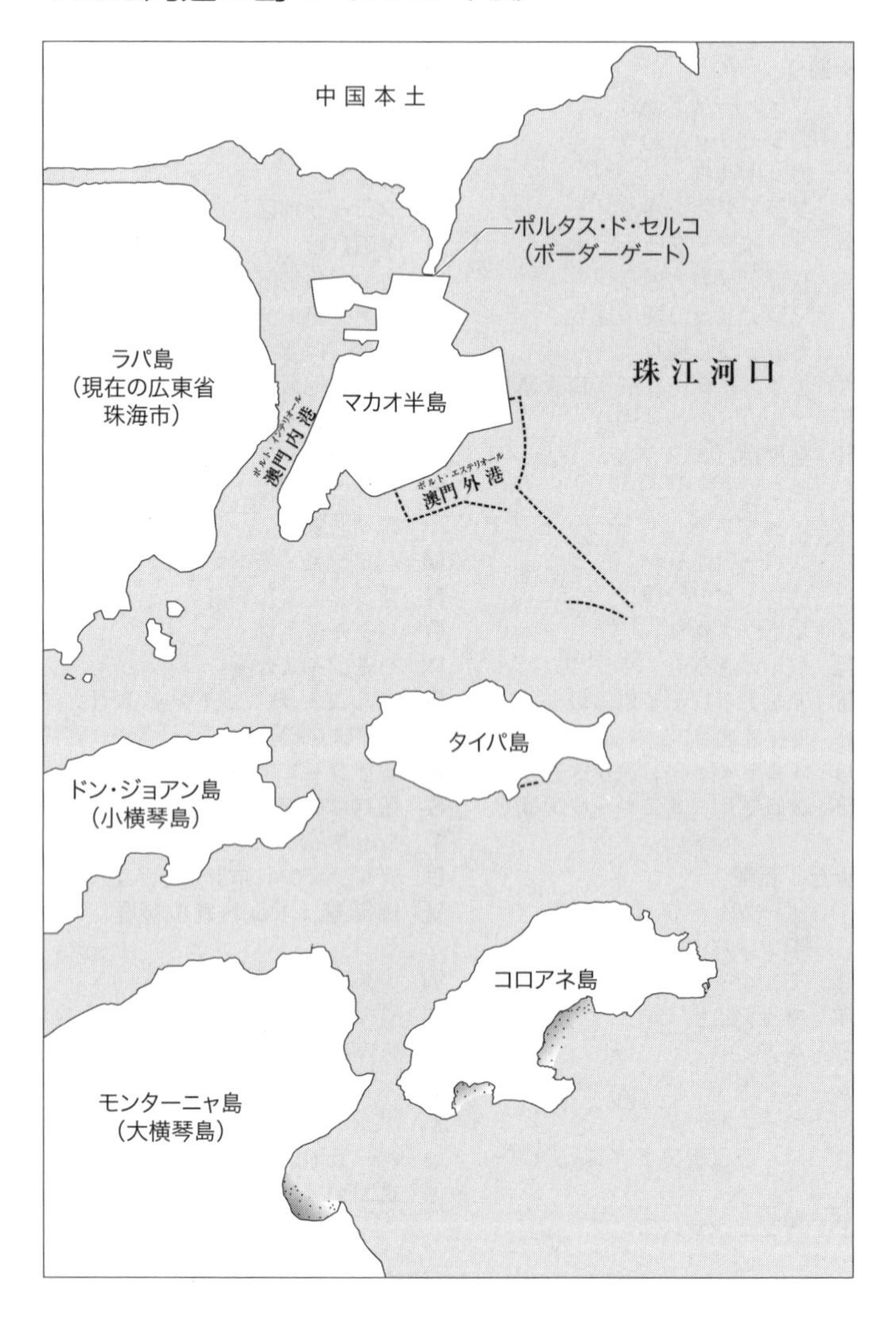

第一章

エンリケ・デ・セナ・フェルナンデス

Henrique de Senna Fernandes

エンリケ・デ・セナ・フェルナンデス
Henrique de Senna Fernandes
(1923–2010)

一九二三年、由緒あるマカエンセ・ファミリーであるセナ・フェルナンデス家に、十二人の兄弟姉妹の次男としてマカオに生まれる。高等学校卒業後、戦時中の混乱期を経て、一九四六年、ポルトガル・コインブラ大学法学部に進学、同時に執筆活動を開始。在学中の一九五〇年、初めての小説『ア・チャン、舟渡しの女』が学内の文学賞を受賞。

一九五四年、八年間にわたるポルトガル留学からマカオに戻り、弁護士事務所を開設。同時にペドロ・ノラスコ・ダ・シルヴァ商業学校の教員となり、その後校長に就任。また、マカオのポルトガル語新聞「ア・ヴォス・デ・マカオ（マカオの声）」「ノーティシアス・デ・マカオ（マカオ・ニュース）」「オ・クラリン（集合ラッパ）」「マカオ・ガゼッタ」や、ポルトガル語雑誌「オ・モザイコ（モザイク）」「レヴィスタ・デ・クルトューラ（文化雑誌）」などに多数の記事を執筆。また、マカエンセ教育推進協会（Associação Promotora da Instrução dos Macaenses）をはじめとする複数のマカエンセ関連協会・団体の会長・役員を歴任、多岐にわたる活動でマカエンセ・コミュニティを率いる人物として活躍した。ポルトガルとマカオから五回にわたり叙勲され、マカオの二つの大学の名誉博士号も授与された。二〇一〇年、八十七歳の誕生日直前にマカオにて死去。

私生活では、香港出身の中国人の妻との間に七人の子に恵まれ、そのほとんどがマカオ在住。なかでも長男ミゲル・デ・セナ・フェルナンデスは父と同じ道を選び、ポルトガルの大学で法学を学んだあと、マカオで弁護士として活躍しながらマカエンセ協会(Associação dos Macaenses)会長を務め、マカエンセ・コミュニティのリーダーの一人として活躍している。

「マカエンセ文学の父」として知られるエンリケ・デ・セナ・フェルナンデスは、生涯作品を書き続けた。主な作品に、第一作『ア・チャン、舟渡しの女』が収められている作品集『南湾―マカオの物語』Nam Van-Contos de Macau(一九七七)、『愛と足の指』Amor e Dedinhos de Pé(一九八六)、『魅惑的な三つ編みの娘』A Trança Feiticeira(一九九三)、作品集『モン・ハーの砦』Mong-Há(一九九八)、『痛み』Os dores(生前未発表、二〇一二)などがある。作品の多くは一九三〇~五〇年代のマカオを舞台とし、社会を構成する三つのコミュニティ、すなわちポルトガル人・マカエンセ・中国人の間の複雑な人間関係、特に社会階層の違いから実らぬ男と女の恋愛を描いている。

写真1　弟エドムンドと（10歳ごろ、1930年代）

写真2　ポルトガル留学数か月前のセナ・デ・フェルナンデス一家（後列左から5番目、1946年ごろ）

写真４　香港出身の妻と
（1960年代前半）

写真３　ポルトガル・コインブラ大学
留学時代（1950年代初期）

写真５　家族写真（1960年代後半）

写真6　教室で生徒たちと（1960年ごろ）

写真8　長男のミゲル（左）と

写真7　晩年のエンリケ

【写真掲載元】

写真1, 2, 3, 6　*Revista de Cultura International Edition* No.38 April 2011, Macau: Instituto Cultural.　より転載

写真4, 5　Lúcia Lemos and Jing Ming Yao（2004）*Fragmentos – o Olhar de Henrique de Senna Fernandes*, Macau: Instituto Internacional de Macau / Fundação Jorge Álvares.　より転載

写真7, 8, プロフィール欄顔写真（p. 2）　ミゲル・デ・セナ・フェルナンデス

※すべての写真は長男ミゲル・デ・セナ・フェルナンデス より掲載許可取得。
All photographs are reproduced by courtesy of Miguel de Senna Fernandes.

ア・チャン、舟渡しの女

【一九五〇年、作者がポルトガル・コインブラ大学留学中に執筆した作品。舞台は一九三〇年代、ポルトガルから兵役により植民地マカオに派遣された若い水夫マヌエルと、貧しい中国人娘ア・チャンとの出会いと別れの物語である。ア・チャンは当時のマカオ社会の最貧層である水上居民で、タンカと呼ばれる渡し船（次頁写真参照）の漕ぎ手（タンカレイラ）として必死に働く娘だった。当時、植民地支配を受けていた土地で、本国から派遣されて一時的に滞在する男性が、慰みの相手として接触した現地女性を身ごもらせるという図式は世界中に存在していた。国策として現地婚を奨励したポルトガルの植民地マカオでは、ポルトガル人男性が現地女性をめとってその地に根付き、「マカエンセ・ファミリー」を形成した例もあったが、おそらく女性を捨てて帰国する例が大多数を占めただろう。その中で、何も告げずに妊娠した女性を見捨てていく者や、本作のように生まれ

た子どもを母親から引き離して本国に連れて帰った者など、さまざまな例があったようだ。

一八八七年にポルトガル領となってから、マカオのポルトガル語学校ではポルトガルと同様の教育内容が実施され、マカエンセの子女たちは「東洋のポルトガル人」としてのアイデンティティを強く持っていたが、そのいっぽう、ポルトガル国内では、マカオの歴史やマカエンセの存在などに関する教育はまったく行われていなかった。一九八〇年代初頭まで大学教育設備がなかったマカオでは、高等学校を卒業後、ポルトガルの大学に進学することがエリートコースの最たるものであり、名家に生まれ育ったエンリケ・デ・セナ・フェルナンデスもその道を選んだ。ポルトガルの名門コインブラ大学在学中に発表した本作品が、学内の文芸賞（フィアーリョ・デ・アルメイダ賞）を受賞したのは、マカオという土地とそこに住む人々についてまったく情報を持ち合わせなかった当時のポルトガルにおいて、多くの衝撃を審査員ならびに読者に与えた結果であるだろう。】

タンカ（1950年ごろ）
Tanke, embarcação típica da paisagem costeira de Macau（c.1950）
〔写真転載〕Jorge Santos Alves and Rui Simões (2016) *Macau-Roteiros de Uma Cidade Aberta*, Lisboa: Instituto Internacional de Macau, p. 33.

一

ア・チャンはマカオ生まれではなかった。幼少時代の記憶はおぼろで、珠光デルタ(ジューゴン)(注一)のどこか、暗く、打ち捨てられたような村に住んでいたこと以外に、ほとんど思い出らしい思い出は残っていない。覚えている情景といえば、黄色い沃地で食べたものを反芻している水牛や、身を屈めて不毛の土地を耕している人々(たぶん身内の者だろう)の姿や、丘の上の仏塔で頭の禿げた仏僧たちが沈痛な面持ちで儀式をとりおこなっている場面ぐらいだ。

ア・チャンはひどい干ばつが村を襲った年に、親に密かに売られた。そして六年の間、さまざまな人の手に渡り、最後に、石岐(セッケイ)(注二)の裕福な女から、川に住むある老婆に売られたのだった。老婆はタンカレイラ、すなわち岸から岸へと人や物を運ぶ小さな渡し舟(タンカ)の船頭として働く女だった(注三)。

当時、それほど安い値段でムイチャイ(女奴隷)を手に入れることはできなかったので、年老いたタンカレイラにとって、ア・チャンはもうけものだった。いっぽう、ア・チャンにとっても、その女主人に買われたことは神様からの贈り物のようにありがたいことだった。女主人は、珠江デルタの端に位置するポルトガル人たちの住む白い街へ彼女を連れて行き、ある川の片隅で働かせた。そこが澳門内港(ポルト・インテリオール)(注四)だったのである。

駆け出しのタンカレイラとして働き始めたころ、貧相な体格だったア・チャンにとって舟渡しの仕事は大変で、最初はへとへとに疲れはててしまった。しかし、健康な体に恵まれていたおかげで仕事にも慣れ、彼女はその後、波瀾に富んだ人生を歩むことになる。

女主人は彼女につらく当たり、体をひどく叩かれることもしばしばだった。それでも、その前にいた大金持ちの邸宅で、下女としてこきつかわれていたときと比べればずっとましだったし、生活は新しい体験の連続だった。

数か月間は半人前だったが、すぐにタンカレイラの仕事を覚えた。川をとめどもなくさまよう小舟をしっかりと操り、急な流れに抗ったり、皆が驚くほどの身軽さで、進路を邪魔する他の小舟を避けたりすることもできるようになった。貨物や人をたくさん載せた舟を漕ぐ彼女を見て、彼女が誰も知らない村から来た奴隷であることや、打算的ではあるけれど、実は優しいところもある老婆に売られた娘であるということなど、きっと誰も思いもしていなかったことだろう。

川で暮らす生活はけっして楽なものではなかった。その日の糧を得るだけで精いっぱいで、あまりの辛さに涙がこぼれることもよくあった。タンカで働く女たちはみな、仕事の辛さを身に染みて知っていた。ア・チャンは、舟渡しの仕事も老婆のこともけっして好きではなかったけれど、その前の下女の仕事に比べれば、今のほうがずっとましだ、と思い直すのだった。

周囲の女たちは、最初のうちア・チャンをよそ者として扱っていたが、次第に仲間として受け入れてくれるようになった。彼女は陰口の対象になるような娘ではなかったし、仲間の女たちが困っているときにはできる限り助けようと努力したので、最後には女たちの信頼を勝ち取り、友情が生まれた。

ア・チャンは口数も笑顔も少ない娘だったが、従順で、自分の境遇を嘆いたり泣き言を言ったりすることもなかったので、老婆には気に入られていた。ア・チャンは、静かな夜ふけには、いつも仲間の女たちと一緒に道端にしゃがんで座り、女たちが語る、乙女やら兵士やら龍やらが出てくる物語や、誰かの陰口や、恋の打ち明け話などに聞き入った。

意外なことに、老婆はうっとりするような物語を語ってくれることがあった。遠い昔、川での生活がもっと楽だった少女のころ、正月や中秋節（注五）の祝い事に少しばかりの銅貨を手にすることができたことを思い出しながら語るとき、老婆のいつものしゃがれ声はまるで若い娘のような甘ったるい声に変わったものだった。この老婆は何と物知りだったことだろう！ 風邪を治す薬のことから、悪魔を追い払うための粉や悪魔祓いの儀式のことまで、何から何まで知っているかのようだった。

こうして何年も何年も、何も変わらないまま、働きづめの生活が続いた。ア・チャンは二十年もの間、汚れた海水や、港の独特のにおいや、引き潮の泥から逃れることはできなかった。そして、ときどき陸に上がると、すぐに「悪魔のような異国人」たちに出くわすことが恐ろしかった。

ある秋の晴れた朝、老婆は海で起こったひどい事故に巻き込まれて死んだ。ア・チャンは彼女のいまわの際の願いを忠実に聞き入れ、立派な葬式を出した。僧侶たちが儀式のためにやって来て、老婆の友人たちや泣き女たちが死を嘆き、数日の間、タンカレイラたちはその小さな世界の中で、老婆の哀しい死を悼んだ。老婆はきっとあの世で、ラパ島（注六）の丘の頂上で、自分の家族と一緒になって安らかな眠りについたことだろう。

葬儀が終わると、何もかも前と同じ生活が戻ってきた。ア・チャンは奴隷の立場からようやく解放されただけでなく、老婆の遺した財産を継いだ。その金額は、ア・チャンが今まで老婆に尽くしてきた功労に十分見合った額だった。しかし、彼女は以前と同様、女主人の守ってきた伝統に従って、謙虚に仕事に打ち込み続けた。そして今では、気の合う女友達のア・リンと一緒に働くようになっていた。

そのころ、次第に戦争がマカオの街を脅かすようになった。ア・チャンは怯えたが、すぐに気を取り直した。生き延びたいのなら、働かねばならないからだ。しかし、その日の糧を得ることがこんなにも難しく、厳しい空腹を抱えることはそれまでなかった。マカオで幅を利かせる日本人のせいで（注七）商売は減ってゆき、一枚の銅貨すら手にすることができない日もあった。ア・チャンの心もいつのまにかすさんでいき、かつて朗らかで幸せだった街にあふれる貧者たち（注八）が餓えや事故で死に、黒い布をかけられ打ち捨てられている場面を見ても何も感じなくなってしまっていた。ようやく一握りの米を手に入れると、誰とも分かち合うことなくむさぼるように食べた。

彼女の日々はいつまでも、変わらなかったことだろう。もしあの偶然の出来事が、彼女の小さな世界を変えることがなかったなら。

あるどんよりとした夏の午後、砲艦マカオ号の近くで舟を漕いでいると、ひとりの外国人水夫が彼女に対して何かを叫んだ。へたくそな中国語で彼女に陸まで乗せて行ってほしいと頼んでいた。彼の言っていることを理解するのは難しくなかったが、びっくりするほど大柄な金髪の男を舟に乗せるのは少し不安で、何秒かためらった。けれど、たくさんの水夫たちを知っていることを自慢していた仲間のア・リンが、その頼みに応じるようにほのめかした。

それまで、老婆がいつも「腐った奴ら」と呼んでいた異国人と接触したことは、一度もなかった。彼らのことを岸辺や、汽艇や、タグボートや、埠頭で見かけたことはあった。でも、化け物のような悪魔たちをいつも避けてきたし、ア・リンが、そんな奴らのことを性格が良くて愛想もいい人間だと言うのをまともにとりあわずにいた。しかし今、奇妙なことに、そのひとりを前にして、自分の小舟に乗せてやらねばならないという気持ちになったのだった。水夫は相変わらず人懐っこい笑顔で、身振り手振りを続けている。それを断るのは胸が痛み、おずおずと男を舟に乗せた。

そのとき水夫は、沖に停留している船から陸に渡るために、何の深い意味もなく彼女に舟に乗せてくれるよう頼んだのだった。ア・チャンのほうも、支払いを請求すると汚い言葉を投げつける奴らもいる中で、水夫がチップをたっぷり渡してくれたうえに優しく話しかけてきたので、断らずに男の頼みを聞いてやったのだった。

それからしばらく過ぎた、ある夜のことだった。月が古い街並みに銀色の光のしぶきを降り注ぎ、海の音が聞こえる美しい夜だった。あの男が物憂げな、そして悲痛な面持ちで突然やって来て、小舟の中で眠ろうとしていたア・チャンを狼狽させた。しかしア・チャンは抗わず、渡し板をしまい、綱をほどいて、舟を川に出した。そのときになって、仕事仲間のア・リンが女友達と遊びに行ったことを思い出した。

舟には木製の天井がついていたが、その隙間から、星がきらめく空の一部が見えていた。川からは、船上に暮らす人々のたてる静かな寝息が聞こえていた。水上に浮かぶ大小の船に海水があたる音や、露天商の哀しげな声が聞こえていた。二胡（注九）や笛が奏でる嘆きのような音がかすかに響き、歓楽街からは、さえずるような美しい女の歌声が聞こえていた。

水夫は何かに傷つき、憂鬱になり、悲痛な姿でやって来たのだった。彼はア・チャンをじっと見つめ、彼女に癒しを感じた。彼女は卑しく暗い女だったが、何よりもそのとき、ひとりの女であったのだ。

舟のオールがたてる水音、星空に浮かぶア・チャンの姿、舟の暗がりの中にいる哀しげな水夫の姿……こうして時は過ぎていった。

砲艦の近くに来ると、彼は身を起こし、彼女に沖に出るように命じた。タンカレイラは困惑した様子で彼を見たが、そのいっぽうで弱さが彼女の身体を支配し、一言も口にすることなく、彼に従った。小舟は遠くに進路を取って進み、月の白い光の中に消えていった。

夏の魔法のような、マカオの夜がふけていった。

二

舟が埠頭に戻って来たときはもう夜明けだった。どこかで鶏が時を作るのが聞こえた。夏の青空の静けさの中で、街はまどろんでいた。ジャンク船（注十）の出発にはまだ早い時間だった。消えつつある星の光のもとで、入り組んだ島の形の輪郭がよりはっきりと見えるようになっていた。

こうして自然に、不安もないまま、水夫は彼女の人生に入り込んできたのだった。ア・チャンは彼に「背高のっぽ」というあだ名をつけた。実際、面と向かって彼をそう呼ぶことはなかったけれど。最初のうち、仲間の女たちはア・チャンのふるまいに対し、頭をふって悪口を言ったが、次第に慣れて、彼をア・チャンの男だとみなすようになった。ふたりがこれからずっと、一緒に生きていくはずがないことはわかっていた。それどころか、異国人の水夫が舟渡しの女に手を出すことなど日常茶飯事だった。だから、誰も大騒ぎはしなかった。こうして毎晩、ア・リンは隣の舟に飛び移り、女友達を邪魔しないようにしてやったのだった。

水夫は休日のすべてをア・チャンのために捧げたわけではなく、顔を見せない日もあった。しかし、一週間をあけずに必ず川にやって来ては、彼女をその腕に抱いた。ア・チャンもそれ以上を期待せず、彼

が望むときに抱かれるだけで満足していた。もし彼と出会わなければ男を知ることはなかっただろうし、こんなにもうっとりとさせられる感情に目覚めることもなかっただろう。彼女はかつて、老婆に鞭打たれ紫色のあざだらけになったときのように、従順と服従をもって男にその身を任せた。こんなにも大らかに受け入れてはならないとわかってはいながら、わずかに抗うことすらもできなかった。

船乗りが皆そうであるように、彼にもまた、自分以外に複数の女がいるのは確かだった。しかし、嫉妬が彼女を苦しめることはなかった。なぜなら妾を囲うことや、重婚は当たり前のことだったからだ。すべてが彼女にとっては自然なことだった。それどころか、彼の愛を分け合う女たちの中に自分が入っていることを、心の底から誇りに思うほどだった。

水夫の名前はマヌエルといい、これまで世界中の海を渡ってきた男だった。アフリカの巡航船に乗り、熱帯の暑さや凪の中で、常に冒険や海を求め続けていた。その後、マカオにやって来て、現地海兵隊に配属され、何年間か、異国情緒あふれるマカオの街の生活を楽しんでいた。そして、まさに兵役が終わろうとするころ、戦争が爆音とともに始まり、彼を恐怖に陥れた。

そして、海は彼に妄想を抱かせた。これまで渡り歩いた、アフリカにもインドにも極東にも、腰を据えて留まりたいと思える場所はなかった。大西洋の素晴らしい景色が見渡せる、生まれ故郷のポルトガルの海辺の町ですらそうだった。しかし、今、危険な任務に就く前に、もう一度故郷を見たいと思うようになっていた。さらに、かつて自分同様、家を出て行ってしまった姉とも久しぶりに再会し、仲直りをしたいと思っていた。

悲痛なほどの郷愁にとらわれ、閉塞した状況が彼を苦しめ、心は海への思いでいっぱいになった。友人たちは、なぜ彼がうつ状態から抜け出すことも、戦争という現実に向き合うこともできないのか、不思議に思うばかりだった。混乱を極める状況の中で、マヌエルは同僚たちとの関係や、日々の業務や、街での生活や、毎日の楽しみなど、どんなことも考えることができなくなってしまった。

ひとりで出かけては、ぼんやりとペーニャの丘を眺めたり、荘厳なラパ島の後ろに隠れゆく空を眺めたり、ぴちぴち跳ねる魚をいっぱいに積んだジャンク船が疲れたようにゆっくりと帰港するのをじっと見たりする日が続いた。ギアの丘に生えているマツ林の、かさかさという音が何かを思い出させ、心をくすぐった。マリア二世展望台から地平線を見渡し、かなたに見える島々と、緑の服を着た海兵隊を見守ることもあった。カモンイス公園では、木々の葉がたてる静かな音に聞きいった。バラック小屋が建っているボン・パルト地区の曲がり角で、無数のボラが銀色にきらめく網を漁師が引き上げているのを午後中眺めて過ごすこともあった。また、緑あふれるカンパル地区で、召使の女たちが見守る中、走り回っているタップ・セアック街の子どもたちと遊んだりすることもあった。カシーリャス通りや、モンターニャ・ルッサの丘や、イーリャ・ヴェルデ地区にも足を運んだ。かつて本国から「神の御名の街」（注十一）と名付けられた街の隅々にある、静かで美しい場所は、彼の苦しみに癒しを与えようとしているかのように見えた。

それなのに、自分をこんなにも親しく受け入れ、人生の最良の数年間を与えてくれた、「聖なる神の街、神に祝福された街」マカオの地を正当に評価できないことが、彼の心を苦しめた。彼は、まるで永遠の命を持つ人魚に捕らわれているかのように、海に心を奪われていたのだ。その彼を誰が責めることができただろうか?

次第に、彼は騒がしい大通りをぶらつくようになり、外国人向けのキャバレーや戦争難民たちの集会に入りびたり、女たちが愛を売る路地で自分を見失っていった。それは、心がすさみ、本来持っていた美しい感情も失われていった日々だった。

三

ア・チャンが彼の人生に関わるようになったとき、自分の苦しみや嫌悪感を少しばかり和らげてくれる他の女たちと比べて、彼女を良く扱うことも、またひどく扱うこともなかった。彼女のことを慰めの対象として以上に考えることはなかった。しかしまもなく、彼女には、そばにいたいと思わせるような素晴らしい魅力があることに気づいた。その理由は、彼女が美しかったからではなかった。むしろ、彼女は醜かった。やつれて日に焼けた顔には、苦しみの烙印を押された人間のあきらめの表情が浮かんでいた。眼は細く、斜視で、鼻は低く形も悪かった。彼女はまさに醜い女だった。しかし彼女は、従順な奴隷のような、優しい表情を持っていた。

水夫は世界中を航海しながら、さまざまな人種の女たちと親しくなり、神秘の宝庫である東洋では、いかほどの値段で娼婦を買えるのかを知っていた。しかし、ア・チャンは売春婦に対する感情を彼に与えることはなかった。なぜなら彼女は、深い思いやりと、優しさと、穏やかさと、人の心を動かすような何かを持っていたからだ。

水夫は貧しさが奥深くまでしみ込んだような、売春宿の堕落した雰囲気にうんざりしていた。彼は愛を売る地区の「花」たちの決まりきった微笑みや、機械的な愛撫や、戦争がもたらす厳しい貧しさに耐えられなくなっていた。戦争は破壊と流血だけではなく、街の冷たいアーケードで飢えのために毎日のように死んでいく何千人もの人々や、逃げ場のない貧しさのうえにはびこる病気や、飢えた両親に売られた娘や子どもたちが体を売るような悲劇をもたらしていた。

ア・チャンは、無欲な献身で彼に平穏をもたらした。彼は、相手に何も求めない、女らしい従順な愛に衝撃を受け、何も言わずに尽くしてくれる彼女の姿に癒された。彼女のかたわらで、きらめく星々、マカオの夜景、青い夜の底で見る夢に溶けていくペーニャとバーラの街並みを眺めているのが好きだった。

彼女は醜く、無学で、川に束縛される日々をただただ過ごしていた。けれど、その東洋の瞳は、海を思う水夫への大きな優しさを隠すことはなかった。彼に対する微笑みや、茶碗の渡し方や、タコのできたざらざらした指で水夫の金髪を親しげになでたりするしぐさが、彼の心を揺り動かした。彼らはほとんど言葉を交わさず、言葉よりもジェスチャーでお互いを理解し合っていた。しかし何より彼に充分な満足をもたらしてくれたのは、彼が瞑想にふけるのをじゃましないように、彼女が小舟の隅で消え入るようにして作ってくれている静寂だった。

戦争は終わることなく続いていたが、何か月か経つうちに、日本の戦況は明らかに悪くなっていった。マカオには絶え間なく、他の地域から追放された者や、運から見放された者たちが、泊まる場所と安全を求めてやって来た。大陸中の村落から逃げてくる難民たちはきわめて貧しかったが、それに対して、戦争で財を成した成金たちや、中立の旗の陰で密貿易をおこなう日本人たちがはびこり、街には富める者と貧しい者がくっきりと対照を成していた。

明るい月光が街を照らすある夜、「神の御名の街」マカオの上空にアメリカ軍の爆撃機が飛び、近いうちに大陸の戦略拠点が破壊されることが予測された。その不吉な低音は無防備なマカオの住民たちを悩ませ、傷ついた人々の口は祈りの言葉をつぶやいた。爆撃機のうつろな音に水夫の心は悩まされた。すぐ近くに死がうろつきまわっているように感じた。街を大量のがれきに変えてしまうのには、あの兵器がひとつあれば十分だった。戦争の終焉はそんなに遠くない先のように思われる今、死にたくない、と水夫は思った。

いっぽう、ア・チャンもまた死への恐れを抱きながら、その思いを、汚れた川の水に浮かぶ、たった三枚の板から作られた、日々の糧を得るための道具である小舟の中にしまいこんでいた。周囲に苦しんでいる者はたくさんいた。川に住んでいるからといって、戦争の悲劇から逃れられるわけではなかったが、何も持たない者の涙や叫び声のうえに、彼女の生活を支える小舟があるのも確かだった。

ふたりは絶望的に抱き合った。彼は、自らの近くに迫り来る死を恐れて。彼女は、ただただ小舟のことを考えて。錯乱した世界の中で、やみくもに抱擁することが、救いと心の平安をもたらしてくれるかのように。

そして、爆撃機の爆音と振動が静寂を破ったある夜、彼女は疑う余地のない新しい出来事を知った。子どもを身ごもったのだった。あの金髪で青い目の、自分をこんなにも優しく扱ってくれる男の子どもを。今までになかった、驚くべき感情が彼女の中に生まれた。何かはっきりしない、それでいて同時に有頂天になるような気持ちが。しかし彼女は口をつぐんだ。突然の恥ずかしさや、避妊する方法を知らなかったことを彼が怒るのではないかという子どもっぽい恐れに、刺されるような心の痛みを感じたからだ。

四

それからわずか数週間後、水夫はいきなり姿を見せなくなった。来なくなった最初の夜、男を待っている間、ア・チャンは夜明けの光が差すまで一睡もせずにいた。胸が締めつけられ、不安だったが、彼を赦した。それから幾晩もの間、彼をむなしく待った。「背高のっぽ」は姿を消してしまった。何の説明もなく。がっくりと気落ちし、目の前が真っ暗になった。寺の柱に頭をこすりつけて神々に願掛けをしたり、線香に火をともしたり、女占い師に見てもらったりもした。ほんの一瞬だけ、激しい怒りが彼女の血の気のない顔に浮かんだ。しかし結局、彼女の血の中には、長い年月にわたって男や夫の気まぐれに隷属してきた中国人女性の宿命が流れていた。もし「背高のっぽ」がもう来なければ、それは、他の女のところに行ってしまったということを意味していた。それが神々のおぼしめしなら、抗うことはできなかった。悔し涙を飲み込み、いつも男の言いなりになっていた彼女の態度を批判する仲間の女たちの言葉にも耐えた。

彼にもらったものは、一枚の櫛、いくつかの安物のひすいの腕輪、半ダースのハンカチーフ、中国服を作るための黒い布など、けっして高価とは言えないものばかりだった。けれど今の彼女には、それまでのどんな贈り物よりも尊い「慰め」が残されていたのだった。金髪で青い目の水夫の、唯一の大きな思い出である、彼の子どもという存在が。

身ごもったからといって仕事をやめることはできなかった。街に住む大金持ちの奥様連中たちにとっては、妊娠中に働かないのは当然のことだったかもしれないけれど、川に住む者にとっては、休むのは死ぬときだけだった。彼女はいつも、小舟に乗客や貨物や家具を乗せて川を往復し、働いた。子どもが生まれるまでの数か月間、仲間のア・リンは、心の中では大きな苦しみを抱えているはずなのに、ほとんど不平不満を漏らさないア・チャンに驚いていた。

ある天気の悪い、寒い冬の午後、ラパ島へ乗客を乗せて行ったあと、ぐったりしているときに陣痛が始まった。オールを漕ぐのも大変なうえに、陣痛は何時間も続き、ついに頂点に達した。粗末な舟を水浸しにしていた雨と高波の中、ひとりの女の子がこの世に生を受けた。仲間のア・リンは、舟の舵を取るのに精いっぱいで、出産の手助けは何もできなかった。ア・チャンは母として、ひとりで出産をやり遂げたのだった。赤ん坊の最初の泣き声が聞こえたとき、これまでのすべての不幸を忘れ、自分に幸せな存在を与えてくれた神々に心からの感謝を捧げた。

五

そのころ、マヌエルはマカオ半島からほど遠いコロアネ島（注十二）で、彼に瀕死の重傷を負わせた銃弾の傷から少しずつ回復しているところだった。フローラ地区の近くにある裕福な商人の屋敷に強盗団が押し入り、たまたまそこに居合わせていたマヌエルは、立ち向かおうとして撃たれ、重傷を負ったのだった。二か月間入院した後も、その命はいまだに糸のように細かった。

マカオ現地の新聞は事件に関心を持ち、勇敢な背の高い若者のその後の容態について報道していたが、こうした事件は混乱を極めていた当時のマカオでは日常茶飯事であったので、その知らせは川までは届かなかったのだ。

彼の丈夫な体は死に打ち克ったものの、負った傷は深く、すっかり衰弱してしまった。医者の勧めにしたがって、水夫は療養のためにコロアネ島に向かったのだった。そして、健康を取り戻すことに集中するあまり、ア・チャンのこと、世界のこと、戦争のことをすっかり忘れてしまった。戦争はまさに終結しようとしていた。しかし、このまま死んでしまうのではないか、という恐怖が彼を怯えさせていた。

やがて体調が回復し、「聖なる神の御名の街」マカオ半島に戻ったときには、平和がまもなく訪れることはほぼ明らかになっていた。ドイツの降伏は疑いようもなく、マカオ領域の空を飛ぶアメリカ機の数が増えてきていた。

傷も癒え、元気を取り戻したマヌエルは、すぐにア・チャンのことを探そうとはしなかった。数機の戦闘機が中立地帯であったマカオに爆弾を落とし、マカオ内港に死者が多数出たころ、ようやく彼女のことを思い出したのだった。

そんなある夜、水夫は、埠頭へと急いだ。いつもア・チャンの舟が停泊している場所に行くつもりだったのだが、岸を間違え、元の場所に戻ってから、歩を速めて正しい場所に向かった。そして遠くのほうに、灯りがゆらめいているア・チャンの舟を見つけた。長い間訪れずにいたことがどことなくきまり悪く、恥じるようにしながら舟に近づいていくと、静かな舟の上で、海のほうに体を向けているタンカレイラの横顔がはっきりと見えた。水夫は、舟に乗ろうと近づきながら、大声で彼女の名を呼んだ。

「ア・チャン!」

驚きのあまり体を震わせると、彼女は全身で振り向いた。そのあと、かすかに頭を動かして、ポルトガル語でこうつぶやいた。

「ボア・ノイテ(こんばんは)」

そして、彼に笑いかけた。まるで今まで何もなかったかのように。彼を心から歓迎するように、醜い口が開き、笑みが浮かんだ。何も責めず、これっぽっちの不機嫌さも見せずに。それがかえって、何か月間も彼女のところに来なかったことを、彼に実感させたのだった。水夫はタンカレイラの舟に飛び乗り、何も言葉を発せずに渡し板をはずし、つないでいたロープを解いた。そして舟は湿った闇の中を、滑るように沖に出ていった。

長い間、ふたりは何もしゃべらなかった。彼は、事件以後、辛い闘病生活の中で、およそ感じることができなかった穏やかな気持ちを心から堪能していた。いっぽう彼女のほうは、心の底で色々な感情がまざりあい混乱していたが、幸せな気持ちをかみしめていた。一見して、ふたりとも何も感じていないような顔をしていたが、実は、彼は泣きだしたい気持ちをなんとかこらえていた。彼女は、東洋の女性の常として、ほとんど無表情の顔の裏に、最高潮に高ぶった感情を隠していた。

突然、何かが彼の近くで動いた。不安になって立ち上がると、古いぼろ布の中で、彼の瞑想の糸を断ち切った無遠慮なものの存在に気づいた。そして、寒さに足をばたつかせる赤ん坊に触れたとき、うちのめされるような思いにとらわれた。その小さな生きものは、金髪の薄い髪をしていて、純白に近い肌と、明るい瞳を持っていた。それは、まごうことなく西洋人の血を引くことを物語っていた。

穏やかな夜のとばりの中で、舟のオールが単調なリズムで揺れていた。中国人女はかたわらで繰り広げられている光景に無関心でいるように見えた。しかしその視線は水夫の大きな背中からそらされることはなく、彼がどれほど体を硬直させているのかを見てとった。

赤ん坊が泣き声をあげた。そして、泣き声はもっと大きくなった。当惑して、マヌエルはその子を抱き上げ、胸に押しつけ、抱きしめながらこうささやいた。

「僕の娘、僕のちびちゃん」

ア・チャンには乳飲み子が何を訴えているのかがわかっていた。オールを漕ぐ手を止めると、穏やかな声で、水夫に漕ぎ手を代わってくれるように頼んだ。

「名前は?」

「メイ・ライ」

小舟は数秒の間、当てもなく漂った。なぜなら感傷的な水夫が、祝福されて生まれた赤ん坊がせっかちに母親の豊かな乳を吸う光景に見とれ、漕ぐのを忘れしばし立ち止まってしまったからである。

そのとき突然、彼の中で父性と、無邪気な赤ん坊に対する深い愛情が目覚めた。経験上、舟が集まる川には危険が多いことを知っていたので、男はすぐに娘を水上生活から切り離そうと考えた。そして、二週間後にはマカオ半島のマンデュッコ海岸通りに一軒の家を見つけていた。彼は赤ん坊の母親、ア・チャンの意見は聞こうとしなかった。あれほど辛い体験をしてきたために、陸上の生活を憎んでいたはずだったのに、ア・チャンは男に従った。なぜなら、彼がこれほど大きな愛情をはっきりと表してくれたときに、それに反対する気持ちにはなれなかったからだ。ア・チャンは自分の舟を仲間のア・リンにゆずり、おとなしく陸の生活を始めることにしたのだった。

それは彼らが一緒に暮らした、もっとも魅惑的な数か月間となった。それまでは、ア・チャンは水夫と単なる関係を持っている女のひとりにすぎなかった。しかし今は、水夫の娘の母親であった。相変わらずふたりはほとんど言葉を交わさず、真反対の世界で孤立していた。しかし、彼らの間には、メイ・ライという甘い存在があった。ふたりはお互いにうまくいかないことで、かえって子どもに対して惜しまぬ愛を注いだ。そして彼らはなんと幸せだったことか！　タンカレイラは娘と遊ぶとき、率直に、正直に、大笑いすることもあった。そしてマヌエルは、陽気者に変身し、何時間も飽きることなく娘をあやしたのだった。

しかし、戦争は終結しようとしていた。ドイツが降伏し、大日本帝国は解体した。忙しく家事をこなしているア・チャンを見ながら、苦い感情が水夫の心に広がった。彼はいつまでもずっとタンカレイラのそばにはいられないことを知っていた。なぜなら彼の目的地は海であったから。水夫は彼女を愛してはいなかった。なぜなら男にとって、愛という感情は、心と心が絶対的に一致することによってのみ花開くものであったから。

しかし同時に、他の誰にも感じたことのない、彼女を尊重する気持ちは持っていた。船乗りの仲間たちは「おかしな趣味の持ち主だ」と彼のことをからかった。彼らはいったいどうしてマヌエルがあんな醜い女と一緒に暮らしているのか理解できなかったのだ。それは事実ではあったけれど、水夫にとって、彼女を捨てるのはしのびないことだった。辛かった水上の生活から脱し、今ではあまりにも幸せそうな彼女を見ていたから。それればかりか、彼にとって彼女は、家庭を持つという感情を吹き込んでくれた唯一の女だった。そしてそれは間違いではなかった。

ア・チャンはその数か月間ほど自分の人生を祝福したことはなかった。彼らが住んでいた場所は彼女に優しかった。そこにいたのは卑しい女奴隷ではなかった。彼女は家庭を采配するひとりの女性として見られており、隣近所からも認められていた。彼女はまるで男の子を授かったかのように、メイ・ライのことを誇らしく思っていた。そして今ほど金髪で青い目の水夫に対する愛情がこんなにも大きく、こんなにも深かったことはなかった。

そう、戦争は終わろうとしていた。彼は最初から、嵐が過ぎ去ったあと、遠い「葡萄の国」、ポルトガルへと旅発つことを、彼女に言い聞かせてはいた。けれど彼女は、彼がここから出て行かないことを願っていた、娘がいる今となっては。そして、そんな期待を胸に抱き、家庭を守ることだけを考えて暮らしていた。

ついに日本が敗戦し、その知らせは花火や爆竹が飛び交う中、大きな喜びとともに街中に広まった。しかしそのニュースは、水夫の家には悪い知らせであった。数日間、ア・チャンはひそかに「背高のっぽ」の様子をうかがっていたが、彼がいつもどおりに過ごしているのを見て、やがて胸をなでおろした。まさか彼が、無言の悲しみをこらえているとは夢にも思わなかった。彼は、彼女のことをあわれに思い、自分の海への想いをこらえ、もう数か月間だけでもマカオに滞在できるよう、その筋に掛け合っていたのだが、申請は却下されたのだった。

彼はやがてマカオに到着する次の定期船に乗って出発しなくてはならなくなった。

娘のことが彼の頭に付きまとって離れなくなった。娘を捨てていく勇気はなかった。舟渡しの女になることを決められた娘の未来はどうなるのだろうか？　港の陰気な環境の中で育ち、母ととももに苦しい仕事を強いられ、世間から蔑まれ、貧しさにまみれるのだ。それが中国社会の最底辺に生きる者すべてに押される烙印なのだから。さらに、メイ・ライは純粋な東洋人の顔をしていない。水上で働いている混血女など見たことはない。彼女たちには、売春宿が並ぶ横町へ行くという別の運命が待ち受けているのだ。どこに行っても、西洋人の落とし子たちが生まれた場所には売春がはびこっていた。いけない、娘を見捨てて行ってはならない。実家に戻った姉が、遠くで彼に手を振る姿が目に浮かんだ。姉なら確実に姪となるメイ・ライを引き取り、愛情をかけて育ててくれるだろう。しかし母親から娘を引き離すことは痛ましい行為だった。どうするべきかジレンマに陥り、彼の心は休まらなかった。

その後、数週間があっという間に過ぎていった。ア・チャンは特に心配をしていなかったが、悩みを抱える水夫にとっては苦しい日々だった。そしてある眠れぬ夜、ア・チャンが少し熱の出た子どもを抱き、揺らしながらあやしていたとき、彼は決断した。

ア・チャンのための乗船券は買わなかった。そして、そのことを、何日間か秘密にしていた。ある日、ア・チャンは気づいた。何枚かの服が見当たらなくなり、「背高のっぽ」のむっつりとした悲しげな顔や、取るに足りない毎日の生活の細かいことが、大変な何かが起ころうとしているということを彼女に知らせたのだ。

真実は、運命を告げる定期船が到着する前の晩に明らかになった。マヌエルはア・チャンにきちんと説明できるように、両方の言葉に通じる通訳を連れて来た。ア・チャンは胸騒ぎを抱えながら、躊躇しつつ、ふたりを迎えた。通訳は状況の慎重さを推し量り、長々と説明をした。

ふたりきりになったとき、彼女は彼の顔をじっと見つめた。その顔は終わることのない絶望を浮かべた土気色の表情をしていた。彼は手足をばたつかせるメイ・ライを抱きながら、彼女のその視線に耐えられず、役に立たない言い訳をどもりながらつぶやいた。

ア・チャンは一言も発せず、よろめくように台所へと向かった。夕食ができたと彼を呼んだとき、その声はいつもどおりの優しい声だった。

しかし、それからもう二度と彼女の微笑みを見ることはなかった。彼女は娘の旅の準備をすることに抗わなかったばかりか、中国人の女らしいあきらめの表情を浮かべながら、彼女自身で荷造りをした。水夫のかたわらにいるときもその顔はずっと無表情だった。しかし隠しても無駄だった、なぜなら彼は彼女のことをよく知っていたし、彼女の考えも理解していたからだ。

いったい、何がア・チャンの未来を支えるのだろう？　川、永遠で不変の川、それは彼女の最期の瞬間まで体力を要求するだろう。舟や、オールや、粘土を含んだ水が広がる川の往来。不確実な毎日と生活の困窮。不安定な老後、ずっと続く仕事への隷属。そう、彼の言うことはもっともだった。もし娘がここに残ったとしたら、その将来はどうなるというのだろう？　苦しみの中で育ち、親から冷酷な人間のもとに売られてさらに苦しむことになるだろう。しかし、こんなにも愛らしく、青い目の水夫にうりふたつのメイ・ライをそんな目に遭わせるわけにはいかない。

出発の日、最初の陽光がきらめいたとき、彼は家を後にした。もう戻るつもりはなかった。あとで彼女の舟に行き、そこで出発の時間まで一緒にいるつもりだった。彼女の額に接吻し、そっと急いで準備をした。ア・チャンは眠っているふりをしていたが、彼が服を着替え、家の中をあちこち歩き回ったあと、家の扉を閉めて出て行くのを見ていた。そのとき、何かが彼女の中で息絶えた。

そして、彼がふたたび舟の前にやって来たとき、ラパ島の周りは日没の真っ赤な太陽で赤く染まっていた。まだ出航まで数時間残っていた。タンカレイラは腕によりをかけて夕食を作り、一番上等の服を着ていた。センチメンタルな船乗りから贈られた、質素な服を。そして三つ編みの黒髪には、お互いの愛を確かめ合った夜の思い出である、櫛にはめこまれたまがいものの石が光っていた。彼女は、船乗りがやって来ると、彼が大好きだったいつもの穏やかさで男を招き入れた。そしてもう一度、慣れ親しんだオールを漕ぐ音とともに、沖合へと進んでいった。

冬の夜はとても寒いはずだったのに、誰ひとり、寒さを感じなかった。舟底を這っている幼女さえも。お互いの考えていることを少しも言い合うこともできず、娘の動きに注意を払いながら、ふたりは物思いにふけっていた。ジャンク船や連絡船が近くを通り過ぎていった。一隻の魚雷艇が大きな音で波を立たせたが、舟はそこからなんとか離れた。岸辺では爆竹が鳴っていた。塩漬けの魚のきついにおいが、澳門外港（ポルト・エステリオール）（注十三）に停泊している香港行きの船の輪郭をぼやけさせた。夜のとばりが下り、バーラの聖ティアゴ要塞は暗闇の中に消えていった。遠くに見えるイーリャ・ヴェルデの島影は、透き通るような緑色のマントの間にまどろんでいた。後方に見える、ひどく汚れたセキアン川は、中国の広大な水田の中に消えていくようだった。

マカオの景色は今になって偶然、これまで見たこともないような姿を彼の眼に焼き付けた。そして彼は、露のような涙でぬれた顔を拭っている自分の姿に驚いた。食欲はまったくなかったが、彼に豪華な食事を出してあげようと努力している連れ合いを喜ばせるためだけに、出されたものを平らげた。彼女のいつもどおりの穏やかさが彼を苦しめた。かえって彼女が心の底にしまいこんでいる東洋の奇妙な精神、彼女のすべての反発心、けた外れの心の痛みをこめて、叫び出してくれるほうがましだった。彼女は真っ青で、疲れきった様子だった。それなのに、まるで楽しかったあのころと同じようにふるまっていた。

街中の時計が九時の鐘を鳴らしたとき、彼は動揺を和らげるために横たわっていたござから少し体をもたげた。子どもに授乳をしていたア・チャンが身震いをした。

「行こうか」

彼女はしぶしぶその言葉に同意し、これから離ればなれになろうとしている愛しい者に近づいた。マヌエルはオールをとり、舟を港に向けて漕ぎ、乗客を乗せる汽船が停泊している乗船場へと向かった。

そして、その瞬間、包み隠さずに、タンカレイラの胸から嗚咽がもれた。断続的に、刺すような、そして恥じらうような嗚咽が。やめてほしい、とマヌエルは思ったが、彼女の声はその胸を締め付けた。そして、自分はけっして何ものにも代えることはできない、大切なものを失ってしまうのだ、と感じた。修羅場から逃れたくて、より勢いよくオールを漕いだ。大陸から凍えるような風が吹きつけていたが、誰もそれに気づいていなかった。そして、嗚咽は続いた。断続的に、刺すように、恥じるように。

水夫は、すぐに汽船に乗りこもうとはしなかった。出発を知らせる二番目の汽笛が響いた。ふたりはうとうとしている娘を見つめながら、お互いに口ごもりながら何かを相手に伝えようとしていた。醜く哀れな女は、本当は、自分を縛りつけている川から自分を救うために、戻ってきてほしいとすがりつきたかった。がっくりと肩を落とし、嗚咽をこらえようとするが叶わなかった。男は、できもしない約束の言葉を小さくつぶやきながら、彼女がこれからも身持ち良くすることを願った。もう一度汽笛がとどろいたとき、マヌエルは卑しいタンカレイラに手を差し伸べた。ア・チャンは彼のほうを一瞥すると、静かに、彼に小さな娘を手渡した。そして、母としての最後の願いの言葉をこうつぶやいた。

「どうか、どうかこの子を……この子をお願いね」

（コインブラ、一九五〇年二月執筆、マカオへの想いをこめて）

（注一）　中国南部を流れる珠江は全長二千二百キロメートルの大河で、流域面積は長江に次ぐ中国第二の広さ（約四十一万平方キロメートル）。河口部に広がる三角州をとりまく一帯は珠江デルタ地帯と呼ばれ、現在、同地帯には香港・深圳・広州・東莞・珠海・マカオなどの大都市が並び、デルタ河口東側に位置する香

港から西側のマカオまでは高速船で約一時間。

（注二）珠江デルタの中南部、中山市（一九二五年以前は香山県）に位置する。

（注三）この一文は原文にはなく、訳者の補足。タンカ（葡 tancá）は一本のオールを使って手動で進む平底の木造船。中国語（広東語）ではサンパン（舢舨）。水上で暮らす民にとっては住居でもある。タンカで働く女性を指すポルトガル語がタンカレイラ（葡 tancareira）。本稿では固有名詞として使用する。

（注四）マカオ半島南西部にある港。対岸にある中国・珠海（ポルトガル統治時代はラパ Lapa と呼ばれていた）とは渡し舟で五分ほどの至近距離である。ポルトガル統治時代、一九六〇年代まで、ポルトガルをはじめとする海外から来航する船はマカオ内港に入出港し、停泊した。注十三参照。

（注五）旧暦の八月十五日、月を愛でて秋の収穫を祝い、土地の神を祀る節句。月餅を食べるのがならわしである。

（注六）マカオ半島西方の島で現在は中国広東省珠海市の一部。注四参照。

（注七）一九四一年に始まった太平洋戦争（第二次世界大戦）においてポルトガルは中立の立場をとったため、日本軍に陥落・占領された上海・香港その他中国全土から多数の難民がマカオに流入した。日本軍は中立地域であったマカオを利用して物資調達をおこなった。

（注八）主に、注七で言及した本国からの難民を指すと思われる。

（注九）中国の伝統的な擦弦楽器のひとつ。胡弓、南胡ともいう。

（注十）ジャンク（戎克、英 Junk 葡 Junco）。三本マスト・角型の帆の木造帆船。十九世紀に蒸気船が普及するまで航海船として中国で広く用いられた。

（注十一）ポルトガルは一五八〇年、王位継承問題からスペイン王フェリペ二世によって併合され、スペイン併合時代は以後六十年間続いた。一六四〇年、ポルトガル国王ジョアン四世はスペインから再独立を達成し、マカオの街に対し、長年ポルトガルに忠誠を尽くしていた栄誉をたたえ、「神の御名の街マカオ、これより忠実な街は他にあらず」（Cidade do Santo Nome de Deus de Macau, Não Há Outra Mais Leal）という正式名称を与えた。以後、マカエンセ・コミュニティは、マカオの街を「神の御名の街」「神に祝福された街」などと自称するようになった。

（注十二）コロアネ（葡 Coloane）島はマカオの二つの主要となる島（もうひとつはタイパ島）のひとつ。マカオ半島からは五・六キロ離れており、間にあるタイパ島と橋でつながっている。中国語（広東語）では路環島、九澳山、鹽灶湾などの名称で呼ばれる。

（注十三）マカオ半島東部に位置する港。水深が澳門内港よりも深く規模も大きいため、一九六〇年代以降は香港をはじめとする海外からの船舶はほとんどが外港に出入港するようになった。

魅惑的な三つ編みの娘

【一九九三年発表作品。第一作『ア・チャン、舟渡しの女』（一九五〇年）の四十三年後、七十歳で執筆した本作の舞台は同じく太平洋戦争開戦前の穏やかな時代のマカオ、主人公は裕福なマカエンセ・ファミリーに生まれ育ち、当代一のプレイボーイとして名声を誇るアドジンドと、ふとしたことから彼と恋に落ちてしまった、貧しい水売りの中国人の美少女ア・レンである。

周囲のすべての女性の心を虜にしてきたアドジンドは、ある秋の朝、ふと足を踏み入れた中国人居住区でア・レンを見かけ、腰まで伸びた三つ編みの美しい束ね髪に目を奪われる。他の女性たちと違って、なかなかなびかないア・レンを獲得するために恋のゲームに必死になるアドジンドは、いつしか彼女に本当に惹かれていく。いっぽう、孤児でありながらたくましく育ち、井戸水を汲んでは天秤棒でかつぎ街中に水を売る仕事をなりわいとしながら、自分の住む界隈では一番のべっぴんとして愛されているア・レンもまた、現地中国人の間では化け物を意味する「グワイ・ロー」（鬼佬）の名で蔑んでいた異国人（ポルトガル人やマカエンセ）のアドジンドを最初は拒んでいたものの、次第に彼の想いに応えるようになる。しかし、掟破りのふたりの恋は、マカエンセ・コミュニティと中国人コミュニティ双方から凄まじいほどの攻撃を受け、ともに自分の住む居住区から追放されてしまう。居場所をなくしたふたりはさまざまな障害を乗り越えながら、夫と妻として、そしてふたりの間に生まれた四人の子どもたちの両親として、新しい人生を生きてゆき、いったんは途切れた家族や友人との絆を取り戻していく。

本作品は、身分違いの男女の恋愛と結婚、そしてその後の人生の物語を時間軸を追って語りつつ、社会のエスニック・マイノリティでありながら支配者側のポルトガル人と結託し一種の特権を享受していた当時のマカエンセの優雅な暮らしぶり、また人口の九割を占める中国人（漢人）と少数のマカエンセおよびポルトガル人コミュニティ間の差別感情や文化的障壁、さらにはマカエンセ・コミュニティの中に存在した貧富の差など、当時のマカオ社会のさまざまな背景を生き生きと描いている。

本作は発表後すぐにベストセラーとなり、英訳版も出版された。一九九五年にはマカオ在住の中国人監督、蔡（ツァイ）兄弟によって映画化（中国語題名「大辮子的誘惑」）され、一九九九年バンコクでおこなわれたアジ

映画「大辮子的誘惑」（1995）のポスター
〔資料提供〕蔡安安

ア映画祭にも出品された。

本書では三十一章にわたる長編物語の全訳ではなく、一部編集・抜粋した形で紹介する。なお、原題の訳は「魅惑的な三つ編み」である。】

一

アドジンドはラルゴ・デ・カモンイス（カモンイス広場）の生まれ、すなわち生粋のママォン（注二）だった。その両親も、近しい親戚も皆ここの生まれだった。

彼は大きな黄色い家に住んでいて、長いバルコニーからは広場を見下ろすことができ、大きな赤いアカシアの花が陰を作っていた。夏には早朝から、詩人（ポエッタ）公園の鳥のさえずりや、蝉の鳴き声や、鶏が時を作るのが聞こえてきた。冬は家にこもった湿気が低く唸るような音をたて、人気がなくなった小さな広場は暗く悲しげに見え、夜には物売りの掛け声が寂しげに響いた。

彼は一人っ子で、母、祖母、母方の独身の叔母、もうひとりの未亡人の叔母とその娘である従姉、三人の召使といった女ばかりの家に生まれた唯一の男の子だった。そんなことだから、元中国税関職員で現在貿易商の父親は、家にいるときは、家族揃って祈りをすませると、女どもが朝から晩まで繰り広げるくだらぬおしゃべりに辟易し、書斎に引きこもって読書をするのが常だった。

幼少のころから、彼の容姿の麗しさは噂の種だった。その可愛らしい頬を皆が触りたがった。白い肌と、緑がかった瞳はおそらくオランダ人の曾祖母から受け継いだもので、薄茶色の髪はポルトガル北部ミーニョ地方出身の祖父そっくりだった。

あまりに美しい顔立ちをしていたので、皆、女の子として生まれてくればよかったのに、と言ったものだった。しかし彼には女の子っぽいところはまったくなかった。それどころか、その完璧な容姿を「おんなおとこ」と呼んでいじめようとする年かさの少年たちに対し、家の界隈でも、学校でもすぐに立ち向かっていくような子どもだった。

こんなふうにして、彼は自分を崇める女たちに囲まれて育った。とてもきれい好きで、身だしなみに気を遣った。ちょっとした服のしみやシャツのしわだけでも大騒ぎになった。靴はいつもぴかぴかに磨かれて、わずかな汚れもなかった。入浴には驚くほどの時間をかけ、バスタブから出たときには体から庭の花の香りが漂うようだった。髪をとかすときは二本のブラシと三本の櫛を、本人だけが決めている順番で使い分けた。けっしてせかされずに、ゆっくりと時間をかけて髪を整えた。艶がある波のような巻き髪や、コーカサス型の高い鼻、中国系の丸みを帯びた頬骨の形、形の良い唇と歯並びの良さを自慢にしていた。自分の顔のどこの部分も自慢だった。髪を整え、服を着て靴を履くと、鏡でうっとりと自分の姿を眺め、自信ありげにこうつぶやいたものだった。

「神様、僕をこんなに美しく造ってくださってありがとうございます!」と。

成長するにしたがい、その美しい外見はより磨かれていった。子どものころによくあった喧嘩はしなくなっていたが、それは彼が意気地なしの青年に育ったからではなく、何かの小競り合いで誰かに殴られたり蹴られたりして、自分の容姿に傷がつくのを恐れたからだった。たとえ若い娘でも彼ほど自分の容姿を細かく観察することはなかっただろう。

年頃になり吹き出物ができるようになると、パニックに陥り嘆き悲しみ、家族中を巻き込んだ。青春時代の若者に吹き出物はつきものだ、という言葉は少しも慰めにはならなかった。家族は治療のために色々なことを試し、医者にかかったり軟膏を塗ったり食事療法をしたり注射をしたり、香港の専門医にまでかかったが治らなかった。最後には上海在住のドイツ人専門医を受診しようとしたが、ついに父アウレリオが「いい加減にしろ！」と一喝し、彼のばかばかしい訴えに終止符を打った。そんな折、プライーニャ通りの名も知られていない瓶底メガネの漢方医が彼を診察し、苦い茶と、食事療法と、患部に塗る香りのよい膏薬を処方したところ、少しずつ吹き出物は消えてゆき、元のきれいな肌に戻ったのだった。

学業の面では、素晴らしいとまではいかなくとも、周囲をがっかりさせるようなことはなかった。聖ジョゼ神学校に通い、厳格で有能な神父のもとで学び、一科目単位を落としただけで、無事、中等教育五年間を修了した。

卒業後、遠くに行く必要はなかった。香港や上海はおろか、遠いポルトガルに行くこともなかった。一人息子であり、両親や自分を溺愛する親族の女たちに囲まれ、彼はマカオに住み続け、家族の名前を引き継いでゆけばよかった。そしてそれは、勉学よりも自分の身だしなみのほうが大切な彼にとって、都合のよいことだった。

マカオで受けられる教育には限界があったが、彼にはそれで十分だった。ぬくぬくとした生活の中で、未来について考えることもほとんどなかった。なぜなら、自分の未来は過去と現在と何ら変わりはないだろうから（しかし、「家父長制の時代」に生きていた人々の安心感は、その後、日本の中国侵略とそれに続く太平洋戦争勃発とともに崩壊していくことになるのだが……）。彼は学校を卒業するとき、こんなふうに言い放ったのである。

「ああ、もう勉強しないで済むんだな！」と。

彼の父親はけっして大富豪というわけではなかったが、十分良い暮らしを家族に与えてくれた。中国税関職員の仕事を辞する時にはふんだんな退職金を手にし、慎重にそれらの金を増やしていった。さらに香港に大型貨物の運搬会社を設立し、そこからもかなりの利益を得ていた。聖アントニオ地区生まれのママォンとして、祝祭時には晩餐会を開き、招待客にご馳走をふるまったものだった。

十八歳になると、アドジンドは将来後継者となるべき父の会社で働き始めた。別の言葉で言えば、ろくに働かずぶらぶらと怠けてばかりいた。時間も守らず、何かやりたいことが他にあれば仕事はそっちのけだった。父の部下たちは、仕事よりも鏡を見るほうに忙しい彼の姿にうんざりし、いつぞや「ハンサム坊やのアドジンド」というあだ名で彼を呼ぶようになった。

彼は自分を魅力的だと思っていたし、事実そのとおりだった。多くの娘の心をわしづかみにし、流し目を送ったり、白い歯を見せて笑ったり、眉を動かしたりする練習をした。いつも美しい娘たちを連れ、甘い言葉をささやき、華麗にダンスを踊った。

ダンスパーティーでは、目立つようにわざと同伴なしでやって来て、会場の入り口に立ってあたかも船荷を確認するイギリス紳士のような高邁な雰囲気で周りを見渡した。すぐにフリルのスカートに身を包んだ娘たちに囲まれ、娘たちはどうやって彼の気を引こうかとやっきになった。また、彼は年かさの女たちや既婚女性たちの心を奪う方法も心得ていた。彼は完璧なまでにワルツを踊り、音楽がかかると、皆、彼とその相手のために場所を譲るほどだった。こうしてあたかも美しい蝶のように、彼は女たちの心をわがものとしたのだった。

こんな彼の周りには、家庭にも容姿にも恵まれた娘たちは事欠かなかったが、彼は巧みに、まだ本当の相手に出会っていないと豪語し、誰とも正式に付き合おうとはしなかった。ひとりの娘は甘い恋の病の果てに、彼を忘れるためにスイスへと旅立った。また別の娘はもっとひどいことに、修道女になるため聖マリアフランシスコ修道院に入ってしまった。このような彼の所業は、彼の評判を落とすどころか、かえってその名を知らしめることになった。

映画「大辮子的誘惑」より　〔資料提供〕蔡安安

彼はこんなふうに言い放った。「みんな処女は守ったまま去って行ったよ。僕は誰のことも傷つけちゃいない！」

彼はどんな娘に会っても欠点を並べた。この娘は歯並びが悪い、あの娘は痩せぎすだ、この娘は子どもを産んだら太るに違いない、あの娘は頭が良すぎて妻には向かない、など。つまりは誰も彼に見合う娘はおらず、いつかは結婚して孫の顔を見たいと思う両親や、祖母や、叔母たちの願いは叶わずにいた。ただひとり、少し年上の従妹のカタリーナだけは、彼の瞳が最後に彼女に微笑みかけてくれるのではないかとかすかな期待を持って、一生懸命美しい身なりをして過ごしていた。

「ハンサム坊やのアドジンド」は性悪な人間ではなかったが、あまりにも長い間、好き勝手にやりすぎた。周囲の人間を受け入れず、友人たちを遠ざけていった。彼にとっては、皆つまらない、嫉妬に駆られた奴らばかりだった。

「あの娘？　ちょっとは付き合ってやったよ。キスが下手だったな。ノルマ？　瞳よりへそのほうが大きいんだよ。エスペランサ？　泣き虫なんだ。ラウリンダ？　おいおい、まるで牡蠣だな。かたくなで暑苦しいよ」

「結局のところ、君はどの娘もものにしたんだな」

「何を言いたいんだよ？　女どもがよってたかって僕を離さないだけじゃないか」

界隈のもうひとりの「ハンサム坊や」として知られ、アドジンドの唯一の友人であるフロレンシオは、アドジンドに捨てられた娘たちの姿を見ては、こう注意したものだった。

「おい、もういい加減にしたらどうだい？」

アドジンドは笑ってこう答えた。

「心配するなよ、そのうち僕の足にぴったりのスリッパが見つかるさ」

そんな折、父アウレリオが自宅の移転を決めた。今の家に住んでいる間にアカシアの花が育ちすぎ、バルコニーからの景色が見えなくなり、虫がたくさん湧いてしまったのだ。かつて慈善協会から借り受けたこの古い家は老朽化が進み、白アリが住みつき、ネズミが屋根裏を走り、あちこち修復する必要が出てきていた。

父はヴィトーリア通りに建ち並ぶ、庭付きの美しい邸宅の一軒を購入した。自分の地位をさらに高めてくれるような父の決断にアドジンドは賛成したが、女たちは移転を喜ばなかった。毎日のように通っている聖アントニオ教会から離れることも、近所づきあいができなくなることも、すぐ近くの通りですませていた買い物ができなくなることも気に入らなかった。彼女たちは、風水によって今の家が家族を富に導いてくれたと、泣いて抗議した。

けれど男たちはそんな訴えをこう言って一蹴した。「迷信なんて！」

結局、女たちは父と息子に従うことになった。

そして、アドジンドが新居で最初にしたことのひとつは、ベッドルームから、家の近辺やヴァスコ・ダ・ガマ公園、カンパル、モンテの丘を双眼鏡で眺め、これまで彼の魅力の虜にならなかった新しい娘の姿を探すことだった（注二）。

二

雀仔園（チョックチャイウン）の井戸の界隈で、もっとも元気な水売りの娘としてひときわ目立つのが二十二歳、青春真っ盛りのア・レンだった。彼女は、早朝から井戸の周りを疲れ知らずにあちこち飛び回った。水の入った天秤棒を肩に載せて華麗にバランスをとり、運んでいる水がいかに重いかはその体が物語り、ぴったりした中国服の腰の部分が魅惑的なカーブを描いていた。

彼女の仕事は季節に関係がなかった。冬には厚手の中国服の上に毛糸の上着を着て働いたが、寒さが身にこたえた。夏には薄手の半袖の中国服を着て立ち働き、服の背中と脇が汗でにじんだ。

一緒に働いている仲間の中では、一番背が高くほっそりとしていた。貧しい階級の間の女たちの習慣として胸に布を巻き、慎み深くその部分を目立たせないようにすればするほど、隠された宝に関する想像がかきたてられた。アーモンド形のくっきりとした瞳は目尻がやや上がり、頬骨が浮き出た卵型の顔を作っており、何とも言えず魅力的だった。微笑むとできる二つのえくぼは才気あふれる雰囲気を醸し出した。

声は大きく甲高く、晴れの日も雨の日も戸外での辛い仕事をこなす人間の常として、ややぞんざいな話し方をした。機嫌の良いことが多く、白いきれいな歯を見せて笑い、仲間うちではひときわよくしゃべった。何かに怒ったときは、その声は井戸の界隈に響き渡り、顔を皺くちゃにし、小さな鼻の穴をふくらませた。

彼女は界隈の若者たちには目もくれなかった。それでもあきらめない男たちには、仕事に使っている天秤棒で応戦しようとした。彼女には家族はなかったが、周囲の信頼を勝ち得ていて、水売りの女たちの中ではお姫様のような存在だった。

当時、井戸の界隈に君臨していたのは、四十がらみの裕福な女だった。「女王蜂」と呼ばれ、女たちの悩みを聞いたり、見合い話をもちかけたり、体の悩みや産婆の仕事まで取り仕切っていた。

「女王蜂」はア・レンを自分の弟子のように可愛がっていた。

「女王蜂」が何かに怒ると、井戸の界隈は皆静まりかえったが、そんなとき、ア・レンだけは勇気をもって彼女に近づき、物静かにそして自信ありげに「女王蜂」に向き合い、ゆっくりと彼女をなだめた。「女王蜂」の逆鱗を鎮めることができたのはア・レンだけだったので、界隈の住民が彼女に何かを頼むときは、必ずア・レンを通すのだった。こうして、狭い世界でア・レンの地位はゆるぎないものとなったのだった。

ア・レンには自慢のものがあった。それは三つ編みにして一本に束ね、背中から腰のあたりまで垂らした豊かな髪の毛だった。彼女は入念に髪の手入れをし、お気に入りの髪結いのもとに通った。髪を結う際は痛みを伴ったが、一言も発さずに、どんな娘よりも従順に髪結いに身を任せた。しかし注文は厳しかった。毛髪油を塗りこんだ漆黒の髪が思うような形に結われなかったり、髪の毛が房からはみ出していたり、理想的な強さで結われなかったりすると、気が気ではなかった。

井戸からほど近い、髪結いの店の前に置いてある粗末な丸椅子の上にきちんと座り、くっつけた膝の上に手をおいて、じっとして髪を結ってもらうのだった。髪結いにとっては、すべての顧客の中で、黒く豊かで、引っ張るとしっかりとした手ごたえを感じるア・レンの髪は、もっとも理想的な髪だった。髪結いが手を動かしながら色々な話をすると、いつのまにか女たちも集まり、まるで姫の周りに侍女たちがはべっているかのようだった。

ア・レンの世界は、彼女が住んでいた界隈、すなわち幼いころ、祖母と思っていたが本当は血のつながらない老婆に手を引かれて連れてこられた場所だった。両親の顔も知らず、あまり愛情を注いでくれない老婆の姓を名乗っていた。それ以外、近しい人間のことは何も知らなかった。

まだ重い天秤をかつぐことができない少女のころ、臭くて換気の悪い粗末な老婆の家で、同世代の少女たちと同じように、貧しさを骨身に感じながら、マッチ箱を作る仕事をさせられた。成長してもやせっぽちのままだったが、衛生状態の悪い地区に住む住人たちがすぐに結核だの赤痢だのという病気にかかっても、体はごく丈夫だった。

ある日、彼女の姿が「女王蜂」の目に留まり、母親代わりになってくれた。マッチ箱作りから解放され、戸外で働く水売りの仕事を始めたとき、彼女は喜びにあふれた。自分が住む地区から外に出ようなどと思ったこともなかった。いつか老婆が死んだときは、その粗末な家を受け継ぐことになるだろう。そして、いつか「女王蜂」が死ぬか後を譲りたいと思えば、その地位も彼女が受け継ぐだろうと思われていた。その日の糧や、服を買ったり髪結いをするだけの稼ぎはそこそこあった。水売りの仕事で生計を立てていくためには贅沢はできなかったが、それはそれで満足していた。自分が仕事をする界隈の外には興味がなかった。雀仔園からほど近いカンポ通りや病院通りですら、もう気持ちが落ち着かなかった。プライア・グランデやアルメイダ・リベイロ大通りまで行くと、もう別の街にいるような気分になった。そこは感じが悪く、誰も知った顔がなく、そこにいる水売りや召使たちですら自分とは違う高慢ちきな人間たちのように思えた。澳門内港（ポルト・インテリオール）（注三）やモン・ハー（注四）などはあまりにも遠すぎて、まるで世界の果てのように思えた。

「グワイ・ロー」(注五)と呼ばれていたポルトガル人たちのことは、マカオ生まれの者であろうが、ポルトガルから来た者であろうが、皆信用していなかった。そんな者たちは誰一人として雀仔園の界隈に住んでいなかったし、よしんばその者たちの家に水を運ぶことがあったとしても、実際に口をきくことはまずなかった。彼女にとってそいつらは礼儀を知らない乱暴者で、まったく発音できない訳のわからない言葉を話し、無遠慮な視線を女たちに投げかけ、頭の中で裸にしているようないやらしい目つきで眺める奴らだった。外国人の女たちはというと、まるで人形のようで、恥ずかしげもなく足や胸のふくらみを他人に見せ、なかには驚くことに金髪や青い目の女たちもいた。

彼女が通りや広場を歩くことはまれだった。そんなことをしようものなら、きっと奴らに出くわして平常心を失ってしまい、自分の身を守るために身を固くして歩かねばならなかった。その代わり、仲間たちと石畳の道を歩くときは、わざと木靴の底で音を立てて歩き、皆、競い合うかのようにそれを真似した。仕事をする界隈の外に出るときは、いつも木靴を履いた。

彼女が一番恐ろしかったのは、黒い肌で、背が高く、兵隊然とした姿のマカオ守備隊のアフリカ人兵だった。

雀仔園の美しい水売り娘に、楽しみはあまりなかった。中国映画を上映する映画館が港近くに何軒かあったが、彼女にとってそこは世界の果てだったので、映画すら観たことがなかった。彼女は毎日働きづめだった。唯一の楽しみといえば、夕食後や体をきれいに拭いた後に「女王蜂」の家の戸口に集まり、色々おしゃべりすることだった。「女王蜂」は、髪結いの女よりももっと話が上手で、古い伝説や、妖怪や化け物が出てくる物語や、恋愛ものなど、さまざまな話を語って聞かせてくれた。「女王蜂」が抜きんでていたのは、その人柄だけでなく、読み書きができたことで、文盲の女たちばかりがいる世界ではまさに光り輝いていた。「女王蜂」からその知識や経験について話を聞き学ぶことは、ア・レンにとってこの上ない喜びだった。

ア・レンは毎日変わらない日常を破ってくれる「土地神祭」(注六)を心待ちにしていた。そこで上演される広東オペラ(注七)を毎回欠かさず、夢中になって観た。引出しの奥に大事にしまってある、とっておきの中国服を着て、もう一着のよそゆきの毛糸の上着を羽織り、上演三十分前には会場に入っていい場所を陣取り、興奮した様子で仲間とおしゃべりをした。束ねた髪の付け根の部分に櫛をはめ込んだ黒髪はつやつやとしていた。いつも粗末な恰好をしていると、ア・レンは普通の可愛い娘だったが、おめかしをして演目に見入っているその姿は、まさにお姫様のようだった。

旧正月(注八)も楽しみにしていた。一年間のうちで唯一、まともに三日間に休むことができたからだ。その日が来ると、おしろいでお化粧し、耳飾りや金やひすいの髪飾りをつけておしゃれした。真夜中になると、爆竹が鳴る中、寺院に参拝しに行き、新しい一年が幸せで、健康で、お金にも恵まれますようにと祈った。それから夜の街に繰り出し、花火を楽しんだり、女友達と誘い合って屋台で食べ物を買ったりして過ごした。

そのあと、勇気を出していつもの地区を出て、市場まで足を延ばした。まばゆい光に包まれ、人でごった返したメルカドーレス通りや、エスタラージェンス通りを歩き、あちこちでやっている賭博の卓で立ち止まったり、パターネ広場で大道芸人たちが繰り広げる芸や人形劇を楽しんだり、古代の英雄や不死の戦いの女神が登場する物語を聞かせてくれる語り部の話に聞き入ったりした。有名な賭博場であるプレジデントホテルの中には足を踏み入れる勇気はなかった。自分と肩を並べるような人間が集まる場所ではなかったからだ。せいぜい少しの間、入口で中に入っていく人の波を眺めるのが関の山だった。美しい中国服を身にまとった女性に目をみはり、心の奥底ではうらやましいと思いながら、水売りの自分にはそんな機会は絶対にないことを知っていた。

祭りの数日間が過ぎると、また水桶をかつぐ仕事が始まった。しかし彼女は何の不平不満も言わず、自分の身の上には無関心で、しっかり働ける丈夫な身体を持っていることだけを幸せに思っていた。

広東オペラ（粤劇）〔写真提供〕マカオ観光局

三

それは十月と十一月にしか見られない、すべての景色が光り輝いて見えるような晴れ渡った釣り日和の一日だった。「ハンサム坊やのアドジンド」は、父親と鉢合わせしないように、早朝七時半、そっと家を出てプライア・グランデへ向かった。そこで友人たちと落ち合い、湖で数時間、ヨット遊びをすることになっていた。新調した釣り道具と、香港の専門店で購入した釣り針、餌が入ったカゴ一式を持参していた。しかし、釣りに行くにはまったく不似合いなおしゃれな服装だった。彼にとって、それ以外の服装で出かけることは自然でもなければ、本意でもなかったからだ。この界隈のすべての人々の憧れである自分はその名声を持ち続けていなくてはならない。どんなに朝早い時間だとしても、誰に出会うかわからないからだ。

彼は、朝の空気を胸いっぱい吸い込んだ。ヴィトーリア通りには人っ子ひとり、人力車一台の姿も見えなかった。ヴァスコ・ダ・ガマ公園を通り抜け、やんちゃな子どもたちが踊っているかのように、銀色の水しぶきをあげている噴水をぐるりと回った。近道をしようと思い、最初の角を曲がって雀仔園(チョックチャイウン)地区に入った。それまでは、あまり評判が良くないこの界隈を通るのは避けていたが、こんな朝の時間に、ただ釣りに行こうとする人間にちょっかいを出す輩もいないだろうと思ったのだった。仕事を怠けて釣りに行くことに少しだけ良心が傷んだが、父が怒るとしても、まあ何とかおさめられるだろう、とあまり気にしなかった。

井戸の近くを通ったとき、一番忙しい時間帯なのか、水売り女や洗濯女たちが桶を持って列を作り、陽気な話し声が辺りに響いていた。もしこのとき自分のすぐ耳元で若やいだ娘の笑い声がはじけなければ、気にとめることもなかっただろう。ふと立ち止まった彼は、すぐにその笑い声の持ち主だった美しい娘に目を奪われた。こんなきれいな裸足の娘を見たことはなかった。治安が悪いと言われている所に、こんなに美しい宝石のような娘がいるなんて。しかも、太陽の光を浴びて艶めくこんなにも美しいひと房の黒髪を見たのも初めてだった。

ア・レンは、男に頭の先からつま先まで見つめられているのに気づき、ぞっとした。こんなにぶしつけに、しかも「グワイ・ロー」に見られるのには慣れていなかった。怒るよりも困惑して、無礼な男から離れて仲間たちの間に紛れた。

そして、水の入った桶をかつぐとき、わざとよろめいて水をこぼすと、ぴかぴかに磨いてある「ハンサム坊やのアドジンド」の靴とズボンに泥がはねた。しかし彼女は謝らず、また桶に水を汲みに行った。わざとやった彼女の行為に皆が笑い、そのことが彼を傷つけた。

アドジンドは怒りに震えながら、一言も発することなくその場を離れた。女に馬鹿にされるなんて初めてのことだった。彼の美しさに一目ぼれするどころか、あの娘はなんと、しみひとつないズボンと靴を汚したあげく、詫びの言葉も言わなかった。しかも水売りだか洗濯女だか知らぬが、ただの召使よりも下の立場の女に。なんてことだ！　育ちの悪い雀仔園のひとりだ。二度とこんな場所に足を踏み入れ

映画「大辮子的誘惑」より　〔資料提供〕蔡安安

るまいと誓った。

一年の中で一番湿度が低く過ごしやすいこの時期、輝く陽光と、カンポ通り沿いの常緑樹の並木道を通り抜けるそよ風が、いら立った気持ちを静めてくれた。たかが水売りの女のために、気分を害したままでいたくなかった。

気を取り直し、バイショ・モンテに住む未亡人、魅力的なルクレシアに思いを巡らせた。ごく最近、喪が明けるのを待てずに手に入れた女だった。彼女のほうが経済的に豊かだったが、ベッドの中ではそれ以上に豊かで、白い鳩のような胸を持っていた。喪が明けるまでは彼女は何も事を起こすことはできず、すべてが彼の言いなりだった。一年間の喪が明けるとき、真実が明らかになることになっていたが、それまでにはまだ遠く、彼女をどうやって捨てようか考えるのにはまだ何か月もあった。

彼は聖フランシスコ公園に沿って歩いた。公園には召使に伴われた子どもたちが、おしゃべりしながら花壇の間の道を走り回っていた。海と陸を分ける塁壁に近づいた。プライア・グランデの湾は、聖フランシスコ要塞からボン・パルトが弧を描いている場所まで、強い日差しのもと、中国船や帆掛船がたくさん停泊していた。パゴダッツリーの作る木陰を歩くと、葉の擦れ合うかすかな音が満潮に近づきつつある波の音と重なった。寄せ波は、プライア・グランデの御影石に泡を立てた。

教会でのミサのあとなのか、ドー(注九)をまとった女性たちが通り過ぎた。まだ早朝だったため、建ち並ぶ邸宅のよろい戸はまだみな閉められていた。若い娘たちは午後になってようやく、窓から外の景色を眺めるのが常だった。行商人がやって来て、酢漬けや中国風の漬物を勧めた。刃物研ぎが小さな機械を回し始め、もっと先では、靴の修理屋が客の名を呼び、のみをふるう音を響かせて作業を始めた。

彼は腕時計をちらっと見て急ぎ足になった。遅れてしまったので、友人たちは不平を言うだろうと思った。しかし、彼がアルメイダ・リベイロ大通りが始まる石畳の坂道のところに着いたとき、友人たちはまだできたての豆花（トウファ）（注十）を食べているところだった。屋台の主人は彼も欲しいかとたずねたが、いらないと断った。自分の前にある大西洋銀行を見上げると、まだ営業前で、そのあと同じく前方にあるリヴィエラホテルのほうを見た。

建物の二階のバルコニーで、肩まで伸びた金髪を櫛でとかしている女性がいた。イギリス人だ！イギリス人娘を試したことは今までなかった。彼のコレクションにすれば実に珍しい見本になるだろう。彼女は高いところから彼のほうを何の気なしに見下ろし、そのまま髪をとかし続けていた。彼女が見下ろす場所で、彼はすぐさま自分がどんな身だしなみをしているかも忘れ、いつもの決めポーズをとった。

「おいおい、あの娘もものにしたんじゃないだろうな?」

「まだだよ、でも彼女がこれからマカオに住むんなら、そういうことになるだろうな」

「そんな汚れた靴じゃ、たいしたところまではいかないぜ!」

ちくしょう、靴のことを忘れていた!　水しぶきのせいで、靴には泥はねや汚れがついていた。

俺のロマンチックな姿が台無しだ。あの馬鹿な水売り娘め！　いつかひどい目に遭わせてやるぞ。

タイパ島（注十一）まで足を延ばした釣りの成果は素晴らしかった。たくさん魚が釣れたので、むしゃくしゃした気分を埋め合わせすることができ、釣り仲間たちと、セッテ・タンクと呼ばれる景色のよい場所でランチをとった。釣りが大成功で機嫌が直ったアドジンドを見て、仲間たちは安心したばかりか、彼の単純明快な、性格の良い部分をあらためて知ったように思った。

マカオに戻ったときにはもう夜になっていた。家に帰る途中、魚臭さを少し気にしながら、ふと、雀仔園を通って行くことに決めた。界隈の住民たちは早く床につくのか、ほとんど誰ともすれ違わず、ひとりの水売り娘の姿も見当たらなかった。帰宅すると、電話もせずに仕事を休んだことに対して父からしつこく小言を言われたが、母をはじめとする女たちが皆で彼を援護してくれた。ベッドに横たわると、あの水売り娘の姿が浮かび、自尊心をちくりと針で刺されるように感じた。

それから一週間あまりの間、雀仔園のことはすっかり忘れていた。結局は、気に病む価値もないような、つまらないことだったのだ。とはいえ、中年の水売り女が疲れた様子で道を歩いているのを見かけたとき、ふとあの黒髪の娘を思い出し、苦々しい思いがまた蘇ってきた。そしてなぜか無謀にも、魚釣りから帰ってきたときと、同じ道を歩いてみることにした。

井戸の界隈が一番賑やかな時間帯は過ぎていた。井戸のほうに近づいていくと、往来はなく、ふたりの女が天秤棒から吊るした桶の綱を持って静かに歩いているだけだった。しかし、まもなく、壁の近くにいるふたりの髪結い女の周りに、数人の水売り女や洗濯女たちが座り込んで、おしゃべりしたりふざけあったりしながら、自分の番が来るのを待っているのが見えた。

髪結い女のひとりが、ちょうど、乱暴な口をきいているひとりの若い水売り女の黒髪をとかしていた。櫛を後ろに引っ張ったせいで娘のあごが上がり、細いうなじと胸のふくらみがはっきりと見えた。なんてきれいな娘なんだろう!

彼はもう少しよく見ようと立ち止まった。今、自分が、誰もが近道として選んでも足早に通り抜け、けっして長い間とどまらないようにしている、評判の悪い雀仔園地区にいることを、すっかり忘れていた。そして、自分のふるまいが侮辱的で、正しくない行為と思われてしまうということも念頭になかった。彼にとっては不思議な魅力を感じる景色だったので、目にした裸足の娘たちの品定めをすることは自然な行為にすら思えた。

男の視線に気づき、誰にも遠慮することなくおしゃべりに熱中していた娘たちは話すのをやめた。彼女たちの顔はこわばり、臆病な娘たちは後ずさり、髪結い女たちが汚い言葉をあびせかけてきた。

今まで、この界隈に足を踏み入れた「グワイ・ロー」はすぐに出て行くのが常だった。だから、これほど厚かましい態度で、彼女たちの前でじっと立ち止まった「グワイ・ロー」を見たのは初めてだった。

そいつに堂々と立ち向かえたのはア・レンだけだった。怒りで彼女の鼻の穴が膨らみ始めた。あの日と同じ男だ。またひとつ、「グワイ・ロー」が身の程をわきまえない奴らだということがはっきりした。自分や友人たちを、まるで市場に並べられたメンドリを見るような目つきで眺めまわすなんて信じられない。

「何を見てるのさ？　女を見たことがないのかい？」

「君の髪に見とれてしまったんだよ」

そう答えた男の中国語には、訛りはあったが、何を言っているのかはっきりわかった。

男が自分たちの言葉を話したことにひどく驚いた。けれど、自分の気持ちを立て直し、強い調子でこう言った。

「もう充分見ただろう。ここから出て行きな」

彼女の高い声が脅すように響いた。仲間たちが見守る中で、身を縮めることも、震えることもなかった。そして、石畳の道に転がっていた石を拾った。もしこれ以上男が何かをしたらそれを投げて、大声で叫んでやろうと思った。すると、男は顔を赤らめ、彼女の言葉に従った。雀仔園を出て行くアドジンドの背後で、女たちのからかいの声と大きな笑い声が広がった。

もう一度、彼はまるで汚らしい犬のように追い払われたのだった。召使よりも下の階層に属する、裸足の娘が、このアドジンド様を侮辱する勇気を見せたのだ。明らかに、この生意気な娘は彼の外見や紳士的な身のこなしに心奪われなかったのだ。あんなに多くの女たちが、彼を死ぬほど恋焦がれ、振り向いてほしいと熱望しているというのに。

ア・レンの名声は一気に高まった。彼女が「グワイ・ロー」に立ち向かい、追っ払ったというニュースには尾ひれ背びれがついて、あっという間に雀仔園のそこかしこに広まった。夜になると、「グワイ・ロー」すなわち「悪魔」が彼女にたくさんの石を投げつけられ、しっぽを巻いて退却したという話をする者までいた。そして、その夜の「女王蜂」は、これまでにないほど彼女に優しくしてくれた。ア・レンは間違いなく、雀仔園の「お姫様」になったのだった。

四

アドジンドは、午後の間ずっと、あの出来事のことで頭がいっぱいだった。自尊心を傷つけられ、プライドがずたずただった。もう我慢ならん、あの娘に教えてやらねばならない!「ハンサム坊やのアドジンド」はまるでアリに刺されたような気分だった。あざ笑われ、石を投げられた気分で胸がじんじんとし、自分の言いなりになっている、あの鳩のような胸の愛人との逢瀬のことも頭に入らなかった。女に馬鹿にされるなんて。何もしないままにしておくわけにはいかなかった。このアドジンド様を誰だと思っているんだ。

夕食の席で、雀仔園(チョックチャイウン)のクズどもを厳しく処置すべきだと酷評した。たまたま路地に足を踏み入れた善良な市民に対し、靴も履かない小娘たちでさえ偉そうに、無遠慮にふるまい、口のきき方もひどい、と。彼の見たところでは、雀仔園は、ローザ小路と同じような大きな恥ずべき売春宿街に変わり果てた、と。

家族や招待客たちは、ご馳走を平らげながら、彼の言葉にうなずいた。螺鈿の長テーブルを覆う白いテーブルクロスの上に、磨かれたカトラリーと美しい食器が並んだ快適な食卓の席で、皆、彼に同意した。誰一人として、未来もないような小さな地区でお互いに肩を寄せ合って住んでいる奴らの肩を持つ者などいなかった。

話題は、その辺りの暗い路地で起こった傷害事件の話に及んだ。清算のためにくだんの地区に入ったポルトガル人男性が足を折られ、結局一生足をひきずることになったが、その相手がどうなったのかは誰も知らないそうだ。

長話をしても気分は乗らなかった。結局は自尊心を傷つけられたことを忘れようとする、ばかばかしいいつわりにすぎなかった。あの娘のあごと細いうなじ、そして豊かな髪が、食卓の席にいても頭から離れなかった。高慢ちきで、無学で、家から家へ水を売るような仕事をしている娘のことで、わが尊厳を傷つけられるなど許せなかった。しかし、あの娘のことが頭から離れないのだ。

仕返しをしてやる。そうしないとプライドを取り戻せない。突然いい考えが浮かんだ。一番いい仕返しは、あの娘をものにして、もっともらしく捨ててやることだ。考えてみるとあの娘は魚くさい醜女ではなく、それどころか、この手でもてあそんでみたいような美しい三つ編みの黒髪のきれいな娘なのだから。

この計画は、ここにいる者たちにもらすようなものではない。心の中にとどめておこう。娘がしたふるまいは、プレイボーイを自負する自分の汚点だった。すでに、金も美貌も兼ね備えているあのバイショ・モンテの未亡人の男になっている自分が、水売りの女などに心を煩わされているなんて、恥ずべきことだったからだ。

いつものように身だしなみを整えた。まったく異なる常識や生き方をしている労働者階級の娘にとって、そのことが何の重要性も持たないとは思いもしなかった。それどころか、生まれ育った環境の違いがあまりにも大きすぎて、娘にショックを与えるのではないかとさえ思っていた。

あの井戸に行くのは避けた。あそこに行ったらまた、たくさんの女たちに笑われる羽目になるからだ。娘がひとりでいるところをつかまえたい。しかし、無駄に二週間が過ぎていった。彼女の姿を見かけることもできず、いらいらが募った。自分に行方を突き止めさせない娘に、驚きすら覚えた。彼は誰にもこのことを話さず、こっそり街中を歩き回った。そうこうしているうちに、見知った顔もたくさんできた。娘がどの辺りに住んでいるのかも突き止めたが、彼女の足取りはつかめず、わけがわからなくなってきた。追い詰められながら、彼の不穏な行動は続いた。

そんな彼の行動は、もちろん彼女の耳に届いていた。「グワイ・ロー」の男が彼女を探して、通りのあちこちをうろつき回っている、と聞き、怒りを覚えた。仲の良い友人たちの話は彼女の心の平穏を奪った。今や、彼女が周囲からからかわれる立場になっていた。桶を持って井戸に行くときには、必ずあの憎らしい男がいないかどうか、辺りを見回すようになっていた。しかし、もう鉢合わせするのは時間の問題ではないかと思われた。

彼女は「女王蜂」にすべてを打ち明けたが、自分の名が汚されたと思ったのか、「女王蜂」は良い顔をしなかった。「女王蜂」は女たち全員に落ち着くように、と言った。「グワイ・ロー」は誰にも迷惑をかけていないし、かえって行儀よく自分の仕事をしているだけだと。もし何か常識はずれのことをやり始めたら、対応してやろう、と。けれど、そんな一時的な解決策では、ア・レンの心は休まらなかった。

いっぽう、アドジンドは彼女を探し回るのに疲れてきた。もうここには住んでいないのではないだろうかと思うようになってきたある日、いっぱいに水をたたえた桶をかついだ水売りの娘が階段を上っていく後ろ姿が遠くに見えた。顔は見えなかったが、あの独特の三つ編みの髪で彼女だとわかった。誰にも見られないように彼女の後をつけた。

細身の小柄な体が、リズムよく小さなステップを踏んでいた。重い桶をバランスよく運ぶために、その足取りは力強く、また体は少し前かがみになっていた。ぴったりとした中国服の腰のくびれがはっきりと見え、腰は踊るような曲線を描き、裸足の足は長くまっすぐに伸びていた。桶から一滴も水をこぼさず、しっかりとした同じ足取りで歩いて行った。そのたびに、太くひと房に編んだ三つ編みの髪が振り子のように揺れるのが官能的だった。

彼は遠くからそっと彼女の後をついていった。彼女は階段を上り、ノーヴァ通りからギア灯台の方面に向かって行った。休むこともないのは、体が丈夫なのだろう。やっとの思いで階段を上り彼女について行ったが、上まで行くと、彼女の姿は消えていた。遠くには行っていないはずだ。おそらく近くの家にでも入ったのだろう。

そう思って、あちこちを歩き回りながら、彼女が出てくるのを待った。誰にも「こちら側の人間」に出会わないことを祈りながら。まったくもってアドジンドの勝手な思いだった。

ついに彼女の姿が現れた。水を運んで行った家の扉から出てきたところで、彼女は彼の姿を見た。男が自分をつけてきたことを一瞬にして理解した。なんて図々しい男なんだろう！　私に何をしたいというの？「グワイ・ロー」と一緒にいるところを皆やお客に見られたら何て言われることだろう。怒りと恥ずかしさが混ざった気持ちに襲われた。こんなに迷惑をかけられて、いったい何だっていうの。彼女は後戻りすることも、恐ろしさに震えることもしなかった。男が何か言うまでは様子を見ていた。自分が行こうとするのを邪魔したら何か事を起こそう。空の桶がぶら下がった天秤棒を肩にかけ、階段を下りようとした。

そのとき、アドジンドは自分の中で一番魅惑的な笑みを浮かべ、最初の一言を口にした。

「ねえ君、こんな時間にまだ働いてるの？」

ア・レンは一瞬たりとも待たなかった。その瞬間、怒った顔で天秤棒の綱をほどき、棒のような形にして手に握った。アドジンドは彼女をなだめるようなしぐさをしたが、彼女は彼を打とうとし、綱が空を切った。もう一撃をくらわせようとしたとき、彼は思わず後ろに飛びすさって難を逃れた。もう一秒遅れていたら、頭に当たっていたに違いない。

彼は背中を向けて逃げた。後方で、もう一度綱が投げ下ろされる音とそれが地面に当たる音がした。してやったりと興奮している娘は階段のところまで追いかけてきた。もし彼の逃げ足が遅かったら、もっとひどい目に遭わされたことだろう。

見物人たちは拍手喝采だった。最初の曲がり角まで逃げてきたとき、彼の心臓は破裂しそうだった。さらにかなり遠くまで来てから、ようやく立ち止まったが、まだ彼女の足音が聞こえてくるようだった。壁によりかかり、息をぜいぜいさせた。シャツは汗でびしょぬれだった。これが、あの「ハンサム坊やのアドジンド」が、彼の容姿にも、お金にも、ドンファンぶりにも目もくれない水売り娘に追い払われた、ことの顛末だった。

真っ青な顔をして帰宅した彼に、皆が驚いた。少し気分が悪くなったのだと言い訳をすると、気付けにとドリンクが渡されたが、それでもだめなので、従姉のカタリーナが自家製のトニックを持ってきてくれた。本当のことを言ってしまいたかったが、老いぼれ馬のようにひとりの娘から恐れをなして逃げてきたのだなどと言うことは、とてもできなかった。あの事件の間、誰にも知った顔に出会わなかったことだけが救いだった。このアドジンド様が、召使以下の娘から、しっぽを巻いて逃げてきたなんて！　当代きってのやさ男がぼろぼろにされたなんて、いいゴシップの種になってしまう！

こうなってはもう二度と雀仔園に足を踏み入れることはできないだろう。あんなに人に見られてしまっては面目丸つぶれだ。臆病に体を震わせて逃げて行った自分のことを皆笑っているだろう。

そんな不名誉には耐えられない。あんな社会のクズどもがいるところに行くこと自体、間違っていたんだ！　自分も足を折られるところだった。どんな女も手に入れてきた自分にとっては、最初の失敗だったが、まあいいだろう。「こちら側の人間」には誰にも見られなかったのだから。

もし彼がその夜、雀仔園に足を踏み入れていたら、もっと辱められた気持ちになったことだろう。ア・レンはその勝利を絶賛されていた。興奮した者たちに何度も何度も同じ話をして聞かせなくてはならなかった。「女王蜂」もご満悦で、彼女と、その友人たち全員にカニのご馳走をふるまった。そして傍若無人の「グワイ・ロー」に一矢を報いてやったことは、実に、祝うべき出来事だった。その夜、硬い枕に頭を沈めた彼女は、強い意志を持って尊厳を守り通したこの界隈のお姫様だった。

ア・レンはふたたび平穏な気持ちで眠りについた。

これで、「グワイ・ロー」はもう二度と自分の前に現れることはないだろう。

五

それからしばらく、アドジンドは新しく行動を起こす気持ちにはなれなかった。自分の名声を汚されたという心の傷は癒えず、嫌悪感が募るばかりだった。

しばらくの間、あの事件に関して何か悪い噂が立つのではないかと、いてもたってもいられずにいた。しかし結局、「こちら側の人間」には何も伝わってくることはなく、ほっと胸をなでおろした。あれから雀仔園（チョックチャイウン）に行くのは避け、外出するときはガイオ通りを降りて、用心深く人力車に乗るようにしていた。

そうしているうちに、厳しい冬が過ぎ、雨の多い二月から四月が過ぎ、五月には夏の到来とともに蝉が鳴き始め、ツバメの姿が見られるようになった。この間、彼はドンファンの生活を続けた。いつかリヴィエラホテルのベランダで見かけた女ではなかったが、同じように美しく、バラ色の頬と落ち着いた金色の髪を持ったイギリス人女性をついに、ものにした。女は毎土曜日マカオにやって来てはベラ・ヴィスタホテルに泊まり、月曜日に帰っていった。

バイショ・モンテの未亡人との関係も相変わらず続いていたが、結婚をほのめかされ、次第に面倒になってきていた。夫が残した莫大な遺産を持っている彼女と一緒になるのは、彼にとってこの上なくいい話であったはずだった。彼女は素晴らしい歓喜を与えてはくれたが、恋の炎が燃え盛った今、次第に湿っぽくなり、早く彼が気持ちを決めてくれなければもう耐えられない、これまでなんとか保ってきた未亡人としての立場が危うくなると涙ながらに訴えたかと思うと、急に怒り出したりした。

父と息子は何度か話し合いをした。もう片をつける時期だろう、本当なら妻としては別の女性のほうが良いが、あの未亡人なら反対はしないぞ、と父は言った。少々思慮に欠けるところはあるが、金はあるし、見栄えも良いし、人当たりも良いじゃないか、と。しかし、父以外の家族は皆、難色を示した。特に従姉のカタリーナは猛反対だった。母親は今まで誰のものにもなったことのない、純粋無垢な乙女を嫁にもらいたいと言い、祖母も叔母たちもそれに同意した。周囲では延々と品定めが続いていたが、アドジンドはまるで自分とは関係のないことであるかのように、知らぬ存ぜぬを通した。しかし、未亡人のことが次第にうっとうしくなってきているのは確かだった。

なぜか、悪い思い出として記憶から消してしまおうと思っていた、あの水売りの娘のことが忘れられずにいた。自尊心を傷つけられた苦い心の傷は、今もまだ癒えていなかった。大英帝国出身のエリートの娘ですら自分の手に落ちたというのに、裸足で文盲の水売り娘にはねつけられるなんて、自尊心がずたずただった。

天秤棒をかつぎ、水を桶やカゴで運んでいる娘たちを見るたびに、心臓が鳴り、目の前で見た、踊るような体の動きと左右に揺れるかぐわしい黒髪の房が、すでにおぼろげなイメージとなって浮かんできた。あの三つ編みの髪の房は本当にきれいだった。今までのどの女も持っていないあの髪を、自分の手で撫でている情景を想像すると、体がほてった。そのためだけでも雀仔園に戻ってもいいとさえ思えた。

そんなある夜、胸に手を置いて眠っているとき、快楽の中であの髪の房を解くと、怒った娘が彼に向かって天秤棒を振り上げる夢を見た。殴られたような感覚がして夢から覚め、あばらや、腕や、足に痛みを感じ、汗だくになっていた。二度とあの場所に入ってはならないというお告げだと感じた。しかし、どうしてもあの髪に執着して仕方がなかった。

五月のある昼下がり、父の会社に行く前にひと寝入りし、すっきりと目覚めた。ベッドから気分良く起き上がり、家の奥にあるバスルームに入った。小さな窓からは裏庭が見え、食後の休憩をとっている女中たちのおしゃべりが聞こえていた。それはいつもと同じ、蝉の鳴き声と一緒くたに聞こえる話し声で、あまりにも平凡な、気を引かれることもない光景だった。

突然、その複数の声の中に、それまでとは違う、でもかつてどこかで聞いたことのある笑い声が響いた。ふと気になり、小窓から外を除いてみた。その瞬間、胸が高鳴った。間違いだろうか？まるでコソ泥のように、気取られないよう、もう一度窓から外をのぞいてみた。まぎれもない、あの娘だった。

夢にまで見たあの水売り娘が、窓のすぐ下にしゃがみこんで、快活におしゃべりをしながら茶を飲んでいた。いつもの仕事着の黒い中国服を身にまとい、裸足で、足の指は泥やほこりで汚れていた。召使たちの中にいるからか、襟元のボタンをはずして楽にしていた。膝を曲げているためにズボンのすそが少し上がってくるぶしと細い足がのぞいていた。官能的なあの髪の房が胸のところに持ってこられているのは、たぶん後ろに流すと三つ編みの先が地面について汚れてしまうのを避けたいからだろう。頭の丸いカーブのところで、その髪は青い光を放っていて、まるで太陽の光を受けた鳥の翼のようだった。

娘は何も知らずに、オオカミの巣に入り込んでしまったのだ。彼女は病気になって働けなくなった仕事仲間の代わりに水を届けに来るようになったのだった。そういえば、母が最近、とてもきれいで透き通った井戸水を届けに新しい娘が来るようになったという話をしていたのを思い出した。

それは雀仔園の井戸水だったのだ！　もう一か月も前の話だったじゃないか。ずっとそのことに気づかなかったなんて！

どんな物音も立てないように気をつけた。もし彼女がふと上を見上げて目が合ってしまったらおしまいだ。驚愕のあまり逃げ出して、二度とこの家には水を運びに来なくなってしまうだろう。そんなことになって欲しくなかった。そして彼女がもうひとつ別の宝物を持っていることに気づいた。それはあたたかく良く通る声で、うっとりさせられた。

その場所で、彼女はなかなか動き出さずにいた。井戸に戻れば、また別の仕事を言いつけられるだろうと思うと、この場を立ち去りがたかったからだ。指で髪の房をいじりながら、時々鼻のところに持っていって匂いを嗅ぎ、三つ編みのところに指を入れたり出したりして、房をもてあそんだ。

その姿はまるで、種ばかりの間に咲く一輪の花のようだった！　いつか彼女が下らぬ男の手にかかり、何人もの子どもを産ませられ、身体をこわし、その髪が輝きをなくしていくかと思うと残念でならなかった。これから何年もの間、晴れの日も雨の日も、冬の日も夏の日も、あの桶をかついで道を行き来していくうちに、今の輝きは影をひそめ、自らも気づかない美しさや若さが失われていくのだろうか。

彼女が立ち上がったとき、彼は小窓から身動きすることができなかった。もし焦って何かしようものなら、未来はない。彼女が行ってしまうのを見送ってから、台所に降り、水を一杯くれと召使に頼んだ。一番ア・レンとよく話をしていたおしゃべりの召使に、喉の渇きをいっぺんに癒してくれた美味しい水はどこから持って来られたのかと尋ねてみた。召使は喜んで事細かに説明をした。こうして、「ハンサム坊やのアドジンド」は、水が何時に運ばれたのかを知った。他には何も聞かず、口笛を吹きながら外出した。

二日後の土曜日、昼食をとらずに家を出て、彼女が通りそうな場所で待ち伏せをしていると、思ったとおり、軽やかな足取りで上手にバランスをとりながら、機敏な仕事ぶりで歩いてくる彼女の姿を遠くに認めた。細い脇道のところで、ちゃんと通れるようにして彼女を待った。彼女の顔に驚きの表情が浮かんだが、自分のテリトリー以外の場所では、何もすることができなかった。アドジンドは彼女に微笑みかけ、軽く会釈をしたが、彼女は何も返さなかった。ここではぶたれることもないと確信し、彼女が通り過ぎるのを待ってから後を追った。

家へと向かう道にいるのだから、自分が彼女を追いかけているとは誰も思わないはずだ。しかし、彼女は気づいていた。仕事の糧となる水をこぼさぬよう、肩にかついだ天秤棒をしっかり握るのが精いっぱいで、後ろを振り向くことはできなかった。ちらっとだけ男に視線を投げかけたが、胸騒ぎがした。

彼女は家の裏口で立ち止まった。天秤棒を肩からはずしたが、それを振り上げることはしなかった。近づいてくる彼のほうを振り向き、苦々しく、しかし低い声でこう言った。

「あたしに何の用なの？」

「僕に言ってるの？　別に……何の用でもないよ。ただ家に帰るだけさ」

映画「大辮子的誘惑」より　〔資料提供〕蔡安安

涼しげな声でこう答えると、扉を指差しこう言った。

「ここに行くんじゃないのかい？　僕もそうなんだ。ここは僕の家だからね」

若い娘は雷に打たれたようだった。日に焼けた顔が真っ赤にほてった。もったいぶった様子で鍵を彼女に見せ、勝手口の扉を開けると、彼女がこれまで一度も受けたことのない紳士然とした物腰でこう言ったのだった。

「どうぞお入りください、小姐（シウチェー）（お嬢さん）」

初めて耳にした、「お嬢さん」という言葉、それは態度にしても言葉にしても、いつも粗末にしか扱われることのなかった水売りの娘をもっと動揺させた。さらにうろたえそうになったとき、扉の奥から、おしゃべりの召使、ア・サンが顔を出した。

ア・サンは彼の顔を見ても不思議な顔をしなかった。お坊ちゃまが裏口から家に入ることはよくあったからだ。裏庭から上の階に続く階段があり、これを使えば、夜、帰宅するときに誰にも邪魔されずに家に入れたからだった。

しかし驚いたのは、お坊ちゃまが自分よりも先に、水売り娘を優しく中に入れたことだった。ア・レンの顔は真っ赤になり、喉はからからだった。彼女が桶を床に置いたとき、水が少しこぼれてしまった。

「すみません……すぐに拭きます」

床を少々ぬらしただけだったが、彼女はひどく恥ずかしいことをしてしまったように思った。

「大丈夫だよ。大したことじゃない」

娘たちを悩殺するときに使う微笑みを浮かべ、階段を上り、後ろも振り返らずに家の中に入った。

しかしすぐに、ア・サンが自慢げにこう言うのが聞こえた。

「お坊ちゃまは本当に良い方だろ。とても親切なお方なんだよ」

小窓のところに張り付く必要はなかった。あの娘は十分すぎるほど驚いたことだろうし、もし自分が彼女を窓からのぞき見ている姿など見つけてしまったら、もう二度とこの場所に戻っては来ないだろうから。この一撃は大成功で、これまでの忍耐は最終的に勝利をもたらし、あの黒髪の娘をまもなくものにすることができるだろうと思った。その同じ時間に、未亡人が嫉妬に身をよじらせながら彼のことを待ちわびていることなど、頭をよぎることもなかった。それからゆっくりと髪を整え、家の正門を出てバイショ・モンテに向かった。

裏庭にいたア・サンは何事も知らず、単にお坊ちゃまがいつもの親切心を発揮したのだと思っていた。ア・レンがどぎまぎしているのを見て、ただただお坊ちゃまを褒めたたえ、周りの召使も声をそろえた。お坊ちゃまは良い方だ、召使たちに声を荒げることもなければ、ののしることもない。水一杯渡しただけで、「ありがとう」と言ってくれる。召使だからと言って馬鹿にしたこともない。

厳しいのは着ていらっしゃる服や靴のことだけだ。ズボンにはしわひとつあってはならないし、シャツにはしみひとつあってはならないし、靴はいつもピカピカに磨かれていなければならない。それだって必要なときには何をするべきか優しく言ってくれる。皆、お坊ちゃまに喜んでもらえるように頑張っていた。

召使たちは、低い声で声をそろえてこうつけ加えた。本当にお坊ちゃまは素晴らしいよ、他とは大違いさ。奥様たちは言葉はご丁寧だけど厳しいことと言ったら、いつもあらさがしなんだ。自分たちがやればいいことまであたしたちに言いつけるんだからね、自分の足元の床に落ちたハンカチを拾え、なんて言って。旦那様も同じようなもんだね、言いつけがすごく細かく厳しくて、守れなかったら即クビさ。

ア・レンはようやく自分を取り戻し、今度は興味津々になっていた。そのせいで次の仕事のことを忘れてしまうほどだった。色々質問し、正直な話を長々と聞いた。あとで面倒なことにならぬよう、「お坊ちゃま」が自分を付け回していることは黙っておいた。今度は一杯でなく二杯の茶を飲み干し、奥様が前の晩に作って召使たちに配ってくれた甘い菓子を一切れ食べた。家を出たときには、実際のところ、頭が混乱していた。それまで自分が持っていたあの男の印象が変わっていた。

その日起こったことについては、誰にも言わなかった。いつも相談している「女王蜂」にも。夜、仲間の女たちはいぶかしく思った。いつになく彼女が心ここにあらずで、思いが遠くにあるような感じだったからだ。落ち着かない様子で、会話にも入ってこなかった。

その夜は一晩中、彼の姿が頭から離れなかった。「お嬢さん」と自分を呼んだあの優しさや、扉をおさえて先に通してくれたことなど、彼のことばかり考えてしまい、苦しくて仕方がなくなった。自分とは全然違う顔立ちで、最初は醜いと思い込んでいたけれど、その反対だったかもしれない。

翌日、井戸水を彼の家に運ぶ時間になると、緊張で体が硬くなった。今日はいったい何が起こるだろうか。しかし何もなく、がっかりした。彼の姿を見ないまま三日が経った。色々不安になるのが自分でも不思議だった。自分が家に水を売りに来る娘だと知ってがっかりしたのだろうか？　自分がしたことに何か文句があったのかしら？　でももし文句があるなら最初の日に言われたはずだ、と思い直した。彼がすべて仕組んだことだなどと思いもしなかった。アドジンドは驚くべき忍耐力で、彼女に気を持たせようとしたのだった。

四日目は仕事がたてこんでいた。どんなに頑張っても、決められた時間に彼の家に水を運びに行くことはできそうもなかった。仕方なくいつもと同じ速さで、体をこわばらせ、腰を動かし水の入った桶を運んだ。わきと背中に次々に汗がにじんだ。ズボンのすそと裸足の両足が泥で汚れた。唯一、清潔で見栄えがするのは、自慢の黒髪の房だった。

ふたつの細い路地が交差したわずかな日陰で、息を整えるために立ち止まった。六月の太陽が容赦なく照り付けていた。中国服の腰のところに下げた布をとって顔の汗を拭くと、血管が浮き上がって見えた。そのとき突然後ろで声がした。

「こんにちは」

体が震えた。結局、自分のことを忘れてしまったわけではなかったのだ。清潔で真っ白なシャツを着て、ずっと後になって「オーデコロン」という名前だと教えてもらった香水のいい匂いをふりまいて、彼はそこに立っていた。右手には真っ赤なバラの花を二本たずさえていた。満足感に満ちあふれて見えた。そのとき彼女は初めて、自分の体が汚れていて、ほこりと汗にまみれていることを実感し、ぞっとした。

バラの花を差し出して、アドジンドはこう言った。

「これ、君のために摘んできたんだ。僕の家の庭に咲いているんだよ」

「もらえない。両手がふさがっているから」

「捨ててほしいってこと?」

「そうじゃない。とっても、きれい」

以前、「グワイ・ロー」は気に入った娘たちに花を贈るのだと、聞いたことがあった。雀仔園に住んでいる若者たちはこんな丁寧な態度で相手を扱うことなんて絶対、誰も考えもしない。こんなことは初めてだった。

人目が気になり、このままでいることはできなかった。何も言えず、困り果てて、バラの花を受け取らなかった。金持ちの息子の前で、膝を曲げて肩に天秤棒をかけて体をまっすぐにし、バランスをとった。そのとき、アドジンドは水でいっぱいになった桶に一本ずつバラの花を投げ入れた。花は水に浮かんで、華やいで見えた。

彼女は断らずにその場を立ち去った。彼は後を追う必要はなかった。氷は溶け始めたのだ。ここまで我慢したかいがあった。家の壁や木の陰に隠れながら、家の近所をうろうろして待っていた。ひとつだけ確認したいことがあったのだが、それにはあまり時間がかからなかった。ア・レンが家から出てきたとき、恋人たちを結びつける愛の花、二本のバラの花を、しっかりと手に握っていたからだ。

六

かたくなだった水売り娘の心を獲得し、アドジンドは勝利の美酒に酔っていた。夜、ビリヤードに出かけると、喜びを隠せず、誰かれ構わずビールを奢ってやった。

これまでアドジンドの捨てた「残り物」に喜んであずかってきた友人のフロレンシオは、今度はどんな女なのかといぶかしがっていた。正直とても驚いていた。彼に恋い焦がれている大金持ちの未亡人、ルクレシアを手に入れたというのに、それ以上何が欲しいというのだろう？　どこにそれ以上ぴったりするスリッパがあるというのだろう？　いくらなんでもやりすぎじゃないだろうか。

「新しい彼女は誰なんだよ？」

アドジンドははぐらかすように肩をすくめ、獲物になった女たちをあれこれ思い浮かべている友人をからかっているようだった。ようやく実った恋の相手が、天秤棒をかつぎ、裸足であちこち走り回っている水売りの娘などと告白することはできなかった。自分のドンファンとしての名声を損なうようなことを聞いても、フロレンシオはきっと納得しないだろう。

目的にあと一歩と近づいた今、アドジンドはもう彼女とすれ違って簡単な言葉を交わすだけの逢瀬では満足できなかった。もっと一緒にいる時間が欲しかった。あの一本に垂らした三つ編みの髪にぞっこんで、理性も常識も失いそうだった。

ア・レンのほうは、ずっと悩みながら暮らす毎日を過ごしていた。彼の姿が目に焼き付いて離れなかった。こんなことは初めてだった。学校に行くお金もなかったから、読み書きはできなかった。けれど、彼女は誰とでも寝るような女でも、安っぽい女でもなかったし、良いことと悪いことの区別はしっかりできていた。

自分の世界は雀仔園（チョックチャイウン）だった。その中には評判の悪い、売春婦や極悪人たちの住みかもあった。しかしそこにも名誉を守る一線が引かれ、それぞれの生活様式やふるまい、守るべき伝統や習慣が存在していて、それに反する者は罰を受けることが科されていた。実際のところ境界はなかった。そこに住んでいる人たちは皆、家族のようなものだった。自分の生活は、他の者たちと同じように、すべてがこの界隈で完結していると信じて育ってきた。

そんなごく単純な自分の生活に入り込んできた「グワイ・ロー」との出会いは、これまで位置づけられてきた自分の人生を狂わせようとしていた。彼は自分とまったく逆の世界に住み、まったく違う言葉を話し、違う宗教、異なる習慣のもとに生活していた。あまりにも違う世界にいた。

そんなある日、彼の家族が全員出かけて誰もいなかった日、そこで働いていることを誇りに思っている使用人のア・サンに誘われて家の中をそっと見せてもらった彼女は、大きな衝撃を受けた。複数の寝室、バスルーム、居間、主人の書斎、本棚、家具、カーペット、カーテン……すべてが初めて目にするものばかりで、身がすくんで言葉が出ないほどだった。蝋の匂いがするこんなにぴかぴかに磨かれた床を歩いたことなどなかった。裸足の泥の跡がついて恥ずかしくなったが、あとで気づかれては大変と、ア・サンが慌てて足跡をぬぐった。さらにびっくりしたのは壁に掛けられた電話や、大きく口を広げたような蓄音機、扇風機、製氷機、ふかふかのソファーやベッド……自分の五感に触れるものすべてが、今までに見たこともののないものばかりだった。

そしてお坊ちゃまの部屋は、完璧に片付けられていて香水のいい匂いが漂い、夢のように柔らかいベッドがあった。厚かましいア・サンが、どうしても彼女にそのベッドの寝心地を試してみろと指図するので寝転んでみると、清潔なシーツの何とも言えない豪華な感触がした。どれをとっても、雀仔園のどの若者たちとも比べものにならなかった。

もちろんあの男に対して最初に感じた敵対心や、わが身を守るために男を避けなければならないと思う気持ちは今も変わらなかったが、なぜかふとそう考えることが悲しくなった。男を警戒する気持ちが崩れてきた。か弱い蛾が強い灯にいやおうなく引き付けられ、わが身を焼かれてしまうと知りながら、そこから逃れることができないように。

そして、彼の強い押しが彼女の心を動かした。帰り道にまちぶせをされ、道行く人々や、使用人のア・サンのいぶかしげな視線を感じながらも、彼女は、彼とふたりだけで会うことを承知したのだった。

その逢引きは、ヴァスコ・ダ・ガマ公園の中、こんもりした茂みの間にある、外灯の灯りが差してこないベンチで、無遠慮な人々の目から逃れるのには絶好の場所だった。

ア・レンは左右を見回しながら、ひどく緊張した面持ちで現れた。まったく落ち着かず、ちょっと物音がしただけでも誰か自分の界隈の男たちにつけられているのではないかと、びっくりして飛び上がるほどだった。彼と彼女はベンチの端と端に腰かけた。最初のうち、彼が何かを尋ねても、彼女はろくに返事もしようとしなかった。

アドジンドは、あえて彼女に近づこうとしなかった。彼女がどんな性質の女性なのか測りかねたからだ。今の彼女は、まるで怯えた小動物で、何かまずいことをしようものなら脱兎のごとく逃げて行きそうな様子だった。そこで彼はじっと、時間をかけて、忍耐強く行動を起こすことにした。

少し落ち着いてから、ふたりの会話は彼の予想とは違う方向に進んだ。実際、水売りの娘の会話といったら、彼女の住んでいる界隈のこととか、毎日の生活のこととか、井戸のこととか、同居している老婆のこととか、近くにある寺のことぐらいしかなかった。でも、それが第一歩だった。ただ、彼女はもうそれ以上話をしようとしなかった。

三十分黙りこくったあげく彼女は立ち上がり、こう言い訳をした。早く寝なくちゃいけないの、お天道様と一緒に起きて、その後はずっと、日が暮れるまであっちの家、こっちの家と水を運ばなきゃならないんだ。一言一言に力を込め、そう簡単にはあんたの言いなりにはならないよ、という態度を見せつけた。あたしは馬鹿かもしれないけど、プライドもあるし、恥も知っているんだからね。安っぽい女とは違うんだ。

次にいつ会うか約束を取り付けるのは大変だった。彼はため息をついて、いかにも悲しそうなそぶりを見せ、悪いことはしないからと何度も言って聞かせた。ようやく彼女はこう言った。

「じゃあ、あさって、同じ時間に」

忍耐、忍耐、そして忍耐あるのみだ。それこそが勝利の秘訣なのだから。

あっという間に、彼女の細い体のシルエットは夕闇に消えて行った。アドジンドはどっと疲れを感じ、煙草を一本出してゆっくりと煙を吸い込んだ。そして、バイショ・モンテで自分のことを待ちかねているであろう、嫉妬深い未亡人に遅れたことを何と言い訳しようと考えた。

二回目に会ったとき、ア・レンは前回よりも落ち着いた様子だった。時間ぴったりに現れ、以前同様に警戒心をあらわにした。話題は前回同様、雀仔園の界隈のことだったが、前よりももっと細かいことを話してくれた。彼女の暮らしはごく貧しいものだったが、特に多くを望んではいなかった。今の生活で十分満足していたのだ。すべての生活の中で、自らの仕事をもっとも気に入っていた。それが唯一自信を持てるものだったからだ。

アドジンドは彼女とあまりにも異なる自分の生活について一言も話をしようとはしなかった。まさか彼女が彼の家の中を見て回っていたことなど知りもしなかった。彼女が聞いて楽しんでくれそうな、学生時代の思い出を話題にしてみた。そうこうしているうちに、薄暗いベンチから笑い声が響いた。うまくいっているようだった。彼女との距離は前より近くなったけれど、でも彼女には触れようとしなかった。忍耐、忍耐と彼は自分に言い聞かせていた。

いつのまにか、五十分ほどが過ぎていた。ア・レンは飛び上がり、凄まじい勢いでその場を去った。どうしよう、いつもの「女王蜂」のところの集まりに間に合わなかった。みんななぜ自分が来なかったのか、いぶかしく思って噂しているだろう、と心配でならなかった。

三回目の約束の日、彼女は現れなかった。しかし、彼は我慢強く、毎晩彼女を待ち続けた。不思議なことにいらいらすることはなかった。普段ならそんなことをしない彼が、驚くべきほどの忍耐力で待ち続けたのだった。彼女以外の女性にはこんなことはしたことはなかった。手も握らないプラトニックな関係で！　それも水売りの娘に！　しかし彼は、彼女の身体と三つ編みに編んだ髪の房にぞっこん惚れ込んでいたのだった。

彼は用意周到だった。日中は彼女の後をつけようとはしなかった。なぜなら彼女が自宅へと向かう道には多くの人の目があり、何かあれば噂話でもちきりになるからだ。使用人のア・サンはすでに何かを嗅ぎつけているようで、彼女が行き来するのをいぶかしい目で見張っていた。だから、彼女を困らせないように、秘密裡にことを運ぶ必要があったのだ。忍耐、忍耐だ。

しかし、これらすべてのことが彼の神経をすり減らした。彼は追い詰められていた。それは嫉妬深い未亡人にも影響を及ぼした。ルクレシアはいつまでも未亡人のままでいたくはなかったのだ。

そしてついに、そう信じていたとおり、ア・レンは暗闇のベンチにふたたび姿を現した。息をぜいぜいさせながら。自分の内なる炎に抗えずにやって来たように思えた。なんとか言い訳をし、住んでいる地区を出て、誰かに後ろをついてこられないように、細い路地や小路をあちこち選んで遠回りをして。

誰にも疑われないように、木底の靴も履いてこなかった。裸足のまま、よそ行きの中国服で来られなかったことが、辛くてたまらなかった。

彼と向き合い、なぜこれまで来なかったか、説明することはなかった。ぶっきらぼうに、彼女は小さな声でこう言った。

「あんたと話がしたかったから……」

突然、アドジンドは彼女の手を握りしめた。硬くて、ざらざらしていて、天秤棒や、綱や、桶や、冬の寒さや、色々な重い荷物を持ち上げてきた手だった。そして、その夜、彼女の手は熱かった。彼女はされるがままに、彼の手の力強さを感じた。その手は、太陽のもとで働いたことを知らないきれいで柔らかな手だった。

ふたりは寄り添って座り、周りの目を忘れ、いつの間にか久しぶりに会えた幸せに浸っていた。三つ編みの髪の房の頭の部分に挿し込んだマグノリアの花のかぐわしい香りが、彼のオーデコロンの香りと混ざり合った。そして彼女のささやくような声が彼を突き動かした。

突然、彼は甘い言葉をささやきながら、彼女の腰に手を回し、唇を重ねようとした。

「やめて……こんなこと慣れてないんだから」

しかし彼はいつものプレイボーイに戻り、彼女の美しさを称える美辞麗句を並べ立てた。言葉が通じなかったかもしれないし、その言葉自体を彼女が信じなかったかもしれないが、いずれにしても、その言葉は彼女をくらくらとさせた。

彼はさらに一歩進んだ。誰にも邪魔されない場所でふたりきりでいられないことを嘆いた。彼女は小さくため息をついてこう答えた。

「こわい」

「何が？　こわいことなんて何もないよ」

「こんな所じゃ……」

そのとき、それまでなんとか冷静を保っていたアドジンドは我を忘れ、彼女を押し倒すと、唇を重ねようとした。突然のことに、彼女は本能的に彼に抗った。彼は彼女の尊厳を奪おうとしていたのだ。唇を許すことは身体を許す前の行為だからだ。それまで一度も接吻をした経験はなく、どんな思いに駆られるかも知らなかった。彼女にとって接吻とは、「グワイ・ロー」どうしがする破廉恥な、そして汚らわしい行為だった。

彼女は強い力でベンチの上で男に抗い、手や足をばたつかせた。男の言いなりにはなるまいと、健康で怒りにふるえる彼女の力は男に負けなかった。もみ合いながらふたりは地面に落ちた。彼は痛みに顔をしかめた。彼女は立ち上がって、中国服についた泥をはらい、マグノリアの花が落ちて乱れた髪を直した。

夢から覚めたように、失望を目に浮かべ、彼女は闇の中で立ったまま、こう言い放った。

「あんたはあたしを辱めたかっただけなんだ。慰みものにしたかっただけなんだ」

そしてくるりと背を向けると、背筋を伸ばしそこから立ち去った。

逢引きは失敗に終わってしまった。しかも、前の二回よりも短い時間で。彼が我慢できなかったせいで、すべてが水泡に帰してしまった。

地面に転がったまま、背中の痛みと、汚れた服にまみれ、アドジンドは悔しさに歯噛みした。何より彼のプライドが傷ついた。馬鹿にされた、たかが裸足の水売りの娘に！

翌日、ア・レンはヴィトーリア通りの彼の家には水を持って現れなかった。仲間の娘が彼女の代わりに来たのだった。

七

あの日、一九三一年八月十三日、真夏の暑い太陽が昇りきった早朝五時三十五分、フローラ地区の火薬庫で爆発事故が発生し、マカオの街中にすさまじい爆発音がとどろいた（注十二）。ヴィトーリア通りに位置するアドジンドの邸宅も被害を受けた。前の晩、ア・レンのことを思い悩むアドジンドは寝苦しい晩を過ごし、ようやく三時間ほどの眠りについていた。突然ガラスの震動を感じたアドジンドは、首の付け根に激しい痛みを感じ、そのまま気を失った。

爆風で家具が倒れ、ガラスが割れる中、家族はなんとか家の外に出たが、アドジンドだけがいないことに気づいた女たちは悲鳴を上げた。アドジンドの父アウレリオが息子の部屋に行ってみると、彼は倒れた箪笥と壁の間で気を失い、その額は打撲で紫色に腫れ上がり、ガラスの破片で負った左手の切り傷から血が流れていた。一番ひどかったのは首筋の切り傷で、真っ赤な血が首から流れていた。タクシーで病院へ運ばれる前に意識が戻り、頭と手の切り傷の痛みを訴えた。

医師の診察によれば、重傷ではなかったが、ある程度の出血があったため、念のため入院することになった。医師はこう言った。

「石頭で助かったね。何か硬いものにひどく当たったようだよ。もっとひどい傷になる可能性もあったが、この程度で済んで良かった」

アドジンドがけがをしたが運よく助かったという噂は、一日のうちに家族の女たちの口から周囲に一気に広がった。この事故の影響で、水を運んで来られなくなったことをア・レンの代わりの娘が心配していたところ、使用人のア・サンが情報を流し、雀仔園(チョックチャイウン)にいるア・レンにもその知らせが届いた。

あの出来事以降、ア・レンは鬱々とした毎日を過ごしていた。「女王蜂」と仲間たちは、理由はわからないが、ア・レンの変化には気づいていた。いつも輝いていた瞳はうつろになり、生き生きと取り組んでいた仕事にも身が入っていなかったからだ。何もかも自分の中に閉じ込め、何も言おうとはしなかった。

「あの娘は嫁に行かせるべきだね」と「女王蜂」はつぶやいた。

あの日、雀仔園は爆発の影響をほとんどと言ってよいほど受けなかった。数か所でガラスが割れたり、屋根瓦が数枚落ち、家の梁が少し緩んだ家があった程度で、けが人も死者もひとりも出なかった。また新たな爆発があるのではと心配の声もあがったが、結局はそれもなく無事だった。

しきりに怖がる老婆のことを思いやる余裕もなく、ア・レンはアドジンドのことが心配でならなかったが、誰にもそのことを言えなかった。意味もなく涙がこみあげてきて、あんなことをした奴だけれど、もう許してあげるから、彼のそばにいて、彼の額の汗をぬぐってやり、痛みを取り除いてあげる、と言ってやりたかった。でもそれはできない相談だった。もし彼が、中国人が行く鏡湖医院にいてくれていたら見舞いに行けるのに……。

その夜、ア・レンは仲間の女たちと一緒にヴァスコ・ダ・ガマ公園まで行ってみた。灯りはついていたが暗く、マカオ部隊の「ムーア人」(注十三)から命令され、野外ステージから奥に足を踏み入れることはできなかった。そこから先は真っ暗で何も見えず、彼の家があった辺りを目を凝らして見てもどこにも灯りが確認できず、ア・レンの悲しみと不安は増すばかりだった。

翌日あらためて爆弾の被害があった場所に足を運んだア・レンは、大きなショックに打ちのめされた。アドジンドのことばかり考えて、被害者の葬式に参列することもできなかった。おしゃべりなア・サンによれば、彼はまだ危機を脱していないとのことだった。

しかしそのころには、アドジンドはすっかり回復していて、心配性の父親のせいで病院に閉じ込められていることに飽き飽きしていた。父アウレリオは、コミュニティの中では一目置かれている存在だったから、毎日見舞客がひっきりなしにやって来た。見舞いに来る親たちは年頃の娘たちを伴って、「ハンサム坊やのアドジンド」のご機嫌伺いにやって来たのだった。

その中でひときわ目立ったのが、堂々と見舞いにやって来た未亡人、ルクレシアだった。パリ帰りのデザイナー、マダム・レブロンのブティック「パラディ・デ・ダム」の最新モードのドレスを美しい体にまとったその姿は目を見張るほど美しく豪華で、素っ気ない中国人の召使女と、愛想のよいアドジンドの親友を伴いやって来たのだった。

「なんて厚かましいこと」

アドジンドの母がつぶやくと、従姉のカタリーナも小さく頷いた。しかし父親は厳しい顔でそれを制した。息子を一人前にしなければならん、しかし、こんな放蕩息子を相手にしてくれるのは、大金持ちの女性以外誰もいない、と考え、ルクレシアを好意的に受け入れたからだ。

しかし当のアドジンドは、彼女の見舞いにげんなりしていた。まるで見えない紐で首をつながれ、束縛されているように感じた。ものにしたあとは、最初は良いが、どんどん重荷がのしかかってくる。ルクレシアは自らの魅力と金に絶対の自信を持っていた。そしてフロレンシオはまるで彼女のお付きのようだった。

世話焼きの父や家族を黙らせてようやく家に帰ったアドジンドは、安堵のため息をついた。そのころには爆発の危険もなくなり、家の中もすっかり元通りに片付いていた。

新しく家に来るようになった、汗っかきの太った水売り娘の姿を見たとき、急にア・レンのことを思い出し、彼女の水を運ぶときの軽やかな腰の動きや、口元から覗く真っ白な歯、そして何よりもひと房にまとめた漆黒の髪を思い出し、何とも言えない気持ちに襲われた。彼女が今どうしているか、あの爆発事故で彼女に何かあったかどうか、何もわからなかった。ただ、彼女が住む雀仔園は事故の影響を何も受けなかったことは確かだった。彼はふたたび自分が目的を達成していないことを思い出し、フラストレーションに襲われた。

そんな折、運命のカードが引かれたようだった。彼がブランダオン通りの角を曲がったそのとき、彼女とばったり出くわしたのだ。彼女は立ち止まって汗を拭いていて、肩にかついだ天秤棒の桶が軽く揺れていた。すらりとした健康そうな彼女の姿を見て、彼はすっかり嬉しくなった。彼女のほうも突然のことに驚き、思わず顔が赤くなったが、かつての怒りも忘れ、急にはかなげにこう尋ねた。

「もう大丈夫なの？」

「もともと大した傷じゃなかったんだ。医者に無理やり入院させられたんだよ」

「すごく心配した」

「僕も君のことが心配だったよ」

「そうなの？」

「そうだよ」

ふたりはすべてを忘れたまま、立ち止まっていた。エレガントな青年と可愛らしい水売りの娘がお互いを見つめ合ったまま、ふたりだけの世界を作っていた。

「いつ会えるかな？」

彼女は答えようとしたがとまどい、地面を見つめ、天秤棒を下ろして考えていたが、それをもう一度かつごうと体を曲げる前に、こう言った。

「今、家にひとりなの。ばあちゃんが爆発事故ですごく怖がって、田舎にしばらく行ったから。だから明日の夜、来て」

恥ずかしさで顔をさらに赤くしながら、たどたどしく家までの道のりを彼の耳元でささやいた。隣近所に気づかれないように注意して来て。そこを離れたとき、彼女は自分がなんて大胆なことをしてしまったかとどぎまぎしていた。禁を破ってしまったこと、そしてもう後戻りはできないこともわかっていた。

八

アドジンドはア・レンの言葉を頼りに、その夜、誰にも気づかれないように注意しながら、雀仔園（チョックチャイウン）へと向かった。彼女の住む粗末な家は、聖ローザ・デ・リマ神学校の建物の裏側に面したところにあるということだった。すでに人影はなく、家々の窓はみな締めきっていて、どれが彼女の家なのか迷っていると、人の足音に敏感などこかの家の犬が吠え始めた。そのとき、ある家の扉がかすかに開き、近づいた彼の手を取ってすばやく中へといざなった。マグノリアの花の香りが立ち込め、彼女の横顔がそこにあった。石油ランプの灯りに照らされた家の中にあるのは使い古された古い家具ばかりで、彼女がここで粗末な暮らしをしていることが見て取れた。天秤棒と桶が壁にもたせかけられていた。おそらく台所に通じる小さな扉が奥に見えた。

ベッドは蚊帳の中にあり、長いベンチのようなものの上に載せられた板でできていて、敷かれたゴザは古さと汗で擦り切れて茶色になっていた。そこで毎晩祖母と彼女がふたり並んで寝ているのだった。西洋式の枕はなく、結った髪を乱さないように、首の後ろを支えるだけの陶器が置かれていた。

アドジンドの住む家は、プライア・グランデや聖ロウレンソ地区、そして最近ではレプブリカ大通り沿いに建てられている豪邸には及ばないが、かつて住んでいた聖アントニオ地区の家と同様に大きく、家族は裕福な暮らしを享受していた。彼は、これほどまでに貧しい暮らしを受け入れ、つつましやかに暮らしている彼女の生活に入り込んでしまったことを、一瞬後悔した。しかし、もう後戻りはできなかった。

ア・レンは身体を清め、黒い薄いズボンと金色の花模様がついた赤い上衣を着ていた。黒髪がいっそう際立って見えた。ア・レンはアドジンドの上着を脱がせ、わざわざ買いに行った高級な茶を一杯ふるまった。ア・レンは夜食も用意していた。箸と、椀と、スタテ（醤油）が入った皿が置かれていた。彼女が台所に立ったとき、かつて彼が捧げた二輪のバラの花が、ドライフラワーになって花瓶に挿してあるのが見えた。

彼女が持ってきた鍋からは湯気が立ち、中には黒豆の汁で煮た真っ赤なカニが入っていた。辛みのある汁と、真っ白なカニの身がまざって非常に美味だった。その他にもアジの料理を作ってくれていた。食べ終わると、まるで恋人にするように、彼女は彼の口を手ぬぐいで拭いてやった。それから、彼女は食器を片付けて洗った。待っている間、すでに彼は最初に感じた家の貧しさ、粗末さが気にならなくなっていた。

　そして、ふたりは熱い接吻を交わした。髪に挿していたマグノリアの花が落ち、かぐわしい香りが広がった。彼女が着ているものを脱いだとき、胸に巻いた白い布が現れた。彼女が恥ずかしそうにそれを取ったとき、美しい乳房が現れた。ふたりは抱き合った。何よりも彼が夢中になったのは、彼女の漆黒の髪の房だった。そして、ふたりは結ばれた。ア・レンにとっては痛みを伴う初めての体験だったが、それは快楽に変わり、ふたりは時を忘れて何度も愛し合った。

　時計の音が夜明けを知らせたころ、彼女は眠たげに起き上がったが、髪の房が乱れているのをしきりに気にした。前の日に貴重なお金を使ってせっかくしっかり結ってもらったのに、どんな顔をして井戸に行けばいいかしら？

「もし結い方を教えてくれたら、僕がやってあげるよ」

「髪結いなんて、男の仕事じゃないわ」

「わかってるよ、でも誰かが手伝ってやらなけりゃ」

　彼女は笑い、彼の前に背中を向けて座った。彼女の中で大きな変化が生まれていた。彼女は自分を大人の女に変えてくれた男の前で、生まれたままの姿でいることを当然のように感じていた。髪を振って彼の手にゆだねると、実に嬉しそうに、彼に髪の結い方を事細かに教えた。

髪を三つ編みに結う作業は簡単ではなかった。今までやったことのない指の動きが必要だった。しかし、垂らした髪を櫛で何度も梳いていくうちに、そんなに間違うこともなく、結い方をすぐに覚えた。一番難しかったのは、三つ編みに結う前に髪を等分に分けることだった。何度も繰り返しやってみた。彼女の注文はなかなか手厳しかった。最後にはある程度のところで手を打たねばならなかった。しかし、彼女はもちろんがっかりすることはなかった。所詮、髪結いは男の仕事ではないのだから。最後は自分でなんとか整えた。

「この髪の房は売ったらいい値段になるって、皆に言われるの」

「もし切ったら僕は怒るよ」

「あんたがあたしを好きじゃなくなる日が来たら、その日に切るわ」

「そんなことあるもんか」

ふたりはまた愛し合った。彼が彼女の家をそっと出たとき、最初の鶏が時を作る鳴き声がした。

九

ア・レンをようやく手に入れたアドジンドにとって、「ハンサム坊や」の名誉を挽回した今、水売りの娘を捨てて、自分にとって利益のある金持ちの未亡人のもとに舞い戻るのが、とるべき道だったかもしれない。しかし、彼にはそんな残酷なことはできなかった。ア・レンを雀仔園（チョックチャイウン）のならず者の手に渡すことなど許せなかった。何より、自分が去ることで彼女があの髪を切り、それが他の女の手に渡ることも考えられなかった。

アドジンドはそれ以降も、細心の注意を払いながら彼女のもとに通い続けた。角の家にいるいまいましい犬が吠えるのだけはどうにもならなかった。

ア・レンは、すっかり彼の前では若妻らしくふるまうようになった。文盲で裸足の水売りの娘ではあったものの、女性らしい感性の持ち主で彼に尽くし、その魅力的な身体と髪は彼をすっかり虜にしてしまった。

いっぽう、未亡人ルクレシアはアドジンドがこのところ急に自分のもとに来なくなった理由をはかりかねていた。アドジンドとの関係はすでに公然の秘密になっており、噂の種になっていることもわかっていた。しばらくの間、フロレンシオが彼女の意向をアドジンドに伝え、はっきりするように忠告をしていたが、ある日、待ちきれなくなったルクレシアは驚くべき行動に出た。アドジンドの父親、アウレリオに直接会いに行き、自分と結婚を前提に真剣に交際するのか、それとも関係を終わりにするのかはっきりとしてほしい、と正直に直談判したのだ。

彼女の大胆な申し出に父は驚いた。しかし、軍人の娘として生まれ、サンテーラという大富豪の未亡人として、富だけでなく美しさを兼ね備えたルクレシアの魅力に父は圧倒された。仕事もろくにしない放蕩息子にとって、こんな条件を持った女性を妻に迎えることは理想的であろう。もう男としてのけじめをつける時が来たのだ。息子と真剣に男どうしの話し合いをすることを約束し、ルクレシアを送り出した。帰り際、彼女はアドジンドを自宅でのディナーに招待する手紙を残していった。そこには時間がとれないという返事はいらないと書かれており、ほぼ命令に等しかった。

アドジンドはその手紙を見て大きなため息をついた。その晩はア・レンと会う約束をしていた。自分の周囲からプレッシャーをかけられていることはわかっていた。フロレンシオは自分にしつこくつきまとった。父親はルクレシアの件で話しかけてきたが、母が突然部屋に入ってきたので話がそのままとぎれてしまった。

どんなことがあっても、今の彼には、ア・レンとの関係を急に終わらせて、ルクレシアに首を差し出す決断はできなかった。しかし、仕方なくディナーの招待を受けることにした。そして、いつものようにエレガントな服装をし、オーデコロンを振って、いつもの「ハンサム坊やのアドジンド」ができあがった。家中の者が、今晩彼がどこに行くかを知っていた。

母を含む家の女たちはルクレシアの招待を恥ずべきものと敵意をあらわにしていたが、父親は彼が人力車に乗って出かける前、アドジンドにこう話しかけた。

「今日はお前にとって大事な日になるんだぞ」

「なぜそんなことを言うんです？　ただディナーの招待を受けただけですよ」

「ルクレシアはそれだけを期待しているのではないぞ」

父が彼女の名前を親しげに呼んだのは、あるはっきりした意味があったからだ。

「お父さん、夕食以外の話に関しては、僕と彼女の間の問題ですから……」

「お前が何を言おうが、すべてははっきりしている」

息子の言葉を中断して、父は冷静に事実を述べた。三十歳近くなって、いつまでもドンファン気取りでふらふらしているわけにはいかんぞ。お前の年齢では、もう子どもを持ち、しっかり地についた生活をするべきだ。親に心配をかけるのはもういい加減にしろ、と。

アドジンドは顔を赤らめて、長々と言い訳をした。

「僕は……僕はまだ、気持ちを決めかねているんです。彼女とずっと生涯を共にすることができるかどうか、まだわからないんです」

このとき彼には、正直、ルクレシアが数ある女性のうちの一人にすぎず、真剣に交際しているわけではない、と父に言う勇気はなかった。父はそれを聞いて眉をひそめ、こう言い放った。

「こんなに長い間、彼女の家にこそこそと出入りしておきながら、私にそんなことを言うのかね？彼女が可哀想じゃないか。裕福なうえにあんなに美しい女性をもてあそぶんじゃない。彼女は素晴らしい女性だと思うし、お前と一緒になってほしいと思っているんだ」

アドジンドはルクレシアに対して性的な魅力しか感じておらず、それに飽きてきているという正直な気持ちを、父親に告白する勇気がなかった。

父は続けた。本当の愛は一緒に生活して少しずつ育んでいくものだ。さらに前夫サンテーラが彼女に遺したものは、不動産、ふんだんな銀行貯金、香港の株や保険金など、余りある財産だと告げた。彼女を妻に迎えれば、それらをすべて手にすることができるのだ。

「お前には新しい友人たちができるだろう。違う世界の友人たちが。リヴィエラホテルでのティータイム、テニスクラブで過ごす午後、総督府への招待、香港のレパルス・ベイや上海の休日、浅間丸やカナダ太平洋汽船の一等席で日本に行って、横浜港で遠くに富士山を仰ぎ見ることを想像してみたことがあるか？　オランダの豪華客船でポルトガルにも行けるかもしれないぞ。すべてがお前次第なんだ」

父は書斎机の上のマホガニーの箱から煙草を取り出し、火をつけて夢見るように遠くを見た。開いた新聞には、大見出しで日本軍が起こした満州事変のことが書かれていた。しかしそれはまだ、彼らにとって遠い場所で起こった事件だった。

「私たちの暮らしもずいぶん楽になる。お前の従姉のカタリーナも結婚しなくちゃならない。お前が裕福になれば彼女の助けにもなるんだ」

これ以上我慢できなかった。アドジンドは父の言葉をさえぎってこう言った。

「ルクレシアは性格が良くないんですよ。それに僕を束縛しようとする」

〔写真提供〕マカオ観光局

父は見守るような笑みを浮かべ、煙草の煙を吐いてこう言った。

「手なづけてやればいいんだ。そうすれば、そのうちお前の思いどおりになっていくから」

父がこんなことを言えるのは、母に一度も手を上げたことなどないからだろうか？　アドジンドはいきなり席を立ったが、父は気にしていないようだった。もうどうなるかわかっているかのように父はこう言った。

「良い知らせを待っているぞ」

十

浮かぬ思いでアドジンドはルクレシアの邸宅に向かい、人力車を降りて急な坂道を歩いて行った。ふたりの関係は建前上は秘密だったので、こうして公然と邸宅の正門の前で玄関のベルを鳴らすのは初めてのことだった。アドジンドは、近隣の家々の窓からこっそりと自分の姿を見ている人々の視線を感じていた。

まだ夕焼けが残る空にちらほらと星がまたたいていた。遠くの丘の稜線が鉛筆で描いたようにはっきりと見え、秋の訪れを感じさせた。門が開き、門番が社交辞令の笑みを浮かべながら客人を迎え入れた。召使たちはこの上なく丁寧な態度でアドジンドを迎えたが、ただひとり、いつも女主人のそばにかしづいているのっぽで愛想のない中国人の召使頭だけは、最初にふたりが関係を持って以来ずっと、彼に対して失礼な態度をとり、アドジンドはいたく気に入らなかった。

いつもは裏門から入り、らせん階段を上がってテラスに行き、外から見られないように前夫が仕切りをした寝室へと直接入っていたので、家の中を見たのは初めてだった。一階から二階へと上がる階段から、リビングルームとダイニングルームが垣間見えた。明るくともった灯りに照らされ、豪華なカーペットやクリスタル製品や銀製品、立派な家具や調度品などが見えた。

二階に上がり、邸宅の正面部分を装飾しているコリント様式の柱に支えられたアーチ型の屋根があるベランダに通された。飲み物やカナッペが準備されたテーブルの近くのソファーに、ルクレシアが横になっていた。

彼女は目も覚めるようなブルーのドレスに身を包み、深い衿ぐりが肌の白さと盛りあがった胸を際立たせていて、光り輝き、妖艶だった。しかしその表情は固かった。

あらためて彼女を見て、彼はふたりの蜜月期間が遠い昔に終わってしまったことを感じていた。

「遅かったのね」

アドジンドは身を屈めて彼女に接吻した。

「父と話さなきゃいけないことがあってね」

「あなたが坂を上ってくるのをずっと見ていたのよ。全然急いでいなかったじゃない」

「あの坂は急だから、急ぐと呼吸が苦しくなるんだよ」

「午後の間、ずっと待っていたのよ。このベランダから一緒に夕焼けを見たいと思っていたのに」

「またの機会にね」

彼女が言うように、たそがれの空のもと、ベランダから見える景色は実に平和的だった。丘の稜線はまだはっきりと見え、プライア・グランデの湾が少しうかがえた。ギア灯台から放たれる光がまたたきながら辺りを照らしていた。聖ラファエル病院は静寂に包まれ、通りからは物売りの声が響いていた。十月のそよ風の中、近くの屋敷の椰子の木や庭の灌木がざわめく音がした。

ベランダは周囲の家から丸見えだった。ルクレシアは自分が「ハンサム坊や」と一緒に夕日を眺めている姿を見せつけたかったのかもしれない。

彼女がめそめそしながら彼を責め始めるまで、時間はかからなかった。これが初めてではなかったけれど、今日は特に彼にとって重荷に感じられた。同じことの繰り返しがこの先もずっと続くのかと思うと、彼女に対する気持ちはすっかり冷めてしまい、彼女の言葉に返事をすることさえ面倒になった。その態度は彼女を失望させ、いっそう言葉を言い募らせる形になった。これまでの不義理の許しを請い、彼女の足元にひれ伏し、以前と同じように甘い言葉を耳元でささやいてくれることを望んでいたのに。

彼女はついにこう言った。

「煮え切らない態度はもうごめんだわ。必要もないのに私はみんなの噂の種にされているのよ。あのひとたちは丘の途中の家の窓や病院の裏口で見ているの。明日にはもう教会の入口で私たちのことでもちきりになるわ。噂されるのは構わないけれど、中傷されるのは不愉快だわ。はっきりした答えが欲しいの。私と一緒になるのか、それともならないのか、はっきりしてちょうだい」

これが彼女からの最後通牒だった。背筋をしゃんと伸ばし、威厳のある姿は凛として、その美しさと優美さは誰に恥じることもないほどだった。しかしアドジンドは正直飽き飽きしているという気持ちを言うことを避け、彼女の言葉に取りあわないふりをしたのだった。

「なぜそんなに怒るんだい、ルクレシア？　まだ僕に一杯の飲み物もふるまってくれていないじゃないか……もう喉がからからなんだよ。まずは乾杯しようじゃないか。そんなに額にしわを寄せないで。そんなきれいなドレスを着ているのに、そんな顔は似合わないよ。僕に見せるために買ってくれたんだろう？」

「ハンサム坊やのアドジンド」のお出ましだ。彼は彼女の手を取りキスをした。その言葉が彼女のとがった気持ちを少し和らげた。

「このドレスいいと思う？『パラディ・デ・ダム』のブティックで今日のために買ったのよ。マダム・レブロンのデザインなの」

「パリジャン・スタイルだね。君にとてもよく似合うよ。君の体にぴったりだ。とってもセンスがいい」

「そうかしら？」

しめた。彼女は先ほどまでの怒りを忘れ、ドレスに手をすべらせ、自慢気にしてみせた。そして彼女は、本当は別の女性がそのドレスを狙っていたのだけれど、タイミングよく自分が入手できたこと、さぞかしその女性が悔しがっているだろうなどと、冒険物語をアドジンドに話して聞かせた。

彼女はしゃべりながら、飲み物を準備しているアドジンドをじっと見つめていた。アドジンドは、ベルモットを彼女に、ウイスキーソーダを自分に作った。彼女はあまり酒に強くなかったのだが、彼から差し出された飲み物を手にした。それまで扉の後ろでじっとしていた召使頭がいなくなったことにも気がつかずに。

乾杯。その後沈黙が流れ、ふたりは飲み物を口にした。

「私にはこのお酒、強いわ。あまり飲まないから。サンテーラは私がお酒を飲むのを好まなかったの。だから私も飲む機会がなかった」

「アルコールを飲むことは悪いことなんかじゃないよ。前のご主人のわがままさ。少しぐらい飲めるのは社交生活に必要なことさ」

ルクレシアは死んだ前夫に、何もかも教育されたようだった。彼女の父親は乱暴者で、何人もの女を家に囲っていた。ルクレシアは一度も死んだ母親の話をしたことがなかったが、政略結婚のうえで生まれた両親の実の娘であることはわかっていた。父は家にいる女たちにそそのかされ、残酷にも彼女に乱暴をふるった。ある日、二軒先に住んでいたサンテーラはルクレシアの叫び声を耳にした。当時独身だった富豪は、これまでにも少女が父親からひどい仕打ちを受けているのを目にして心を痛めていた。今度こそはとステッキを片手に家に押し入り、止めに入った。ヘラクレスのように強靭な肉体を持つサンテーラを見て父親は娘を打つのをやめた。ルクレシアは彼に感謝し、それ以後、ひどい目に遭いそうになると彼のもとに逃げてくるようになった。そんなある日、彼女は前置きもなく彼の家に逃げてきて、そのまま居つくようになった。彼女は十六歳で、痩せて骨と皮ばかりの状態だった。サンテーラと彼女は三十歳も歳が離れていたが、次第に彼女の魅力と若さに惹かれていった。

サンテーラはマカオに生まれた。祖父母はポルトガル人で、ポルトガル北部のトラス・オス・モンテス地方出身だった。まだ若いころ、サンテーラは中国の福州に移住し、次に、より日の当たる場所を求め、大都市の上海に出た。その中で北京語を習得した。そのときフランス租界にあった有名な売春宿でまる一日かけておこなわれたバカラ賭博で大儲けをしていなかったら、誰にも知られないつまらない人間になっていたことだろう。

サンテーラは、紳士が集まるクラブやポルトガル人コミュニティの中でも一躍その名を知られることになった。機知に富んでいたサンテーラは、中国奥地出身で南京国民政府の対抗勢力として知られた将軍に気に入られ、その相談役となった。美女に弱く、宮廷で満州の王女を自称する女性とも浮名を流した。外国人を側近に持つことを良く思わない宮廷での生活は危険を伴った。しかし将軍からの信頼は厚く、その数年間は有意義なものだった。国共内戦が始まると、サンテーラは自分の資産を上海に移した。その後、側近によるクーデターで大きく状況が変わった。将軍は逮捕され、王女らと共に処刑された。サンテーラは着のみ着のままでなんとか逃れ、六か月の逃亡生活ののち、ついに中国沿岸に達し、上海租界に逃げ込んだのである。こうしてサンテーラの中国での冒険譚は終焉した。暗殺を恐れ、すべてを清算し、資産を移すと、ポルトガル人子孫としてもっとも安全に暮らせる約束の地マカオに戻って来たのだった。

女性との恋愛も中国で終わったつもりだった。彼の心は、満州の王女とともに死んだはずだった。これからは静かに贅沢な余生を過ごすつもりでいた。しかしルクレシアが現れたことで、彼の「年金生活」の予定はすっかり変わってしまった。

サンテーラは妻を自分の思うがままに教育し、支配した。そして妻はそれを尊敬と畏れが入り混じった愛情で受け入れた。サンテーラは他人に対してはけちだったが、妻には優しかった。豪華なドレスや宝石を与え、香港に連れて行っては好きなものを買ってやった。ただ、外には出さず、ふたりの生活を続けた。彼女はどんどん美しくなり、日曜日のミサで男たちから視線を送られることに気づいていた。彼女は夫の思うとおりの女性に作り上げられたが、賢い女性でもあり、夫から多くのことを学び、特に資産運用術を習得した。もう二度と昔の生活に戻りたくなかったからだ。

サンテーラは健康に気を遣っていたが、あるとき、腸炎にかかりあっという間に死んだ。ルクレシアは夫の死を悼んだが、莫大な財産を遺された今、孤独を破り、自分自身で人生を歩みたいと思うようになった。嫉妬深く自分を家の中に閉じ込めていた夫から解放され、何でも自分の思うとおりに生きていくのだ。

そして、「明るい未亡人」と揶揄されながら、マカオで一番ハンサムな男、アドジンドを選んだ。計算違いだったのは、自分が手綱を握るつもりが、他の女たちと同様に、彼の言いなりになってしまったことだった。しかし、お遊びにはしたくなかった。彼から真実の愛を受けるか、もしそれができないのなら、辛いけれど終わりにするつもりだった。

しかし、二杯目のベルモットが彼女の顔を酔いで赤くし、まだ残っていた彼へのうらみつらみは消えてしまった。辛気臭い顔をした召使頭がやってきて、もうディナーを始めていいかどうか尋ねた。召使は女主人がすでに酔っていることを見て取っていた。

彼が好きな野菜スープから始まった。ディナーは、「パンの食事」すなわち西洋式だった。彼はどちらかというと「米の食事」つまりマカエンセ風のほうが好みだったが、これはこれで、美味だった。

「まだちゃんとした返事をもらっていないわ」と、彼女は微笑みながら、しかし心配げに聞いた。スープを飲み終わると、召使が皿を下げた。彼が辺りを見渡すと、彼女が聞いた。

「何を探してるの？」

「ワインが欲しいな。いい雰囲気だから」

「ああ、忘れていたわ」

きりっと冷やした白ワインが銀のワインクーラーに入っていた。彼が上手にワインの栓を抜くのを彼女は見つめていた。彼の知らないフランス産ワインだったが、知ったかぶりに言った。

「いいワインだね」

「このワインも、他のもたくさんあるのよ。サンテーラはワインが好きで色々蒐集していたの。地下にワイン蔵のようなものもあるのよ。瓶でいっぱい。残念ながら私は飲まないのだけれど。あとで家の中をご案内するわ」

アドジンドはワインにはまったく詳しくなかったが、一口飲んで、高級なワインであることだけはわかった。彼女のグラスにもいっぱいについだ。彼女はいらないと言った。

「今日は特別な日だから、いいじゃないか」

「そうなの？」

「そうだよ」

次に持ってこられた魚料理も絶品だった。サンテーラは料理にうるさかったのだろう。慣れないワインに酔い、彼女はどんどん饒舌になった。家のこと、ダイニングルームを改修しなければならないこと、もっとすてきな家具やカーテンを買いたいなど、話が止まらなかった。

香港から取り寄せた牛肉の料理が運ばれると、今度は彼女は赤ワインを持ってこさせた。やはり高級なワインのようだった。

「白ワインだけでもう十分だよ」

「だめよ。もうサンテーラは飲まないんだから、お肉にはこのワインでなくちゃ」

彼女の顔は真っ赤になり、すっかり酔っているようだった。召使はとまどったが、ルクレシアの強い口調に仕方なく従った。彼女のそばでいつも仕えている召使頭が、女主人を酔わせた彼に厳しい視線を送った。

「ルクレシア、君はさっきからほとんど何も食べていないよ。何か口にお入れよ」

彼女はまるで聞いていなかった。大きな声でこう言った。

「サンテーラは私にお酒を飲ませようとしなかったのよ。まるでこわれやすいお人形みたいに私のことを扱ったの。私は私じゃなかったのよ。でもそれも終わったの。私は自分の好きなようにするわ。今日はとっても幸せだわ。あなたは幸せじゃない？」

「いや……」

幸せではない、などとは言えなかった。ワインは非常に美味だったが、いきなり彼女がげらげらと笑い出した。その笑い声は夜の静寂を破り、丘の上にたたずむ屋敷の周りの家々や、近くの病院にまで響き渡るようだった。

デザートは、歯が痛くなるほど甘いカスタードプリンとフルーツだったが、ほとんど手を付けられることはなかった。ルクレシアはテーブルを立ち、ソファーのほうに向かったが、突然体がぐらりとかしいだ。アドジンドは慌てて彼女の体を支えた。

「コーヒーは？　コーヒーはどこ？」

召使は急いで小さなデミタスカップになみなみと注がれたコーヒーを持ってきた。アドジンドはもう少し大きなカップがいいのではないかと提案したが、奥様のお言いつけのとおりですから、と召使は聞かなかった。

さらにルクレシアはコニャックを持ってくるように命じた。召使はたじろぎ、アドジンドも首を振ったが、彼女の厳しい命令口調の声はベランダ中に響き渡った。

「あなたに、とっても年代物のコニャックを飲ませてあげる。私でさえ一度も飲んでみたことないのよ。サンテーラは瓶をそれは大事にしまっていて、特別なときにしか飲まなかったの。今日は私たちが飲むのよ。だって特別な日なんですもの」

もう半分ほどなくなっている古い瓶が持ってこられた。琥珀色の液体の強い香りが漂い、アドジンドは彼女にゆっくり少しずつ飲むように言ったが、すっかり酔った彼女は一気に飲み干した。突然彼女の顔がゆがみ、激しく咳込み、涙が流れた。ついにあの召使頭が怒り狂って走ってきた。

「なぜ奥様にこんなものを飲ませたんです？　奥様を殺すつもり？」

アドジンドは何も言えなかった。ルクレシアの顔色は赤から紫に変わっていた。苦しそうに頭を揺らしこうつぶやいた。「ぐるぐる回ってる……」

皆は彼女を長椅子に横にした。彼女はぐったりしていた。召使頭が機転を利かせて気付け用の塩とタオル、冷水を持ってきた。アドジンドは容態の急変にたじろぎ、もう少しコーヒーを飲ませようとした。彼女は首を振ってコーヒーの入ったカップを遠ざけた。カップが床に落ちて割れた。

「旦那様がいらっしゃったときには、こんなことは一度もありませんでしたよ」

いまいましい女の口を閉じてやりたかった。生涯、この召使頭とは敵どうしだろう。せっかくのディナーはさんざんに終わった。

「気持ちが悪い」

そう言うと突然、彼女は泣きじゃくり始めた。静かな界隈に泣き声が大きく響いた。アドジンドが慰めようとすると、もっと大声になった。もし愛している相手なら優しく抱いてベッドに連れていくべきだったが、今の彼には腕をさすることぐらいしかできなかった。すると彼をおしのけ、痩せぎすの召使頭が、どこからそんな力が出るのか、女主人を抱き上げてベランダから寝室へと連れてゆき、大きなベッドにそっと彼女を寝かせた。しかしそれがかえって彼女の気分をもっと悪くさせた。何か言おうと口を開いた瞬間、ディナーで口にしたすべてのものを吐いてしまい、ドレスやシーツ、床に飛び散った。彼女の顔は汗と吐瀉物にまみれ、ひどい臭いをさせながら大声で泣き始めた。彼は自分の服を汚されることを恐れ、彼女を慰めることもせずに立ちすくんでいた。酔っぱらう女なんて、ひどいざまだ！

「まだ……まだお返事をもらってないわ」

彼女に対する同情はもうなかった。彼女のことなど愛してはいない、それが正直な気持ちだ。もしイエスと言ってしまったら、地獄が待っているだけだ。もしルクレシアがこんなに支配欲がなければ愛することはできるかもしれないけれど、このままではだめだ。

「今は休んで……気分が良くなったらね」

しかし、すぐに良くなりそうにはとても見えなかった。召使頭がきつい調子でこう言った。

「もうお帰りになったらどうですか。何の役にも立ちそうにありませんし。もう奥様を惑わさないでください。あなたは奥様のいい人なんかじゃない」

十一

召使頭の失礼な態度に腹を立てながらも、アドジンドはどこかほっとした気持ちでルクレシアの邸宅を後にした。はっきりした答えは言わずに済んだから、時間が稼げたと思っていた。ルクレシアとは他の女性と同じ、恋のゲームにすぎなかったのに、彼女や父親、コミュニティによって追い詰められ、さんざんな気分だった。

自然に足が雀仔園（チョックチャイウン）に向かっていた。そこにいるア・レンも、最初は遊びではあったけれど、今はそんな気持ちではなかった。彼女のそばにいたいと思っていた。

そのころア・レンがどんな状況になっていたか、アドジンドは気づいていなかった。実は、その前の晩、いつも同じ時間に犬が吠えるのを不思議に思っていた隣の男に、彼が家に入っていくところを見られていた。ア・レンの家から笑い声や話し声、愛を営むときに木の板がきしむ音などが聞こえ、不審に思っていたその男は、眠らずにじっと誰かが出てくるのを待っていた。暗闇の中で顔は見えなかったが、ア・レンの家から出てきたのは明らかに「グワイ・ロー」の男だった。

その噂はあっという間に界隈に広まった。知らないのは当のア・レン本人だけだった。自分の世界に入り込んでしまっていたア・レンは何もなかったかのようにいつもどおりに井戸に行き、周りの様子がいつもと違うことにも気づかず、「女王蜂」が怒っていることにも気づかなかった。夜の営みのために髪の房が乱れていることにも気が回らなかった。

そして、アドジンドがいつもと同じ経路で彼女の家に行ったとき、つい注意を払うことを怠り、暗い街角でこっそりと見張っていた人々にしっかりと目撃されていた。男の訪問が一回だけではなかったことが明らかになってしまったのだ。

その瞬間、あの小さな世界で保ってきた彼女の評判は失墜した。「姫」の名は汚されてしまったのだ。しかし、恋におぼれ、周囲が見えなくなってしまった彼女はまだ何も気づいていなかった。彼がなかなか来ないので、何度も窓を開けて外の様子をうかがった。やっと男が到着し、スープでもてなそうとしたその瞬間、石が投げられ、扉に当たる大きな音がした。そしてもうひとつ。びっくりして台所から走ってきたア・レンと、思わず上着を握りしめたアドジンドは目を見合わせた。見つかってしまった。そして、皆、怒っているのだ。

逃げなくては、と彼はすっかり及び腰になった。こんなところで捕まっては大変だ。また石が投げられるかと身構えたが、それからしばらくの間静かになったので、ア・レンは急いでアドジンドを逃がした。アドジンドはまるでオリンピック選手のように走って逃げ去った。雀仔園地区を越えた辺りで、後方でまた石が投げられるような音がしたように感じたが、巡回中の警察官がのんびり歩いている姿を見て、助かったと感じた。

しかしその直後に、ア・レンをひとり、あの家に置いてきてしまったことを恥じた。

ア・レンは扉の鍵をしっかりと閉めうずくまって、これから起こることを待ち受けていた。次々に石が投げられる音がし、罵声が聞こえた。一番ひどい言葉が、「この売女！」という罵りの言葉だった。人々の怒りにふれ、独りぼっちになったのは初めてだった。状況が落ち着くと、泣きながら、髪を崩したまま寝床に入った。

翌朝、井戸の周りでは、水売りや洗濯女、髪結いの女、掃除婦たちが集まり、彼女の話でもちきりだった。雀仔園で一番美しくて、何もかも兼ね備えていて、高嶺の花だった娘が、ためらいもなく「グワイ・ロー」を自分の家に入れてその腕に抱かれるなんて。「グワイ・ロー」はヘビやトカゲと同類だというのに。汚らわしいあの娘が行く先はフェリシダーデ通りの「花の園」しかないよ(注十四)、と噂し合った。

そのとき、皆が話すのをやめ、静かになった。いつもどおりにア・レンが天秤棒をかついで井戸にやって来たのだった。ア・レンの顔は青ざめ、唇を一文字に噛みしめていた。やってしまったことの言い訳はできなかったが、いつも同様働かなくてはならなかった。毒虫がやって来たかのように、皆が彼女から遠ざかった。ほどなく年かさの女たちが罵詈雑言を浴びせかけた。彼女は黙って言われるがままにしていたが、皆から罵りの言葉が続くと、反撃に出た。自分の人生は自分の好きなようにする、あんたたちに何かを言われる筋合いはないと。すぐさま、あんたは雀仔園の恥知らずだよ、と厳しい言葉が浴びせかけられた。これまで仲間だった娘たちからも罵られ、誰からも助け舟は出なかった。

彼女は井戸から水を汲んだが、これほど重いと思ったことはなかった。取り返しのつかないことをしてしまったという感情がのしかかってきた。

映画「大辮子的誘惑」より 〔資料提供〕蔡安安

突然、「女王蜂」が彼女の行く手を阻んだ。彼女の顔は怒りに震え、口から泡を飛ばしてそこら中に響き渡る声でア・レンを罵った。井戸の周りだけでなく、近隣や、道を歩く通行人さえもが振り返るほどだった。

ア・レンは天秤棒のバランスを崩し、桶から水がこぼれた。彼女は何も言い訳せずに、根が生えたようにその場に立ち尽くした。「女王蜂」の助けがなければ、彼女はよそ者だった。「女王蜂」のこの一言によって、彼女はもう二度と井戸に来ることはできなくなった。

「金輪際、井戸に来るんじゃないよ。井戸が穢れるからね。もし来たら、お前に石を投げてやる。市場にも来るな。誰もお前に物を売ったりしない」

こうして彼女は、生きていくための一椀の米も失った。かつての「お姫様」の顔に、恥と絶望の表情が浮かび涙が流れた。呆然として、空の桶を下げたまま、粗末な自宅に戻った。

これが雀仔園の可愛い水売り娘の姿を見た最後だった。

十二

その晩、快適な自分の部屋に逃げ戻ってから、アドジンドはほとんど眠ることができなかった。なんて夜だったことだろう！　この「ハンサム坊やのアドジンド」が、女たちのことでこんなに振り回されるなんて。何もかもうまくいかなかった。そして、まだ事態がよく飲み込めていなかった。ルクレシアが正気を取り戻し、彼が帰ってしまったことを知ったときの怒った顔を想像した。一晩中彼女のかたわらにいて、面倒を見てやればよかった。そうすればア・レンのところでの騒動も起きなかったのに。しかし、あのまま未亡人に鎖でつながれているような状況にはもう耐えられなかったのだ。

そして、ひとり残してきたア・レンのことを思うと、恥ずかしさに胸が痛んだ。最後に怯えた目で彼のことをじっと見つめた彼女のまなざしが思い出された。しかし同時に、あれが彼女との関係を終わらせるいいタイミングだったのかもしれないとわかっていた。このまま家に閉じ込もり、娘のことを忘れて、もうひとつの恋物語を終わらせても良かったのだ。しかし、彼にはできなかった。彼は今も彼女の純情さや、熱い身体や、美しい髪の房を求めていた。

夜明け前、家中の者がまだ眠っている間に、アドジンドはベッドから起き上がった。鏡をのぞくと隈ができていてひどい顔だった。父に昨晩のことを聞かれるのもわずらわしく、今日は仕事に行かずに早朝から釣りに行くことにし、なるべく物音を立てずに着替え、簡単な朝食を済ませ、家を出た。召使たちもまだ起きていなかった。

　生餌がないことに気づいた。いつもはア・レンの住む雀仔園(チョックチャイウン)の市場に行くのだがその勇気もなく、ガイオ通りで人力車に乗り、サン・ドミンゴスの魚介類を扱う店に行き、プライア・グランデの湾の端に位置する聖フランシスコ要塞の辺りまで行った。しかし、釣りにはまったく身が入らなかった。五十メートルほど先に漁師小屋があり、人懐こい漁師に頼んで茶や食事を出してもらい、昼寝をすると、いくぶん気分が良くなった。帰り道、どちらに行くか迷ったが、彼は大きく息を吸い込み、雀仔園の彼女の家に向かった。彼女は傷ついてはいなかったが、髪は乱れ、顔色は悪かった。

「戻ってきたのね……」

　ほっとした彼女の様子が彼の心を動かした。

「戻ってきてくれたのね……もうあたしは怖くない。これからもずっと」

「ア・レン……」

　ふたりは抱きしめ合った。気持ちが高まり合ったそのとき、扉が蹴られ、怒鳴り声が響いた。アドジンドが勇気を奮い、まるで姫を守る騎士のように扉を開くと、そこには四人の屈強な男たちが立ちはだかっていた。男たちに背中と顔を殴られ、倒れ込んだところで、驚いたことに、アドジンドを救ったのはア・レンだった。彼女は道の真ん中に仁王立ちになり、天秤棒を振り回し、ふたりの男を倒した。逃げようとするあとのふたりを追いつめたア・レンは、震えあがる見物人を振り返り、こう言い放った。

「あたしの男に手を触れるんじゃないよ」

そしてアドジンドにはこう告げた。

「それにあんた、あんたも家に帰りな」

彼女はまさに美しき裸足の女偉丈夫だった。アドジンドはすごすごとその場を離れた。彼女の愛の力が彼を救ったのだった。

十三

家の鍵を忘れ、裏口から入ってきたアドジンドを見て、召使のア・サンは目を見張った。こんなに汚れ、髪も乱れ、よれよれになったお坊ちゃまを見たのは初めてだった。驚く彼女を制し、アドジンドは両親たちはどうしているかを尋ねた。ちょうど皆出かけていて、召使以外は誰もいなかった。そのまま二階の自分の部屋に上がり、医者も、誰も呼ばないように言いつけた。

体のあちこちが痛み、横になる必要があった。体を洗い、痛みをこらえながらのろのろと着替えた。家族にどう言い繕うか考え、それ以上に、またしてもひとり後に置いてきたア・レンの身を案じた。まさかそのころ、ア・レンが天秤棒を握ったまま、裏口の扉を叩いていたことも知らずに。

ア・サンはもちろん、雀仔園（チョックチャイウン）で起こったことを知っていた。

「何の用?」

「あの人と話をさせて」

「お坊ちゃまは誰にも会わないよ」

「あたしには会うはずだよ。あたしの男なんだから」

そう言うなり、彼女を中に入れまいとする召使をふりきって、家の中に押し入った。もう隠すことなんてない。そして一目散に彼の部屋に向かった。ベッドに横になっていた彼は彼女の姿に驚いた。

「ア・レン……」

彼女はベッドに腰掛け、うるんだ瞳で心配そうに言った。

「痛い?」

「うん、すごく」

「あいつら、許せないわ!」

「あれからどうなったんだい?」

「逃げて行ったわよ」

「でも、君の仲間なんだろう」

「あたしの仲間なんかじゃないわ。あたしの仲間は、あんたよ」

そして彼女は、彼の傷を調べた。彼女の手に触れられると、傷も癒えるように感じた。

「君がいれば治るよ」

彼女は幸せそうに微笑んだ。そしてそのままふたりは愛し合った。召使たちのひそひそ声が聞こえたが、放っておいた。

階下で声がした。家族が帰ってきたのだ。アドジンドは困難が待ち受けていることを感じた。

「家族が帰ってきたのね。あたし行くわ。また明日どこかで会いましょう」

「どこへ行くの？」

「家に帰るわ。そのままにしてはおけないもの。全部置いてきてしまったから……まだ今日のうちは何もされないと思うの。天秤棒と、何かあったときに警察を呼ぶ笛を持ってきたから。朝から何も口にしていないから、これから何か食べるわ」

彼女は廊下にすべり出て、外階段から姿を消した。アドジンドは子どものように不安に駆られた。誰にも出くわさないといいのだが。この二十四時間、信じられないことばかりだ。

「旦那様がお呼びです。下の居間でお待ちですよ」

「父にみんな話したんだな。なんて奴だ！」彼は大声で叫び、ドアを開けた。

「なぜ話しちゃいけないんですか？　家に押し入ってきたのはあの娘ですよ！　私よりもあの娘のほうが悪いんです」

召使の目を見たとき、理解した。この女も同じだ。自分よりも下だと思っていたア・レンに出し抜かれたことへの嫉妬だ。まったく女というものは！

十四

ア・レンとの関係がつまびらかになったその夜、ヴィトーリア通りのアドジンドの家には大きな衝撃が走った。母、祖母、叔母たちはヒステリーを起こして卒倒し、人を殴ることができない父は代わりに髪の毛を逆立て、口角泡を飛ばしながらグラスを投げ割り、壁の絵を引き裂いた。家の窓は閉め切っていたが、通りを歩く人々にまで大声で罵る声が聞こえた。

「我が家は名誉ある家だぞ。売春婦を呼び込む場所じゃない。お前はお母様やおばあ様のことを考えたことがあるのか。この恥知らずめ」

「彼女はそんな娘じゃないんだ」

「卑しい身分の娘だぞ。裸足で歩き回っている、雀仔園（チョックチャイウン）の水売りの娘じゃないか」

「ア・レンという名前なんだ」

「中国人の娘なんて……恥を知れ！　しかもルクレシアと付き合いながらそんなことをしていたなんて。人様に何と言われると思うんだ?」

「わかりませんよ……誰にもあることだと思いますよ。僕が彼女を誘惑したんです。そのために彼女がひどい目に遭いそうになって。僕は彼女に助けられたんです」

父も女性陣たちもそんな話を聞きたくなかった。皆、悪いのは彼女だと思いたかった。そのうえ、息子は自分のあやまちを悔いて許しを請うどころか、中国人娘に心を奪われてしまっている。息子のためを思い、裕福な未亡人との結婚の計画を周到に立ててきたのに、あろうことか豚の尻尾のような娘を追いかけていたとは。社会でもっとも卑しい水売りの中国人娘を選ぶなんて、世間に顔向けができない！

その夜、父も母たちも眠ることができなかった。ただひとり、疲れ果てていたアドジンドだけはベッドに身を横たえるやいなや、深い眠りに落ちた。

翌朝、階下から言い争う声で目覚めた。ア・レンが来ていた。時計が九時を知らせた。

「ア・コー……ア・コー……」

それは中国語で「お兄ちゃん」を意味し、「アドジンド」と発音できないためにア・レンがいつも彼を呼ぶ中国語だった。

彼女の決断力の強さは彼を驚かせた。しかし彼女にとって、この行為はとても単純なことだった。ある男が自分の生活に入り込んできた。最初はとまどい、生活を邪魔されることに怒りを覚えたが、ふとしたことから興味を持ち、そして愛するようになり、唇も許し、処女も捧げた。自分の髪も結わせてやった。そんな男の命を救い、そのせいで自分の住み処を追われた。自分の土地の慣習では、自分はその男のものだった。幸せが待っていようが不幸が待っていようが、そうした男とは人生を共にしなくてはならない。だから、男の家の裏口ではなく、玄関から入るのが自分に与えられた当然の権利なのだ。

しかし、そのような行為は彼の家族にとって許せるものではなかった。アドジンドは彼女の行為に驚き、急いで身支度を整え階下に下りた。

「あたしはみんなから追い出されて、もう家もないし、行くところがないの。それなのにあんたの家族はあたしのことを入れてくれない」

これが彼のやったお遊びのつけだった。なんて高い利子がついたことだろう！

ア・レンはまっすぐに彼の目を見つめた。急いで整えた髪の房を垂らし、いつものように裸足で現れたア・レンは、天秤棒の先に二つの大きな籠をくくりつけ、一つには桶を、もう一つには布にくるんだわずかばかりの生活用品を入れていた。

「お願いです、お父さん、彼女を中に入れてやってください」

「だめだ。言ったはずだ。こんな卑しい女にうちの敷居をまたがせるわけにはいかん」

「彼女はきちんとした娘だと言ったはずです。それにここは僕の家ですよ」

「金も稼がないお前の好きなようにはさせん。二つのうちどちらかを選べ。娘と出て行くか、さもなければ、おとなしくひとりで家に入るかだ。金が欲しいなら、やるから持って出て行くといい」

「わかりました。では出て行きますよ」

あまりの侮辱的な言葉に、売り言葉に買い言葉となった。悲鳴を上げる女性たちの声にかぶさるように、父がこう言い放った。

「そうするなら、お前はもう私の息子ではない。荷物を持って出て行け。五分だけやる」

言葉はわからないが状況を察して天秤棒で構えたア・レンを振り向き、こう言った。

「すぐ来るよ。棒を使う必要はない」

母が父の後ろで金切り声を上げた。

「この家は不吉だって、前から申し上げていたでしょう！」

アドジンドは自分の部屋に駆け上がり、香港に行くときに使っていた大きな旅行鞄を広げ、ワイシャツや、下着や、スーツや、靴や、歯ブラシや櫛、髭剃りなど、毎日使うものを投げ入れた。引出しの中から、有り金を全部、そして金目のものもみな取り出し、目に入るものをすべてめちゃくちゃに鞄につめた。大きなため息をつくと、後ろも振り返らず、自分の部屋を出た。

玄関の扉を開けるとき、父や母、祖母たちが声をかけてくるのではないかと思ったが、そこには静寂が広がっていた。もう自分は見捨てられたのだ。

通りに出ると、天秤棒をかつぎ、籠を揺らしながら、ア・レンがこう尋ねた。

「どこに行くの？」

「友達の家に」

重い旅行鞄を下げた青年と、その数歩後ろを歩く天秤棒をかついだ裸足の娘、それが楽園を追放されたふたりの新しい門出だった。後ろで大きな音を立てて扉が閉じられた。もう前に向かって歩いて行くしかない。それが、かつての「ハンサム坊やのアドジンド」にとって、これまでの人生でもっとも困難な道のりへの一歩だった。

十五

アドジンドはア・レンを伴い、一人暮らしの友人フロレンシオを訪ねた。アドジンド同様独身貴族で、いつもアドジンドの「食べ残した」女性を楽しんでいたフロレンシオが、唯一頼れる人物だった。フロレンシオは、天秤棒をかついだア・レンの姿を見て仰天した。

「いったい何があったんだ？　この女は……」

「まずは水を飲ませてくれよ。のどが渇いてからからなんだ。そのあと説明するから」

フロレンシオはふたりを中に入れたが、彼女には椅子を勧めなかった。その視線には同情は感じられなかった。

「おい、よりどりみどりの中から選んだスリッパが、これだと言うのかい？」

蔑みの視線を隠さずに、こう尋ねた。

「彼女は他の女とは違うよ、それに、誰よりも心がきれいなんだ」

「君は頭がいかれてるよ。まずは頭を冷やせよ。おおかた変な茶でも飲まされたんだろう。毒消しの薬でも飲んで、早くご両親に頭を下げに行ったほうがいい」

「できないんだ。もう僕にも、彼女にも、戻る家はないんだ」

「ばかばかしい。こんな女追い払えよ。君に似つかわしくないよ。君の学歴や生活のレベルを考えてみたまえ、靴を履くことも知らないピン（注十五）の女なんて……」

「彼女はア・レンという名前なんだ。僕の命を助けてくれたんだよ」

フロレンシオは少しのけぞるようにして、両手をズボンのポケットに入れたまま、横柄な態度でこう言った。

「ルクレシアはもう知ってるのかい、君のこのばかばかしいふるまいを？　まさか二股をかけるわけじゃないんだろうな」

「今はルクレシアはどうでもいいんだ。一番に大事なのはア・レンなんだ……申し訳ないと思ってる。そのうちルクレシアには話そうと思っている」

アドジンドは、本音は言わずにいた。昨日の騒動を見て、ア・レンが黙って引き下がる女ではないことがわかっていた。自分には絶対に手を上げることはないだろうが、もし自分の地位を脅かす他の女の存在に気づけば、躊躇なく棒を振り上げるだろう。ルクレシアが棒で打たれ、血を流して倒れ込む姿が目に浮かんだ。ア・レンは家に入ってきたときからずっとフロレンシオの挙動を観察し、敵意を感じていることが、これまでの沈黙から見て取れた。

「これまでこんなに良くしてくれたルクレシアを、もうどうも思っていないというのかい？」

「彼女には心から感謝している。それはわかっているんだ。でも人生には予期せぬことが起こるものなんだ」

「君の言い方には感心しないね。何のために僕に会いに来たのかい？　その君の冒険譚とやらを聞かせるためにかい？　好き放題遊んだ挙句に、一番下品な女を選んだ話をするために？」

「友人のよしみで、住まいが決まるまでしばらく彼女と僕をここに置いてほしいんだ。あまりに急なことだったんでね。数日間でいいんだ。それ以上は迷惑はかけない」

「断る」

フロレンシオは蔑みの感情を押し殺し、なるべく平静を保ちながら言った。

「友達じゃないか」

「もう僕は君の友達じゃない。ひどい仕打ちをルクレシアにした後では。おどしてもすかしても無駄だよ。僕には断る立派な理由がある。僕はルクレシアとの友情を宝物のように思っているんだ。君のくだらない決断につきあって、その関係を汚されるのはまっぴらごめんだ」

こう言いながら、フロレンシオのアドジンドに対する嫌悪感は一気に膨れ上がった。突如として、自分がいかにアドジンドに対して嫉妬していたかということに気づいた。彼の幸運な人生、女性を惹きつけて虜にする魅力と幸せ、何もかもがずっとうらやましかった。そして、神の恵みを一身に受けていたアドジンドがそれを失ったかのように思える今、彼をおとしめたいという抑えきれない衝動に襲われていた。

険悪な空気が流れる中、重苦しさに耐えかねたアドジンドはどうしたらよいかわからなくなり、友情を決裂させるような言葉を口にしてしまった。

「君はずっと僕のおこぼれを楽しんでいたんじゃないか。今は大物をつかんだというわけだね。でも遅かれ早かれ、それがどんな味がするかわかるときが来るよ」

「僕の家から出て行け。恥知らずめ！」

アドジンドは何も言わず、目でア・レンに出て行こうと合図した。彼女は天秤棒を肩にかつぎ直した。旅行鞄の重みがずっしりとこたえた。後ろで乱暴に扉が閉められた。

「あたしにお茶の一杯もくれようとしなかったわね」

アドジンドは返事をしなかった。失望と悔しさが入り混じった怒りがこみあげ、つい相手を責める言葉が口をついて出た。

「せめて、あの木靴を履けよ。きみは裸足で歩くことしか知らないのか」

いらいらとした口調が彼女の心を傷つけた。裸足でいることを、こんなふうに言われたのは初めてだった。でも、今はそれに言い返すときではない。黙って荷物を下ろし、木靴を探した。ふたりの生活が始まって、最初に流した涙で彼女の目がくもった。

十六

運よく人力車をつかまえた。一台にひとりずつ、もう一台に荷物を載せ、三台の人力車が並んで走る姿はまるで砂漠のキャラバンのようで人目を引いたが、仕方がなかった。かつて遊んだことがある宿屋街に向かった。ア・レンは自分の住んでいた界隈以外はマカオの街を知らなかったので、黙って彼に従った。

そこは長屋が軒を連ねる評判の良くない地区だった。しかし、とにかく身体を休めることはできるだろう。

宿屋に入ると、アドジンドはのしかかるような疲労感に襲われた。フロレンシオの裏切りは身体にこたえた。これまで、アドジンドは友人を作ろうと努力したことがなかった。それどころか、自分勝手な言動で周りを傷つけていた。今まさに、そのつけを払っているのだった。

掃除が行き届かず、白檀とアヘンが入り混じったにおい、通りや宿の喧騒にまみれた宿屋の部屋は、彼にとっては辛いものだったが、ア・レンには元の自分の家よりもましだったし、文句を言うこともなかった。

こういう場面で、臨機応変に動けるのはア・レンのほうだった。打ちひしがれて汚れたシーツの上に横たわり、動こうとしないアドジンドを後にして、彼女は一日でも早く住む家を探そうと決意した。

「あたし、出かけてくるわ」

「どこに行くんだい？　君は街を知らないのに」

「家を見つけるのよ。きっと近くに安い家があるわ。話をすればいいし、あちこち歩いて聞いてみるわ。何もしないでいるわけにはいかないもの。聞くことは悪いことじゃないし」

宿屋にいる男たちの好奇の目を避けながら、ア・レンは街に出た。街は、満州という遠い場所で中国人と日本人の間の戦争が始まったという話でもちきりだった。

彼女は街中を駆けずり回ったが、疲れ切り、汚れた姿で戻ってきた。ひとりぼっちではうまくいくはずもなかった。良いと思う物件があっても、家賃がとても高い家か、もしくはとても粗末な家しかなかった。彼女はどんな場所でも良かったが、問題は贅沢な生活に慣れている彼のほうだった。彼女が帰ってきたとき、彼は相変わらず打ちひしがれた様子で呆然としていた。お互い優しい言葉をかけ合うことができず、気まずい雰囲気が流れ、その日の唯一の食事を口にした後も状況は変わらなかった。その夜、ふたりは初めてお互いに触れずに眠りについた。しかし、周囲の喧騒に遮られ、安眠することはできなかった。

翌朝、まだ夜明けどきに彼女は起き出し、生ける屍のようになっている彼に相談することもなく、身づくろいをして家を出た。一晩中考え、思い当たった場所に向かった。

それは、雀仔園（チョックチャイウン）から出て行った数少ない者の中で、かつて仲良くしていた女友達のところだった。彼女は、バルカ通りで土地廟に線香を卸している小さな店を営む男に嫁いでいた。その女友達とは信頼関係にあったし、結婚のときにはずいぶん助けてやっていたので、自分には恩義を感じてくれているだろうし、そこまでは「女王蜂」の指令は届いていないだろうと思ったのだ。

あちこち聞いて回った挙句、ようやく店を見つけた。女友達のア・ソイはカウンターの後ろにいたが、ア・レンを見るとびっくりした顔つきになった。話を聞いたア・ソイはこう尋ねた。

「それで、その男はあんたと一緒にいるの？」

「ええ」

「それは良い印だね。「あいつら」はあたしたちみたいな女を慰みものにするだけで、ふつうは捨てるんだよ」

「あの人は違うよ。とっても優しい人なんだ。今はやる気をなくしてしまってるけど、あたしが何とかして元に戻してやらないといけないの。そうしないとあたしは責められて、あの人を失ってしまう。そしたら……あたしには何もなくなってしまう。あたしには家が……家庭が必要なの」

ア・ソイは、以前ア・レンから受けた恩義を忘れてはいなかった。彼女はア・レンの手を握り、半時間後、義理の姉に店番をまかせ、娘時代のときと同じようにふたりで街に出た。ふたりは線香屋の上客である不動産屋の女のところに行き、鏡湖医院の近くの小さな家を紹介され、見に行った。通常「グワイ」は住まない一間と屋根裏があるだけの家だったが、近くに井戸もあり、ア・レンは一目で気に入った。三人とも文字の読み書きができないので、家賃交渉は口頭ですべて終わった。ア・レンは前払いで家賃を払い、さっそく家具店で中古のベッドとテーブル、椅子四脚を買った。彼女は安堵のため息を漏らした。これであの宿屋から出ることができる。

厚化粧をした娼婦たちの間をかいくぐって宿屋に戻ったとき、ア・レンの体は前の晩よりも汚れ、髪は乱れてほこりをかぶり、慣れない木靴を一日中履いていたせいで足にまめができて痛んだが、心はうきうきしていた。彼の仲間は助けてくれなかったけど、あたしの友達は自分を裏切らなかった。

アドジンドは外出もせず、うじうじとしながら空腹を抱えていた。今ごろ皆が自分のことを嘲笑し、フロレンシオがこれみよがしにルクレシアに近づいているかと思うと腹立たしかった。ア・レンが近づくと、追い詰められた動物のような目で彼女を見た。

「あたしたちの家が見つかったの。家賃も払ったし、家具も買ったわ。明日になればもう住めるわよ」

「なぜ相談してくれなかったんだい。君の思うとおりにやって、僕についてこいと言うのかい」

「違うわ、あたしがあんたについていくのよ。でも時間はどんどん過ぎていくのに、あんたは病人みたいに弱っていて、動こうともしないじゃない。こんな宿にいてはだめよ。あんたはメンドリたち（注十六）の常宿にあたしを連れてきたのよ。あんな女たちの仲間だと思われるのはごめんよ」

そして彼が言い返す前に、自分の髪をなでながら低い声でこう言った。

「あたしたちの有り金を考えたら、悪い場所じゃないと思うわ。静かな場所にあるの。それがあなたにとって一番大事でしょ」

こんなことまで彼女にやらせるなんて。彼女は疲れ切り、目の下にはくっきりと隈ができていた。

「君の髪……全然かまっていないんだね」

彼女は苦笑いした。こんな状況に置かれても、考えるのは彼女の髪のことだなんて、まるで甘やかされて育った子どもが、お気に入りのおもちゃを壊されたときのようだ。

「ぜんぶ終わったら、この髪を宝石みたいにまたきれいにするわ。約束するから」

十七

清潔な環境のもとに育ったアドジンドにとって、新しい住み処はまったく快適とは言えなかったが、それでもあの宿屋や雀仔園(チョックチャイウン)の彼女の部屋よりはましだった。「中国人居住区」の真ん中に住むことの利点は、誰にも自分の生活をのぞかれないことだった。しかし、彼は人々に見捨てられた失意に沈んでいるかと思うと、ちょっとしたことで爆発し、必死に彼の生活を取り戻そうとする彼女を傷つけた。自分勝手なアドジンドは、かつての気楽な生活に戻ることができないという事実を受け入れられなかった。さらに扉に立てかけてある天秤棒を見るたびに、ア・レンに力を握られていることを実感し、やりきれない気持ちになった。

ア・レンはなるべく彼の気をそがないように黙って過ごしていたが、ある夜、厳しい現実を前にして、床に就く前に彼にこう告げた。

「お金がどんどんなくなってきた。もう十分休んだのだから、仕事を見つけてきてちょうだい。そうでないと、生活できなくなるわ」

彼女の声は落ち着いていたが、有無を言わせぬものがあった。彼女は続けた。

「あなたはお父さんが助けてくれなくなってから、人の前に出るのを怖がっているんでしょう？でもあたしたちは自分の手や頭を使うことができるのよ」

彼女は文盲だったが、物事を理解する知性と分別を身に備えていた。喜びも悲しみも一緒に分かち合おうとする気持ちが、「あたしたち」という言葉に表されていた。彼女の言うことはもっともだった。その夜もまた、ふたりは背を向けて眠った。

翌朝、彼は仕事を探しに出かけた。彼の今までの行いが試されることになった。今度は彼が歩き回る番だった。何日もの間、あちこちの扉を叩いて回った。歓迎されるわけでも、追い払われるわけでもなかった。

中国と日本の戦争が始まり厳しい状況になった今、一本の骨にたくさんの犬がむらがるように、仕事を見つけるのは難しかった。誰もが仕事を求めて列をなし、経験や技術のある者だけが仕事にありつけた。忍耐強く仕事探しをしなくてはならなかった。

彼にはあいまいな約束の言葉しかかけられなかった。誰も水売りの娘のことは口に出さなかったが、全員が知っていた。マカオのすべての「キリスト教徒たち」は彼のことを知っていた。これまで彼が好き勝手にやってきたことが、いかに多くの人々を傷つけてきたかという証だった。三十歳近くになるまで父親が甘やかした結果、アドジンドは怠惰で、軽率な、ただの役立たずになっていた。今まで周囲が「ハンサム坊やのアドジンド」を持ち上げていたのは、背後に父親がついていたからだ。そんなアドジンドを拾ってくれる者は誰もいなかった。

こうべを垂れて帰宅した彼を見ただけで、ア・レンはその日にあったことを理解した。アドジンドは空腹を抱えいらいらとしていたが、ア・レンが作る料理にももう辟易していた。ヴィトーリア通りの自宅での食事が懐かしかった。日に日に惨めな気持ちが膨らんできた。家も、住んでいる地区も、汚れた街角も、隣近所も、ごみの臭いも、夜中まで大声を張り上げながら遊んでいる汚らしい子どもたちも、読書をするにも満足な電気が通っていないことも、すべてが嫌でたまらなかった。その態度が、彼女を苦しめ、言わずもがなに彼女を責めていることにも気づかなかった。

クリスマスも新年も、キリスト教徒ではないア・レンには関係ないので、平日と同じように過ごした。祝祭の思い出は残酷にも彼の心を苦しめ、ますます鬱々とした気分に襲われた。

こうして、どこからも仕事をもらえず三か月が経ったある日、アドジンドは、唯一手放さずにいたお気に入りの腕時計を質に出した。絶望し、周囲に毒づきながら、檻に入れられた動物のように街をうろうろと歩き回った。

その夜、ア・レンの我慢は限界を超えた。今までやってきたことは正しくなかったのかもしれない。彼女は読むことも書くこともできなかったが、相手の心を読むことはできた。彼女は馬鹿ではなかった。ふたりは寝床と食事を共にしていたが、長い間お互いに何も言わず、口を開けば口論になっていた。習慣の違い、考え方の違い、文化の違い、食べ物の違い、嗜好の違い。そして、ふたりの言葉も違っていた。

ふたりの間の溝はさらに深まっていった。雀仔園で過ごした、貧しいけれど幸せな日々はもう戻ってこない。彼女は悲しかった。せめて彼が少しでも努力して優しさを見せたなら、どんなに辛くても耐えられたのに……。

「明日から働きに出るわ」

「水売りをするのかい?」彼は投げやりな様子で尋ねた。

「いいえ。それはもうしない。もう一人も客はいないもの。ここでは私は新参者だから。バルカ通りのア・ソイの店で働かせてもらうの」

「なぜ？」

「なぜって、わかっているでしょ。いつ決まるかもわからないあなたの仕事をあてにできないもの。あたしだって働ける腕と足を持っているから」

惨めな気持ちが彼の心を傷つけ、彼女のきつい物言いに怒りがこみあげてきた。彼女のことも傷つけてやりたくなった。乱れた髪や汚れた足に視線を走らせ、彼はこう言った。

「お前は裸足で歩き回りたいだけなんだろう」

彼女は背中を刺されたように飛び上がった。声を上げる気にもならなかった。一瞬の沈黙ののち、彼女は冷たく言い放った。

「あたしはずっと裸足で過ごしてきた。それを恥ずかしいと思ったことなんて一度もないわ。たったひとつしか持っていない木靴を意味もなく駄目にしたくないだけよ。何も持っていないことだって恥ずかしくないわ」

そしてあふれ出す感情そのままに、彼女はこう言い募った。

「あんたがあたしと一緒に街を歩くのが恥ずかしいと思うなら、なんであたしの生活に踏み込んできたの？　あたしは自分の仕事に満足してたし、仲間もいたし、界隈では姫と呼ばれてたのよ。ばあちゃんの信頼を失うまでは、遺産ももらうことになってた。あたしだって全部失った。だけど女のあたしが失ったものは、あんたよりずっと多かったのよ」

そう、彼女は戻りたかった、あの井戸や、皆とのおしゃべり、お気に入りだった髪結い、市場に魚や野菜を買いに行った日々、小さな屋台で食べた軽食。そして、「女王蜂」の家で聞いた夢物語。もう昔のようにいつもの土地神廟にお参りして線香を供え、自分を守ってくださいと願掛けすることなど許されないのではないかと思うと心が重くなった。

「あたしだってあんたと同じよ。裸足で歩いていたって、ここではよそ者なのよ」

そう言って席を立ち、残った食べ物と食器を片付け、台所に運びながらもう一度尋ねた。

「ねえ、どうしてなの？」

彼は何も答えなかった。本当のことを言えばお互いがもっと傷つき合うだけだった。黙って家の扉を開け、空を見上げると、星がまたたいていた。

「お互いが信じ合っていると思っていたのは、間違いだったのね。ただの美しい夢だったんだわ。本当はそうじゃなかった。あたしはお金持ちのお坊ちゃまの単なる遊び相手だったわけね。そう思わなかったあたしが悪いんだわ。今のあたしたちはばらばら。このままでは憎み合うことになるわ。あたしはあんたのために生まれてきたんじゃない」

彼女の口調は静かだったが、顔は青ざめ、何の感情も感じられなかった。そして、食器を洗う代わりに、荷物をまとめ始めた。出て行く芝居をしているだけだ、とアドジンドはぼんやり考えていた。

「もし誰か決まった敵がいるのだったら、どうするか考えることもできたわ。でも女ひとりでこんな多くのものとは戦えない。どう言っていいかわからないけど。あんたはいつも不幸せで、あたしができる限り頑張って見つけたこの家のことも気に入らないし、いつも、一度だけ行ったサーカスで見た動物みたいな目をしてる。あたしは誰のお荷物にもなりたくない。だから、出て行くわ……」

「出て行くだって？」

「そうよ、出て行くわ。今ある半分のお金をもらって行くからね。それと、今月の家賃と電気代は払っておいたから安心して。それとも、そっちのほうがあんたにはいいだろうけど、実家に戻ったらどう？　あたしは何とも思わないわ。あたしから解放されて戻ってくるあんたを皆喜んで出迎えてくれるでしょう」

「どこに行くつもりなんだい？」

「明日から働くア・ソイの所で世話になるつもり。家の奥にある小さな土間に住まわせてもらう。もっとひどいところに住んでたから、贅沢は望まない」

「君が住んでもいいと言ってるのかい？」

「ア・ソイはきっと、いいって言ってくれると思う。もしかしたら旦那が嫌な顔をするかもしれないけど。もしだめなら、どこか別のところに行くわ。仕事は何とか探せるもの。あたしは可愛いって言われるの。可愛い女はいつだって仕事を見つけられるものよ。いざとなったらこの髪を売るわ」

「君にできるもんか」

「見てらっしゃい」

彼女はかつてのような、敵にいどむような表情を浮かべた。彼は一歩彼女に近づいたが、ふと、天秤棒に目が行った。何かを察して彼女はこう言った。

「天秤棒と桶はここに置いていくわ。水売りの仕事はもうおしまい。思い出も置いていく」

瞳の涙をぬぐい、髪の房をゆらしてこう付け加えた。

「あんた知っている？　心がなければ、身体だってつなぎとめることはできないよ」

そして彼女は扉に向かい、身の回りの物を入れた小さな包みを抱えて、彼に一瞥もくれず、まっすぐに歩いて出て行った。裸足のままで。

十八

アドジンドは彼女がすぐに戻ってくるだろうとたかをくくり、あえて彼女を止めようとしなかった。しかし、彼女は本気だった。翌朝、家の中の静けさは彼を打ちのめした。彼が顔を洗い髭を剃るときに彼女が準備してくれる温かいお湯も、朝食のパンもなく、シャツやズボンをアイロンしてくれる者もいなかった。ストーブをつけたが薪の扱いがわからず服を汚し、ぶつくさ言いながら冷たい水で髭を剃った。パンをひとつ齧っただけで、昨日と同じ汚れてしわくちゃのシャツとズボンに着替え、仕事探しに出かけた。

その日もストレスばかりの惨めな一日だった。どこに行っても長時間待たされた挙句、いつも同様断られた。苦力(クーリー)や掃除夫、レンガ職人や大工など、どんな仕事でもできる中国人がうらやましかった。彼は、マカオ生まれのポルトガル人として、たとえ飢えてもそんな下等な仕事に就くことはできなかった。機械工ですら無理だった。そんなことをすれば皆の笑いものになるに違いなかった。

彼は思い切って、当時もっとも人気のあったポルトガル料理店、佛笑樓(ファッシーラウ)に向かった。質に出した腕時計で得た金で、牛肉のステーキに、タマネギとポテトのフライを食べるつもりだった。たらふく食べて夕食は抜きにしよう。明日は明日の風が吹く、そんなやけっぱちな気分だった。

こんなに目玉焼きや、トーストや、牛肉やフライドポテトが美味いと思ったことはなかった。デキャンタで頼んだ赤ワインもあっという間に飲んでしまった。パンで残りのソースを丹念にすくって食べ終わったとき、隣に小学校の同級生だったヴァルデメーロがいるのに気づいた。以前は歯牙にもかけず、道で出会ってもろくに挨拶もしない相手だった。アドジンドに気づいた彼は、恥ずかしそうに人なつこい笑みを投げかけた。

ヴァルデメーロはアドジンドと同い年の、小柄で痩せた地味な男で、港湾局の事務員としてまじめに働いていた。今の仕事に満足し、特に高望みもせず、他人の邪魔をすることもなければ、誰かをうらやむこともない、人畜無害な男だった。マカオのポルトガル人子孫の中で「ダサい男」を意味する「レスピアッテ」そのものであった。ヴァルデメーロは、助けを乞われれば、できる限りの力でそれに応えようとする優しい心根の持ち主だった。だから、教会の神父にはこう言われていた。

「あなたは絶対に天国に行きますよ」と。

もしこんな状況にいなかったら、アドジンドが彼に声をかけることは絶対になかっただろう。しかし、誰からも見放されたアドジンドの心に、彼の優しい笑顔が深く沁みた。

「とっても腹を空かせていてね。ようやく落ち着いたよ」

ヴァルデメーロは意地悪な言葉を投げかけることもなく、にこにこしながら、この店の食事は美味しいですよね、と言った。アドジンドはしゃべり続け、ヴァルデメーロはただただ頷いた。最後にアドジンドは同じテーブルで一緒にコーヒーとポルトガルのブランデー、マシエイラを飲まないかと誘った。誘いを受けたヴァルデメーロに、アドジンドはつい、生活が苦しくなり仕事を探している、という話をした。少し気を晴らしたかった。

ヴァルデメーロはじっとアドジンドの話を聞いていたが、ふと思いついたようにその話をさえぎった。

「アドジンドさん、すみません……もしかしたら仕事の件、お手伝いできるかもしれません。あなたがなさるような、良い仕事ではないですけれど、求人があるんです」

それは、マカオ内港の埠頭で、中国系船会社が所有する貨物の搬出入を管理する仕事で、港湾責任者と中国語で交渉ができる者を探しているということだった。なかなか適切な人材が見つからず、上司がヴァルデメーロのような職員にまで求人のことを話していたのだった。

「もしアドジンドさんがご希望なら、今日の午後、ボスに話をしてみますよ。お節介のようですが、力になれるなら嬉しいですし」と彼は言った。

「アドジンドさんはいつも僕に良くしてくれました。学校でご一緒だったとき、宿題を写させてもらったこと、忘れていません」

それはまったく思いがけないことだった。そんな幼いときのことなど覚えてもいなかった。そのうえ、皆から馬鹿にされていた「ダサい男」から、仕事をもらえるかもしれないなんて。

「本当かい？」

「本当です……でもどうなるかはわかりませんよ。これからボスと話してみます。今日は有休で、時間がありますから」

代金を払い、家に戻ったアドジンドは、この知らせをア・レンに聞かせられないことを残念に思った。一番初めに知らせたかったのに。

ひとりになった今、両親の家に舞い戻ることも考えた。たぶん彼らは自分を許して受け入れてくれるだろう。しかし、帰ることはできない、と思い返した。地獄の数か月を経て、彼はもう、かつての「ハンサム坊やのアドジンド」に戻りたいとは思わなくなっていた。

しかし、その日の午後、ヴァルデメーロから連絡はなかった。うまくいかなかったということなのだろう。彼は号泣した。そして、気を取り直した。立ち直らなくてはならないと。そのとき、マカオのポルトガル人子孫たちが使う「パトゥア語」（注十七）のあるフレーズを思い出し、こう口ずさんだ。

「すべてをご存知の神の思し召しのままに。選ばれた道を進もう」

そして、ア・レンを想った。今日はもう遅い。店は閉まっているだろう。明日になったら、彼女の働いている店を探そう。早く彼女を探さなければ。髪を切るかもしれないと言っていた。そんな勇気があるだろうか？　彼女を誰か他の男にとられることを想像すると胸が痛くなった。そして彼は眠りに落ちた。

　翌朝、扉を叩く音で目が覚めた。ヴァルデメーロだった。

「おはようございます、アドジンドさん。いいニュースですよ。ボスがあなたと話したいと言っています。もしあなたさえ良ければと言っています。昨日夜、ようやくボスに会えたんです。なるべく早く身支度してください」

　もし彼が女性だったら、とびついてキスをしたいほどだった。慌てて準備をしようとして、大変なことに気づいた。

「どうしよう、シャツにアイロンがかかっていないんだ」

「僕に任せてください。アイロンはどこですか？　着替えたら鶏がゆでも食べに行きましょう。まだ時間がある」

十九

　アドジンドに愛想をつかして家を出たア・レンは、泣き顔を人に見られないように日陰を選んで歩いた。この三か月間、地獄のような生活の中で、自分を蔑んできたアドジンドの態度には我慢がならなかった。しかしもし、自分が出て行こうとしたときに引き留められたなら、思いとどまったかもしれなかったのに。今はこの状況から離れて、彼からも、そして雀仔園（チョックチャイウン）からも離れたところで、新しい生活に踏み出そうと思った。

女友達は何も言わずに自分を迎え入れてくれ、籠や線香が積まれている店の奥に案内された。そこには粗末な布の簡易ベッドと、寒さをしのぐための毛布が数枚置いてあった。むき出しの床は冷たく、線香のにおいでむせ返るような狭い場所で、惨めな気持ちが募った。そこは雀仔園で住んでいた家よりもひどかった。しかし不満を言える状況ではなかった。場所を提供してくれたただけでありがたかったし、とにかく上の階に住む彼女とその家族の迷惑にならないようにしなくてはならなかった。ア・レンはア・ソイにこれまでの話を一気にしゃべった。すべて聞き終わってから、ア・ソイはこう言った。「グワイ・ロー」と関係を持ったことが大きな間違いだったと。雀仔園で皆から一目置かれ、「お姫様」とまで言われていたのに、すべてをだめにして何の保証もない相手のもとに走ったなんて、あんた、どうかしてたんだよ……。

ア・レンは言った。

「みんなわかっているの、ア・ソイ。もう言わないで。起こってしまったことなんだから……思いもよらずに。すべてがあたしのいつもの生活とはかけ離れたことだったけど、そのときはどうしようもなかったの。あんなふうにされたことはなかったから。あのときは、あたしは単なる水売りの娘としては扱われなかったのよ」

そして彼女は大粒の涙をこぼした。

「あたし、やっぱりあの人のことが、好き」

ア・ソイはもう何も言わず、彼女を抱きしめた。

「好きなだけここにいていいよ。あんたが店番をしてくれれば助かるし。旦那はいつも外出しているし、あたしは三人も小さな子どもの面倒を見なきゃならないしさ」

ア・レンは身体を清め、横になる前に木靴を取り出した。そして誓った。もうこれからは裸足で歩くまいと。

翌日は朝から、ひとりでは何もできない彼のことが気になって仕方がなかった。でも、いっぽうではいい気味だと思った。あたしのありがたみがわかるはずだわ。仕事のほうは、ア・ソイのそばにいて、すぐに覚えた。線香を買いに来る客の出入りは多かったが、カウンターの後ろに座っているだけなので、時間が経つのはゆっくりに思えた。あの人が迎えに来てくれたらいいのに。通行人でにぎわう界隈には彼の顔はなかった。あたしがいなくなって、結局両親のもとに帰ってしまったんだろうか。彼女の心はざわめいた。

店を訪れる多くの客の中で、じっと彼女を見つめる三十がらみの金持ち風の女がいた。女はア・レンの髪を褒め、その房を売れば、かつらとして良い値になるからどうかともちかけ、じろじろと彼女の髪を見つめた。ア・レンは嫌な気持ちになった。女は言った。一般の女性でなく、役者に人気があると。不思議なことに、いわゆる貧しい階級の娘たちのほうが、美しい髪を持っている者が多いらしい。それにしても、ア・レンの髪は素晴らしい！

敵意を表したア・レンを見て、ア・ソイは彼女を店の奥に呼び、客に聞こえないように小声でこう言った。その女は店の上客で悪い人物ではない、と。ア・レンが店に戻ってくると、女がふたたび話しかけてきた。とても高い値で髪を買ってくれる金持ちの中国人女性がおり、いくらでも値は張る、絶対に損はさせないと。そして、ア・ソイに聞こえないように、そっとア・レンの耳元でささやいた。

「髪を切った後のことは心配いらないよ。あんたは美人だし、スタイルもいい。こんな線香屋にはもったいないよ。髪の房がなくなったら、今風にして、西洋人の女みたいにしてあげるから」

西洋人の女みたいに！　もしそうなったら、あの人はあたしのことを恥ずかしく思わないかもしれない。その言葉は心を動かした。でも、昨日からずっと履いている木靴も履きづらいこのあたしが、西洋人の女みたいに、足を丸出しにして、高いヒールの靴を履いて歩くなんてことができるんだろうか？

「まあ、よく考えておいて。明日また来るから」そう言って女は去った。

彼女がいなくなると、ふたりの様子をうかがっていたア・ソイがこう言った。

「さっきはああ言ったけど、気をつけなよ。あの人、きれいな子にいつも声をかけるんだよ。甘い言葉をかけてくるかもしれないけど、注意したほうがいいよ」

「わかってる」

考えを封じ込めるように、必死に働いた。結局彼は来なかった。涙が出そうになったが、強くならなければ、と自分を励ました。食欲はなかったが食事を飲み込み、店を閉め、ア・ソイの子どもたちを寝かせるのを手伝った。普通に結婚し、姑は厳しいが子どもにも恵まれ太っているア・ソイが、今はうらやましかった。たとえどんなに良くしてもらっても、一時的な安定を得ているだけで自分は家族の一員ではない。

その夜は寒さも厳しく、よく眠れなかったが、もっと温かい布団が欲しいなどと言う勇気はなかった。朝、髪を切って売ることを決意し、起き上がった。うまくいかなかった愛の象徴のような髪の房は、もういらない。

ア・ソイは思いとどまるように説得したが、彼女の決意は固かった。午後二時に昨日の女が現れた。

「あんたはわかってくれると思っていたんだよ。きっと良い値で売れるよ。髪を切ったらもっと美人になるよ」

ふたりは連れ立って店を出た。まるで女主人とメイドのように見えるだろうと思い、恥ずかしくなった。どこに行くのかもわからなかった。ジャネーラス・ヴェルデス近くの小路の前に、簡素な髪結いの店があった。

「この街で一番上手な女だよ。任せれば大丈夫さ」

雀仔園ではいつも道端で髪結いをしてもらっていたので、建物の中に、鏡や椅子などが並んでいるのは豪華に見えた。髪結いの女はア・レンの髪を一目見てその素晴らしさを褒めたたえ、立派な髪の房を結った。

「さあできたよ。あんたはすごくきれいだ。男たちも放っておかないよ。これ以上はないと言うぐらい、美しく結ってやったからね。これからあんたが来るたびに、この髪を結うのが楽しみだよ」

鏡に映った自分の美しい三つ編みの房をうっとりと眺め、誇らしい気分になった。何か月ぶりできれいになった髪を、いつまでも見ていたい気分だった。かすかに動くだけで、まるで妖しい蛇のように揺れるこの束ね髪を見たら、彼は自分のことを拒むことなどできるだろうか？

女の声で、ア・レンは厳しい現実に引き戻された。

「もしこれから切り落とすのを知ってたら、あの髪結いはこんなに時間をかけなかったろうね。結うのを断ったかもしれない。でもおかげでたくさん金を受け取れるよ」

その言葉を聞いて、女を憎らしく思った。これまで何年間もこの髪を大事にし、そしてそのおかげで彼の心も獲得したことを思い出した。突然気持ちが萎え、足が重くなった。

ふたりが着いた先は、ノッサ・セニョーラ・ド・アンパーロ通りにある二階建ての緑色の建物だった。急な階段を上って部屋に入ると、ガスランプの灯りに照らされ、神棚に捧げられた線香のにおいがする室内に、女ばかりが何人もいた。そのうちの六人ぐらいは若い娘で、サテンの中国服を着ていて、髪は短かったりパーマがかかったりしていて、厚化粧だった。その間にある黒い木製の椅子から、老婆が立ち上がり、こちらにやって来た。老婆は若作りをするためなのか、白粉（おしろい）の上に真っ赤な化粧をし、なくなった眉毛の上に黒い線が引かれていた。耳たぶから垂れ下がった耳飾りも、身に着けている金やひすいの飾り物も、悲しいほどの老いを隠すことはできなかった。

そして、女ばかりの中にいるからか、丸まって生気のない薄毛が何本か生えているほかは、ほとんど髪が残っていない頭を隠そうともしていなかった。ア・レンの艶めいて健康的な髪が誰のために使われるのか、一目瞭然だった。ア・レンは吐き気がした。

ア・レンを連れてきた女が、彼女をそっちのけにしてすぐさま値段交渉に入っている間、他の女たちは、素晴らしいア・レンの髪に魅入り、まるで女主人がこれで幸せになるとばかりに、手を叩いて金切り声で喜んだ。

纏足(てんそく)の老婆が、手を揉みながらよちよちと近づき、まるでもう自分のものであるかのように髪の房を触り、目を見張らせて、血のように赤い唇で笑った。そして、予定よりも高い値段でも良いと、うなずいて合図した。

今や、ア・レンは穢れた者たちに囲まれ、無気力で従順なただのモノに成り下がっていた。あと少しで、何もかも終わってしまう。

「いや！」

髪売りの女が取り出した大きな鋏が、室内のガス灯に鈍く光ったとき、ア・レンは大きな声で叫び、本能的に自分の髪を守ろうと房の部分を強く握って後ずさった。

「何だって?」

「あたしの髪に触らないで。切りたくない」

「今さら何を言うのかい?　あんたは約束したんだよ。だから手間も金もかけたんだ。この売女め！」

その言葉に言い返そうとして、ア・レンは自分のいる場所がどこなのか理解した。どちらが売女だというのだろう？　ア・レンは自分の財布から銀貨を取り出し、テーブルの上に置いた。

「髪結いに払った金と、手間賃だよ。これ以上は払わない」

そう言うと踵を返し、女たちがあっけにとられている中、木靴の音を立てて急な中階段を走り下りた。大きな音をたてて表戸を閉めて外に出ると、気分爽快になった。雀仔園からは追い出されたけれど、お姫様だったときの印だった髪を守ったのだ。中から罵りの声が聞こえてきたが、構わなかった。帰りに花屋に立ち寄り、黄色いマグノリアの花を三輪買い、髪の房の根元に挿した。そして、軽い足取りで帰途についた。

二十

アドジンドはヴァルデメーロに伴われ、彼が働く船会社に面接に行った。上司のウォン・サンは恰幅の良い中国人で、礼儀正しくアドジンドを迎えた。面接はすべて広東語でおこなわれ、アドジンドは流暢に答えた。

「上手ですね」

「小学校のとき、良い先生がいて中国語の会話を習ったんです……字はほとんど忘れてしまいましたが」

二十分ほどで面接は終わった。上司はこれまでの経歴は一切尋ねなかった。ただ、目の前の若者が、何かやむを得ない理由から、本人の能力や学歴より低いレベルの仕事であろうと、とにかく職に就きたいと思っていることと、船会社の仕事をすでにある程度知っていることを見てとった。アドジンドはあえて貿易商の父の名前を出さなかった。そして、ついに彼は職を得た。仕事内容は難しくなく、唯一大変なのは、船が港を出入りするときにはどんな悪天候でも外にいなくてはならないことだった。しかし、これでア・レンを満足させることができると思うと嬉しかった。彼はヴァルデメーロに感謝した。

さっそく仕事を始めたアドジンドだったが、ア・レンがあの髪の房を切ってしまったのではないかと思うと、いてもたってもいられなくなった。夜、仕事が終わると、アドジンドはア・レンを紹介するために、ヴァルデメーロを伴ってバルカ通りに向かった。いくつか線香を売る店がまだ店を開けていた。あちこちで聞いて、ア・ソイの店を見つけるのはそんなに難しくなかった。半分店閉まいした店の前で、ぽっちゃりした体つきのア・ソイが、寒さにもかかわらず人待ち顔で店の出入口のところに座り込んでいた。ア・レンのことが心配で待っていたのだ。

突然の「グワイ・ロー」の出現に彼女は驚いた顔をしたが、すぐに、アドジンドが誰かを理解した。それと同時に、アドジンドは直接ア・レンのことを尋ねた。いいえ、いないわ、でももうすぐ帰ってくると思うわ。どこに行ったかわからないの。店閉まいしなくちゃいけないから、ここで待ってるんだけど……。その心配げな口調に込められたものに運良くアドジンドは気づかなかった。

「彼女、もう髪を切ってしまったかな?」

「いいえ、出かけたときはまだ髪を垂らしていたわよ」

「本当にきれいな髪をしているだろう」

「彼女は他にもきれいなものをたくさん持ってるわよ」

「わかってる」

ア・ソイはふたりに店の中に入って椅子に座るように勧め、一杯の茶をふるまった。そこに夫が二階から下りてきて、事情を聴き、四人がア・レンを待つ形になった。次第に彼らは打ち解けて話をし始めた。

「遅いな。どこに行ったのかい？　この界隈にはあまり詳しくないのに」

アドジンドのその言葉にア・ソイは心を打たれた。「グワイ」は悪い奴らだと聞いていたけれど、少なくともこの男は良い奴じゃないか。

「マカオはおだやかな場所だよ。誰もあんな娘に悪さをしたりはしないさ」とア・ソイの夫が慰めるように言った。

「中国では戦争が日に日にひどくなっているようだよ。たくさんの人間がポルタス・ド・セルコ（注

ポルタス・ド・セルコ（ボーダーゲート）1950年代
Porta do Cerco, circa 1950s
〔写真転載〕António M. Jorge de Silva（2015）*Macaenses-The Portuguese in China*, Macau: Instituto Internacional de Macau, p. 130.

（十八）からこっちに逃げて来ているそうだ」

「ただの噂だろう。中国はとても広いし、戦争なんてここからずっと遠く、北部や上海での話さ。ここにはなかなか届かないだろうよ。もちろん悪い影響はあるだろうけど。もう市場じゃ米の値が上がっちまってる」

「香港でも小競り合いがあったようだが……」

「日本人とやり合ってるだけさ。マカオには日本人なんかいないから大丈夫さ」

それは嘘だった。アドジンドは、日本人の歯医者が家族と一緒にセントラル通りに住んでいるのを知っていた。しかし、あえてそのことは言わずにいた。

主人の日本人の話は続いたが、聞き上手のヴァルデメーロに任せ、アドジンドは立ち上がり、店の外をのぞき見ては店の中をうろついていた。そして、質に入れた腕時計を着けていた腕を、つい何度も見てしまった。

そこに突然、ア・レンが現れた。急ぎ足で帰ってきたため、頬を赤らめていたア・レンは、びっくりした様子で皆の顔を見つめた。ア・ソイはア・レンの髪を見ると飛びついてきた。

「あんた……」

「やっぱりできなかったよ」

「良かった、良かった」

すぐにでも彼女を抱きしめたい気持ちを抑え、アドジンドはこう言った。

「僕は彼女を……愛しているんだ」

ヴァルデメーロは驚きを隠せなかった。この娘が噂に聞いていたアドジンドの「恋のお相手」だったのか。家族が許すはずがないわけだ。しかし、目の前にいる中国人の娘は本当に魅力的だった。

「仕事を見つけたんだ。この友達のおかげで。給料はけっして良くはないけれど、なんとかやっていけるよ」そしてこう付け加えた。

「君に最初に知らせたかったんだ。でも初日から休みをもらうわけにはいかないし、君がどこに住んでいるかわからなかったから、伝言を頼むわけにもいかなくて……」

アドジンドはあらためて今日あったことを説明した。それを聞きながら、ア・レンの表情は柔らかくなっていった。結局この人はあたしのもとに戻ってきてくれたんだわ。

アドジンドが恥ずかしそうに、彼女の服の裾を触りながらこう言った。

「君がいないと、家が寒くて冷たいよ……」

「そうしたのはあたしじゃないわ」

「そのとおりだよ。君は出て行ったとき、太陽も一緒に連れて行ってしまったんだ」

ア・レンは女友達を見た。どう、あたしは正しかったでしょ？　この人、心を溶かすようなこんな優しい言葉を言うのよ。

「行こうか？」

彼は、「ハンサム坊やのアドジンド」と呼ばれていた時代からのあの笑顔を見せた。彼女は店の奥から自分の荷物を持ってやって来た。

「何もかもありがとう……明日、いつもどおりに来るわね」

外に出ると、ヴァルデメーロが気をきかせて別れを告げた。ふたりきりになると、ア・レンはいつもの中国の習慣に従って、彼より三歩後ろを歩いて行こうとした。彼は立ち止まった。ふたりで一緒に生きて行こうとする今、この習慣は変えねばならない。命令するようにこう言った。

「後ろを歩かないで。君の場所は僕のすぐ横だよ。これからはそれに慣れるんだよ」

彼女はおとなしくその言葉に従った。じろじろ見る通行人の目などもう気にしなかった。光る石畳に木靴の音が響いた。

ふとそのとき、アドジンドは前方でポルトガル語とパトゥア語の会話を耳にした。それはマカオ生まれのポルトガル人たちの集団で、その辺りの中華料理屋で夕食をとった帰りのようだった。ア・レンと一緒に歩こうとすれば、必ずいつか出会うであろう試練に今、直面したのだった。彼らの中に知った顔が何人かいた。そのうちのひとりの女性の家にかつてよく遊びに行ったことがあった。心臓の鼓動が速くなった。アドジンドたちは知らんぷりをしてその一団を追い抜いたが、ふたりに気づいた人々が後方でこそこそと噂話をするのが聞こえた。

するとと驚くことに、彼女はもうひとつタブーとされていたことをやってのけた。まるで小さい子どもが甘えるように、両手でアドジンドの腕にしがみついたのだ。そしてふたりはそのまま堂々と歩いて行った。

家に着くと、寒々としていた室内が人のぬくもりで温かくなった。ごく粗末な家だったが彼らにはそう感じられなかった。彼女は扉にもたれかかり、こう言った。

「あたしたち、もういちど一緒になったわね。あなたとどうやって一緒に暮らせばいいのか教えてちょうだい。あなたにも教えてあげる」

「君の髪はなんてきれいなんだ。今日は格別きれいだね。僕が迎えに行くのをわかっていたのかい？」

「ええ、あなたが誰にもこの髪をやらないようにすることはわかってたわ。もしそんなことをすれば幸せにはならないもの」

その日にあった本当のことは言わなかった。そして彼の腕に抱かれた。彼は最初に彼女の髪に接吻し、マグノリアの花の香りを嗅いだ。そしてふたりは愛を確かめ合った。

二十一

ある日の午後、アドジンドは通りで父と偶然出会ったが、無視をされた。さらに大きな買い物の荷物を抱えたフロレンシオを従僕のように従えたルクレシアにも出会った。ルクレシアにはあの晩から会っていなかった。彼女はアドジンドのことを絶対に許さず、あてつけとしてフロレンシオと婚約し、結婚の日取りも決まっていることを、ヴァルデメーロから聞いていた。彼女はちらりともこちらのことを見ることはなかった。

ある日アドジンドが家に帰ると、ア・レンが楽しそうに広東オペラを歌いながらアイロンをかけていた。何かあったに違いなかった。長椅子に座って新聞を広げると、ア・レンが来て靴を脱がせ、代わりにスリッパを履かせてくれた。

「どうしたんだい？　ご機嫌じゃないか」

「いいことがあったのよ。でもあとで、寝るときに言うわね」

アドジンドはその理由を早く聞きたがった。

「もうすぐ、あたしはこの髪を人前で見せられなくなるわ」

「なぜ？」彼は尋ねた。

彼女は笑いだし、彼の察しの悪さに首をふった。

「お医者さんのところに行ったの。思ったとおりだった。子どもが生まれるわ」

彼は飛び上がった。本来なら驚いてはならないことだった。彼女が飲めば妊娠しないと言われるお茶を飲んでいたことは知っていたが、忘れてしまうこともあった。きっと仲直りをしたあの晩のことに違いない。色々な理由から、今子どもができるのは困ると思った。

「なあに……嬉しくないの？」

「そんなことはないけど……びっくりしたんだ」

「びっくりって何？　あたしたち一緒にいるのよ？　最初は子どもができない体じゃないかって心配してた。でも違ったわ。あなたの子どもができたのよ」

彼女がなぜ妊娠したことをそんなに喜んでいるのかわかった。中国人の間では、身ごもれない女は他の女に地位を奪われるからだ。それをア・レンはひそかに恐れていたのだ。

しかし、アドジンドにとっては良いタイミングではなかった。堕胎を勧めたかったが、ア・レンの嬉しそうな顔を見ると言い出せなかった。数週間が過ぎ、つわりが始まった。このままではいけない、アドジンドは自分を責めた。このままでは生まれてくる子は「扉の中の子」もしくは「ラパの後ろの子」（注十九）と呼ばれるだろう。キリスト教徒として、そんなことは許されなかった。

「結婚しよう」

「結婚？　もうあたしたち結婚してるんじゃないの？　一緒に住んでるんだから」

「僕の世界では、まだ結婚していないんだよ。誰も君が僕の妻であることを知らないから」

「あたしがあなたの妻じゃないんだったら、いったい何なの？」

「式を挙げないといけないんだ」

「必要ないわ。お金がかかるだけでしょ」

「そうじゃないんだ、ア・レン。僕の世界では、結婚しているとみなされるためには、教会に行って神父の前で誓わなくてはならないんだよ」

「でもあたしはキリスト教徒じゃないわ」

「僕はそうなんだよ……」

彼女には理解できなかった。彼は家族や友人から見放されていて、自分もそうだった。貧しい者には儀式など必要ない。一緒に暮らし、子どもをつくれば結婚しているのと同じだ。いつかお金がいっぱいできたら、内輪の食事会をするぐらいが精いっぱいだ。「グワイ・ロー」の教会なんかに行って、誓いを立てる必要がなぜあるのだろう?

もっとも説明が難しかったのは、正式に結婚せずに子どもが生まれた場合、キリスト教では庶子として扱われてしまう、ということだった。中国人の間では、いわゆる庶子というものは存在しない。誰が母親であろうと、すべてが父親の子として扱われる。たとえ妾腹の子どもであっても、母親は常に正妻ということになっている。庶子という考え方はない。

「つまり僕の愛人ということではなくて、法の前に正式な妻となるんだよ。それが嫌なのかい?子どものことを考えたことがあるのかい?」

ア・レンは何でも知っている「女王蜂」に相談したいと思ったが、それはできなかった。そこでア・ソイに相談した。彼女は言った。ダンナの言うとおりにしたほうがいいよ。「グワイ・ロー」の宗教は気に入らないけどさ、その結婚とやらはすごくまじめなものなんだから、それをすればあんたの立場も保証されるんだろ。中国人はたくさん女を囲っても構わないけど、あいつらは正式にはそうじゃないんだから。

彼と人生を共にするためには仕方がない。ア・レンは渋々ながら、改宗することに決めた。女友達の忠告に従い、線香を持って観音堂にお参りに行き、お腹をさすりながら祈りを捧げると、すっきりした気分になった。そして、「新教徒」すなわちキリスト教徒に改宗した中国人のための教会である聖ラザロ教会に行き、改宗を誓った。アドジンドの目的は子どもが生まれる前に、正式な結婚をすることだったのだが、神父は優しくこう言った。「焦らないで……ローマは一日にしてならず、ですよ」

そのころ、上司の信頼を獲得したアドジンドの仕事は安定した事務職に代わり、市場の出資者でもあった上司のさまざまな仕事を手伝うようになっていた。給料も良くなっていたので、彼はア・レンのためにもう少し広くて良い家に移りたいと思うようになった。結婚の「プレゼント」として、小さな庭や井戸、浴室や台所もある二階建ての家を見つけた。

ア・レンは風水師のもとを訪れ、方位を見てもらった後でこう言った。

「結婚式の後で引っ越すのはどうかしら?」

「うん、それはいいね」と彼は答えた。

二十二

ある平日の午前八時三十分、ア・レンの洗礼式がおこなわれ、洗礼名は「アナ」となった。続いてふたりの結婚式が教会で執りおこなわれた。かつての「ハンサム坊やのアドジンド」には似つかわしくない、簡素なものだった。

代父（ゴッドファーザー）を引き受けたヴァルデメーロと腕を組んで教会に入ってきたア・レンは、

映画「大辧子的誘惑」より 〔資料提供〕蔡安安

大きなお腹をピンク色の中国服に包み、低いヒールの白い靴を履いて、緊張した面持ちでしずしずと進んだ。もうあの長い髪の房は垂らしていなかった。中国では既婚女性は髪をシニョンに束ねるのが習慣だった。あのジャネーラス・ヴェルデスの髪結いに頼み、きれいに丸く結ってもらったのだった。その日はアドジンドにとっては特別な日ではなかったが、ア・レンにとっては、ちょうど中国旧正月に当たっていた。

参列者はヴァルデメーロ、ア・ソイ、そしてアドジンドの代父のオリンピオだった。オリンピオはマカオ生まれのポルトガル人で、仕事を通じて親しくなった海上警察官だった。ふたりの結婚のニュースはもちろん「キリスト教徒の街」に住むコミュニティの知るところとなり、皆が悪口を言って噂した。

ふたりはキリスト教の掟にしたがって結婚指輪を交換し、鐘が鳴る中、ア・レンは誓約書にサインした。字を書けない彼女は一生懸命練習して、まるで子どものようなたどたどしい字を書いた。初めての経験だった。神父がアドジンドと握手を交わした。

「おめでとう」

かつて夢描いていた結婚式の宴は、鏡湖医院の近くの茶屋で、ヴァルデメーロ、ア・ソイ、オリンピオと一緒にとった中国式の軽食に変わった。ふたりはその後引っ越しの最終準備をし、夜にはアドジンドの上司が夕食に招待してくれた。十月五日通りにあるレストランには、上司とその妻、ア・ソイと夫、ジャネーラス・ヴェルデスの髪結い、三人の船会社の同僚が出席した。髪をひとつにまとめてアップにし、化粧をほどこしたア・レンは成熟した美しい女性そのもので、かつての水売りの娘の姿は想像できなかった。

夕食後、腕を組みながらふたりは街を散策し、新居まで歩いて行った。途中、最初の数日間を過ごした宿屋街を通り過ぎ、「中国人街」を抜けて聖パウロ天主堂跡を通り、「キリスト教徒の街」に入った。カモンイス広場を通り過ぎるとき、アドジンドが生まれ育った家が見えた。真っ暗な家の中で、かつての自分の部屋に薄く灯りがついていた。レポウゾ通りの新居に着くと、近くの大きな木から伸びた枝に隠された街灯がぼんやりとした光を放っていた。赤い壁の家は、黄色が目立つ家並みの中で際立って見えた。

「他のより良い家だろう。ヴァルデメーロに電気をつけておいてもらえばよかったね」

「私たちが最初に電気をつけましょう。私たちの子どもが産まれる場所になるのね」

ふたりは新居に入り、灯りをつけ、そして微笑み合った。

二十三

それから出産までの数か月は、ゆっくりと過ぎていった。公務員としての資格を持たないため仕事に安定感を感じられないアドジンドは、上司に気に入られるために必死に働いた。

ア・レンとアドジンドの関係は対等だった。利発なア・レンは夫に言いたいことをはっきり伝え、わかり合おうと努力して過ごしていた。日々の生活の中で、お互いの文化の違いを感じることは多々あった。たとえば片手で箸を使うのでなくフォークとナイフを持って両手で食べる習慣や、中国人の間では満足を意味する「げっぷ」がタブーに当たることや、コーヒーを飲む習慣など、いかに苦労しているかを、ア・レンは楽しそうにア・ソイに語った。かつて外で遊び歩いていたアドジンドは、結婚後はすっかり家で過ごす時間を大事にするようになった。

そして、ついに出産の時が近づいた。当時、病院で出産するのは身よりのない女性か、もしくは状態が危ない妊婦だけだったので、ア・レンも産婆を呼んで自宅で出産することを望んだ。その際、彼女が世話を頼みたかったのは、かつて自分を雀仔園（チョックチャイウン）から追放した「女王蜂」だった。アドジンドは恐怖で震える足で雀仔園に向かい、「女王蜂」に直接会ってア・レンの願いを伝え、「彼女をまだ好きでいてくれるのなら、ぜひ来てほしい」と頼み、自宅の住所を教えて立ち去った。「女王蜂」はすぐに駆けつけてくれた。

「お母さん……」とア・レンは「女王蜂」に言った。「あたし、とっても不安なんです」

「心配はいらないよ。すべてうまくいくから……あたしがいるよ」

そしてその夜、九時ごろ、新しい命が生まれた。元気な男の子だった。

「女王蜂」はア・レンの過去をすべて許した。そして、レポウゾ通りのふたりの自宅には、かつての仲間たちが駆けつけて出産を祝った。彼女たちから、自分を育ててくれた老婆がすでに死んだことを知らされ、ア・レンは涙を流した。

カトリック教徒の両親から生まれた子どもは洗礼を受けなければならなかった。また、中国のしきたりでは、生まれてから三十日目に、宴を催さなければならなかった。ポルトガル人と中国人の混血として、両方の儀式を同じ日にすることにした。宴は雀仔園でおこなわれ、界隈の住人たちがみな招待された。「グワイ・ロー」はアドジンドだけだったが、皆から「いいやつ」として受け入れてもらえた。「女王蜂」はかつてのア・レンの家の鍵を返してくれた。ア・レンは「女王蜂」と夫のおかげで、雀仔園の住人たちから受け入れられた幸せに浸りながらも、同時に、もうこの場所には戻ってくることはできないと感じていた。アドジンドと結婚することによって、習慣も考え方も変わり、社会的な階層も上がってしまったからだ。もう裸足で歩くことはできなかった。新しい自分に生まれ変わっていたのだ。

二十四

ふたりの間に生まれた男の子はすくすく成長し、やがて二人目の男の子も生まれた。アドジンドは少しずつ重要な仕事を任されるようになり、仕事に打ち込みながら家庭生活を大事にした。ふたりの結びつきはますます強くなっていた。彼らのことはいつもコミュニティの噂の種になっていたが、アドジンドは自分の家族や知人友人とは没交渉のままで、自分の結婚生活のことを誰かに話すこともなかった。

ア・レンはかつての自分の貧しい暮らしと、夫の裕福な暮らしのことを念頭に置いて、いつも家をとても清潔に保っていた。家の中は西洋式で、肘掛け椅子が置いてあり、カーテンがかかっていた。サイドボードにはポルトガル製の食器が並べてあり、小さな祭壇には聖母子像が置かれていた。子ども部屋には手を広げた守護天使ミカエルの像が飾られていた。それと同時に、中国人の母がいる家庭として、室内の装飾を中国風にしたり、中国茶を飲む習慣、熱いタオルを使う習慣、薬草を育てて飲んだりする習慣もあった。

ア・レンは料理上手で、中華料理は何でも作れたが、まだマカエンセ料理とポルトガル料理は上手ではなかった。周囲にいるマカエンセはヴァルデメーロと、隣に住む消防士ジョズエの妻ティナだけで、十分に作り方を学ぶことができなかったからだ。

ア・レンは中華料理を食べるときは箸で、マカエンセ料理やポルトガル料理のときはナイフとフォークを使った。彼のほうはいつもナイフとフォークだった。ア・レンはいつも夫を喜ばせる食事を作ってくれた。特に湯(タン)と呼ばれるスープは体に良いとして丹念に作り、彼女が炊く米飯も美味しかった。

ア・レンは、バターをぬったパンを食べ、ミルク入りコーヒーを飲む習慣にはなかなか慣れなかった。朝食には時々鶏がゆと揚げ物を出した。午後のお茶の時間には、紅茶には砂糖は入れず、自家製パンか、聖アントニオ地区にあるマカエンセの菓子屋が道で売るお菓子を食べた。

アドジンドも、ア・レンと生活するようになってから日々の習慣がずいぶん変わった。たとえば、就寝前に入浴をするか、せめて足を洗うようになった。彼女によれば、日中にたまった疲れがそれで取れるというのだった。二つの異なる習慣がちょうどよく混ざり合った生活を送った。ふたりは映画を観に行く以外はあまり外出しなかった。日曜日には聖ラザロ教会の朝のミサに出かけ、その後はカモンイス公園や、当時まだあまり開拓されていなかったモン・ハー地区や、ときにはイーリャ・ヴェルデ地区に足を延ばしたりした。

ふたりには、あまり趣味と言えるものはなかった。自宅を訪ねてくる友人たちは限られており、職場の同僚のオリンピオとヴァルデメーロ、隣人のジョズエとティナぐらいだった。いずれもアドジンドよりも学歴が低いことを自覚していたので、どこか遠慮するところはあったが、土曜日の午後に自宅で麻雀をしたり、夕食を共にしたりすることもあった。それからしばらくして、アドジンドは無線ラジオを入手し、マカオのCQNラジオ局（注二十）から流れるマカエンセ音楽や、香港やマニラのラジオ放送を楽しんだ。そこから若いときの音楽への興味が再燃し、アルメイダ・リベイロ大通りにあるポルトガル人経営のスポーツ用品ならびに楽器を扱う店に行ってギターを買い、仲間たちとバンドのようなものを組んだりした。そして、「ハンサム坊やのアドジンド」と呼ばれた時代にギターを奏でては娘たちのハートを射止めた話をして、皆を笑わせた。

そんなアドジンドを優しく見守りながら、ア・レンは彼と周囲の人々との育ちの違いを感じとっていた。かつてアドジンドの実家で見た豪華な家具や、最初に会ったころの彼の装いを思い出すと、自分のせいで彼を落ちぶれさせてしまったことを申し訳なく思った。誰も見ていない場所で、夫が物思いにふけり、寂しそうに孤独の中にいる姿を時々目にしていた。自分もまた、かつての仲間たちとは疎遠になってしまった寂しさがあった。しかしそんなとき、ふたりはお互いを見つめ、子どもたちを呼んで、幸せを確かめ合うのだった。

アドジンドの収入が増えるにしたがい、家計に余裕も出てきたので、ア・レンは彼に外に出て旧友たちと親交を取り戻したりしてはどうかとやんわりと勧めてみたが、彼は頑として聞かなかった。

こうして六年が過ぎた。アドジンドは読書をして余暇を過ごし、時々ア・レンと連れ立って映画に出かけた。好奇心に満ちたア・レンは、アドジンドの読んでいる本の内容や、映画の内容について詳しく話してくれるように頼んだ。そして納得のいかないことについてはとことん意見を交わした。ア・レンが一度も学校に通ったことがないのにもかかわらず、物覚えが素晴らしく、好きな広東オペラの台詞をすべて暗記していることに、アドジンドは驚くばかりだった。

ア・レンは最初、アドジンドが友人たちとポルトガル語で会話をするとき、何を話題にしているのかわからないことが不安だった。しかしそのうち、ポルトガル語の単語を覚え、正しい発音ではないが、自分なりに会話の中で使うようにした。ふたりの間では、中国語とポルトガル語の単語が混ざり合う会話が普通になった。そして、子どもたちに対しては、父は必ずポルトガル語で、母は中国語で話すようにした。こうして二人の息子たちは、臨機応変に二カ国語を扱えるようになった。二人の子の母になってもア・レンは美しく、そんな妻をアドジンドはずっといつくしんでいた。

こうして幸せな家庭生活を送りながら、アドジンドが抱える胸の痛みは、両親がいまだに自分に対して怒り続け、幸せに暮らしている事実を認めてくれないことだった。狭い街の中で、時々彼らと出くわすこともあったのだが、両親は目もくれずに彼を避けた。水売りの中国人娘が息子の正式な妻となり、子どももいるという事実を、両親はどうしても受け入れることができなかったのだ。

アドジンドのほうからも、あえて和解を申し入れようとはしなかった。もし彼女と別れ、ひとりで戻ったなら、きっと受け入れられることはわかっていたが、それはできない相談だった。しかし時々、両親や、祖母や叔母たちや従姉のカタリーナ、実家にあった木製家具の古い木の匂いや、家の中に漂っていたラベンダーとベンゾイン（安息香）のお香のけむり、よく食べていたマカエンセ料理のことを思い出し、限りなく懐かしい気持ちに襲われた。皆が自分に対して思い描いた幸せな生活、それは約束されていたものだったのに、人生は本当にわからないものだ。

二十五

こうしてふたりは孤独な生活を送っていたが、マカオの街のニュースは「女王蜂」やヴァルデメーロ、オリンピオ、ティナから聞いて知ってはいた。恋愛、結婚、洗礼、葬式、仕事をめぐる競争、お上への批判、スキャンダル、喧嘩、不貞、離婚、女性問題などなど……世間よりも少し遅れて、そして話に尾ひれ背びれがついてではあるが、この街で起こっていることを広く浅く知っていた。自分が知っているということは、自分のことも皆が知っているということだろう。

フロレンシオはルクレシアと結婚し、本来ならアドジンドが獲得するはずだった財産や社会的地位をすべて手に入れた。最初は気おくれしていたフロレンシオは、まもなく上流階級の一員として堂々とふるまうようになった。彼は全面的に妻に依存するイエスマンだった。結婚前は役所の年金課の職員として働いていたが、妻の地位に見合わないと辞めさせられ、今は彼女が主な出資者となっている輸出入会社の部長として働いていた。しかし、贅沢な生活を手に入れたのと同時に、フロレンシオは短気な妻の命令のままに動く人形に成り下がっていた。二人の子どもにも恵まれたが、わがまま三昧に育てられた子どもたちは、トラブルばかり起こす厄介者になった。しかしフロレンシオは、自分はアドジンドに勝った、勝ち組だと思っていた。そうでないと悟る時がまもなく訪れるとも知らずに。

二十六

ある土曜日、アドジンドは妻に頼まれ、ヴァルデメーロと三人でバザールに買い物に出かけた。子どもたちはすっかりなついている「女王蜂」に預け、三人はぶらぶらと通りに出た。

彼は今の住まいからそんなに遠くない、モンテの丘に向かうアルティィリェイロス坂の一角に、二階建てで庭付きの良い物件を見つけていた。バザールでの買い物の後に見せたいと思い、特に何も言わないでおいた。今の家の前に建物が建ち、景色が遮られ木が切られたことで、彼女によれば「風水が悪くなって」しまっていた。この物件ならバザールやマーケットからも近いのでいいのではないだろうか、そう思っていた。

　ヴァルデメーロは最初に会ったときから、ア・レンに純粋な憧れを抱いていた。そして、いつか彼女がチョン・サン（チャイナドレス）を着る姿を見たいと熱望していた。なぜチョン・サンを着ないのかという問いに、彼女はいつも、着る機会がないから、とはぐらかしていた。

　メルカドーレス通りでいつも立ち寄るメン・センという店で買い物を終えたあと、三人が並んで歩いていると、蹴鞠（けまり）に興じる若者たちに出会った。少女だったころ、界隈の少女たちと遊び、誰にも負けなかったことをア・レンが懐かしく思い出しながらその光景に見入っていたとき、背後からけたたましい車のクラクションが聞こえた。三人は道路の脇に飛びのいたが、その拍子にア・レンの荷物が飛び、彼女もバランスを失って運よく少年たちの一人に支えられた。

「ちくしょう！」アドジンドが叫んだ。

「あっ！　あたしにお茶も出さなかったあの男だわ！」とア・レンが言った。

　フロレンシオとルクレシアを乗せた濃い灰色のシボレーがその後もクラクションを鳴らし、周囲を見もせずに猛烈なスピードで走り抜けて行った。

　怒りに立ちすくむアドジンドを促して、ヴァルデメーロはふたりを茶屋に誘った。ア・レンは泣いていた。そして言った。

「あいつらはあたしたちのことを馬鹿にしてるのよ」

「わざとではないかもしれないよ。僕たちが道の真ん中を歩いていたから。もっと前からクラクションを鳴らしていたのかもしれない」

ヴァルデメーロは彼女の気持ちを落ち着かせようとしてこう言った。アドジンドは大きなため息をついて言った。

「あの車は尋常ではないスピードで走ってきた。僕たちを避けることもできたはずだし、あんなふうにクラクションを鳴らす必要はなかったはずだ。ア・レンが転ばなかったのは奇跡だよ。いずれにしても、あいつらはいったんスピードを落とすべきだった」

「それはあたしたちがあいつらにとって『まともな人間』じゃないからよ。『まともな人間』じゃない者は消えてもいいってことなのよ」

ア・レンの言葉はアドジンドの心に突き刺さり、拳固にした手が震えた。

「あいつは今もあなたのことを憎んでいるのよ」

「古い話だよ……」

彼女は合点しなかった。興奮して、フロレンシオに拒否されたあの悲しい日のことを一気にしゃべった。それを聞いて、アドジンドはあのとき彼女がどれだけ傷ついたのかを知った。少し落ち着いてから、彼女は言った。

「今まで、あなたがなぜそんな憎しみを受けたのか聞いたことはなかったわよね。今も聞くつもりはない。あたしたちは一緒にいる、それが大切なことだから。でも絶対に忘れることはできない。あなたはあいつに助けを求めた、あいつは断った。でもその理由があたしにあることはわかってた。あいつのあたしを見る目、椅子を勧めもせず、一杯のお茶もふるまおうとしなかった、まるでそれが当然のことのように。あなたたちが何をしゃべっているのかはわからなかったけど、侮辱しているようなことを言っていることは見てとれた。天秤棒であいつの頭や背骨を叩いてやらなかったことが悔やまれるわ。でもいいの、結局あなたはあたしと一緒にあいつの家から出ていってくれたもの。それだけであたしには十分」

彼女とヴァルデメーロは鶏がゆをお代わりした。突然アドジンドが言った。

「今からシルクの布地屋にいって、君のチョン・サンを作ろう」

アドジンドはすぐに会計を済ませ、ふたりは急ぎ足で、いくつかの店を回った。アドジンド自らが選んで何枚も高価な布を買い、ア・レンは嬉しそうにそれに従ったが、ついに、四枚は多すぎるわ、と言った。

「君には多すぎるなんてことはないよ。今日のようなことはもう二度とないと誓う。今度は君を香港に連れて行ってあげよう。一度も行ったことがないんだよね。君はもう、『まともな人間』なんだから」

「今日はびっくりすることばっかりね」彼女は笑い、シルクの布の包みを抱きしめた。

彼にはもうひとつ、彼女を驚かせることがあったが、それは次の日のミサのあとまで取っておこうと思った。

「今度はチョン・サンと合うハイヒールの靴を履く練習をしなくてはね」

　そう言うと、彼女はふたたび高らかに笑ってこう言った。

「実はね、私にも驚かせることがあるの。あなたが仕事に出たあと、ハイヒールの靴を買ってこっそり履く練習をしていたのよ。だから心配しないで、もうよろよろしないで履けるようになっているから。だってあなたがチョン・サンを作ってくれることを知っていたから」

　そしてふたりは子どもたちのために凧を買い、かつて最初の数日を過ごした宿屋街を抜けて、ア・ソイの家を尋ねた。そして、これからまた新しい人生の節目が始まることを、嬉しそうに女友達に語って聞かせた。

レプブリカ大通りとプライア・グランデ大通り概観（1970年代）
Vista parcial das Avenidas da República e da Praia Grande, na década de 1970
〔写真提供〕カルロス・ディアス　Photo courtesy of Carlos Dias

二十七

翌日、ミサが終わったあと、いつもの道ではなく、サン・ラザロ通りの階段を通って、アルティィリェイロス坂に向かった。ア・レンは不思議そうな表情で理由を尋ねたが、アドジンドは何も言わず、一軒の家の前に連れて行き、指差した。朝の太陽の光に照らされ、その家は優美にたたずんでいた。新築ではないが、雰囲気のいい外観の家だった。アドジンドは熱心な口調で、この家は今、空家になっていて、もしア・レンが気に入ったら、貸主が誰かはわからないが話をしてみようと思っている、と言った。

ア・レンは嬉しい驚きを隠さずに、夫の腕を握り、こう尋ねた。

「家賃は払えるの？」

「そのことを昨晩ずっと考えていたんだ。仕事をもっと頑張れば、大丈夫だよ」

頼もしい言葉をア・レンは信じた。その家には裏庭と井戸があり、敷地内にパパイヤの木が生えていて、南西の風が吹きぬけ、きれいな空気が通り、一目で気に入ってしまった。そこはモンテの丘に続く坂で、車も通行人もまばらな地域だったので、今の家と違って、安心して子どもたちを外で遊ばせることもできそうだった。辺りは閑静な地域で、道にはポルトガル風の石畳が敷き詰められ、近隣の住民たちの感じも良かった。子育てにはとても良さそうな環境だった。

さっそく家の所有者を探したところ、それは、サン・パウロ通りの邸宅に住んでいる、カピトリーナという金持ちの老婦人であることがわかった。不仲で知られていた夫を亡くしたあとは、何不自由ない生活をしており、自分が住む地区の人々が通う聖アントニオ教会の信者の間でも一目置かれている人物だった。

夫人の名を耳にして、アドジンドの気持ちは一気に萎えてしまった。実は、夫人は昔から母や叔母、祖母と親しい人物だったからだ。そのうえ、かつて夫人は、不美人だった娘のエヴェリーナとアドジンドを結婚させたがっていたことがあり、彼は誰のことも傷つけないように気をつけながら、うまく身をかわし、結局夫人の思いどおりにはさせなかった。

家を借りるのはあきらめようかと思ったが、どうア・レンに説明して良いのか困ってしまった。彼女はもうその家に夢中になっていた。彼女はティナや、「女王蜂」や、ア・ソイと連れ立って家を見に行き、外観しかわからないものの、全員が気に入ってしまっていた。そのうえ、「女王蜂」は、この家には良い「風水」があると太鼓判を押していた。

そこでアドジンドは、セントラル通りにいくつもオフィスを構えている有名なイギリス系電機メーカーに勤務している、夫人の息子ジョアキンと話をする決意を固めた。ジョアキンは大柄な体に似合わぬ女性のような高い声の持ち主で、ある逸話から、「鉄拳ジョアキン」のあだ名で知られていた。その逸話とは、当時若者の間で人気だったボクシングの試合に出場し、「殺人者ジャック」の名で恐れられていたフィリピン人をあっという間に倒し、その後二時間も意識不明にさせたというもので、その日以来、「鉄拳」という名前が彼の呼び名になったのだった。そんな筋骨隆々の体を自慢とする男も、母親の前ではただの従順なひとりの息子で、母が生きている間は結婚しないとまで言い切っていた。

アドジンドとは面識はあったが、一度も仲が良かったことはなかった。ジョアキンは、ボクシングのほかに釣りも趣味にしていたので、たまたま釣りの場でアドジンドと居合わせたときは、少しは親しげに会話することもあったが、そこを離れれば、また元通りの関係に戻っていた。コミュニティを追われて数年間が経った今、自分はどのように扱われるのだろうか。あまり期待はせず、昼休みに入る前にジョアキンが働くオフィスを訪ねた。粗末な椅子に座らされ、タイプライターの音が響く中、時々こちらを覗き見る従業員たちの視線にさらされながら、じっとジョアキンが出て来るのを待った。そして、職を探していたころ、ここに来て断られた日のことを苦々しく思い出していた。

そこに、大柄な体を揺らし「鉄拳ジョアキン」が現れた。回っている扇風機がまったく役に立っていないのか、汗だくだった。ジョアキンはアドジンドを見て驚き、すぐに警戒の表情を見せた。「ハンサム坊やのアドジンド」がこの俺に何の用だというのだろう？　金でも借りに来たのか？　何であろうが、いい返事をするつもりは毛頭なかった。アドジンドは手短に用件を述べた。なんだ、そういうことか、という表情がジョアキンの顔に浮かんだ。

「お袋の代わりに、俺が答えることはできないんでね。ただ、お袋は貸すんじゃなく、売るつもりでいるんだ。まあ、話してみるよ。気分が変わるかもしれないし。ただ、家賃は高いぜ。前の借り主がひどくてね。家賃を滞納するもんで、何度催促に行ったことか。そのうえ、出て行ったあとは家の中が荒れていてね、内装も外装も修理するのにすごく金がかかったんだ。まあ、午後にまた来るか、電話してみてくれよ。ただ、お袋の意見は簡単には変わらんと思うがね」

ぶっきらぼうに言い放つと、外に出て行った。

午後になり、アドジンドはあらためて彼の会社に電話をしたが、何度かけても話し中なので、意を決して、終業時間少し前にオフィスに足を運んだ。会議中だと言われてさんざん待たされたあげく、姿を現したジョアキンは、一言、お袋は貸さないそうだ、とだけ言うと、さっさと出て行ってしまった。あまりの対応にアドジンドの心は深く傷ついた。そうか、僕は、「まともな人間」じゃないということなんだな。怒りがこみあげ、どうしていいかわからず、通りに出て総督通りの坂を下り、家のある方向とは違う、プライア・グランデの埋め立て地のほうに向かった。家に帰り、交渉がうまくいかなかったことを告げる前に、気持ちを落ち着かせなくてはならないと思った。

裁判所の角を曲がったところで、すぐ目の前を、テニス帰りなのか、ラケットを小脇に抱え、タオルを首に巻いた姿のフロレンシオが悠々と歩いているのに出くわした。そのとき、これまでのフロレンシオとのいきさつや、今日、「鉄拳ジョアキン」から受けた屈辱がアドジンドの中で一気に爆発し、我を忘れてしまった。アドジンドは足を速め、いきなりフロレンシオの前に立ちはだかった。突然のことにフロレンシオは驚愕し、ラケットを手から取り落とすと、辺りを見渡し、近くにあったリヴィエラホテルの中に逃げ込もうとした。

アドジンドは猛スピードで追いかけ、足をひっかけて相手を転ばせると、もみあったままホテルのロビーに転がり込んだ。悲鳴が上がり、フロレンシオが叫んだ。

「自分が何をやっているのか、わかってるのか?」

アドジンドは平手打ちをくらわそうとしたが、フロレンシオはなんとかそれをかわした。誰かがやって来て、取っ組み合うふたりを引き離し、海外からの客人も多く集うこの高級ホテルで、こんなぶざまなことはすべきではない、と諭した。アドジンドは叫んだ。

「放してくれ! こいつは道で車のクラクションを盛大に鳴らしたうえに、妻を轢きそうになったのに謝りもせずにそのまま行きやがったんだ。許せない」

「そんなことしていない」

「何を言ってるんだ。俺は、お前がここにいる全員の前で謝罪しなければ、ぜったいここを出て行かないぞ」

睨み合いを続けるふたりの間に、ホテルの支配人が割って入り、慇懃無礼な英語でこう言った。ここはマカオの最高級のホテルであり、お客様方もそれに見合う立派な方ばかりです。もしその場を乱すようなことをなさりたいなら、せめて、外でなさってください。警察を呼ぶようなことはしたくありませんので、良くお考えください、と。

そこに、この騒動をたまたま最初から見ていたマカオ郵政局局長が現れ、いかにも高官らしく、重々しくこう言った。

「もうこの辺で終わりにしたらどうかね。みんないい大人なんだ。これ以上の大騒ぎは感心しないね。まず、フロレンシオ君、確かに君はいつも、運転するときにクラクションを鳴らしすぎだ。運転も乱暴だ。もし誰かを轢きそうになったことがあるのなら、謝ったらどうかね。そしてアドジンド君、君は破ったフロレンシオ君のシャツ代を支払って、口を閉じなさい」

「シャツなんていくらだってある。硬貨一枚だってこいつからもらいたくない」

「そうさ、必要ないさ。お前は金にまみれた奴だからな。とにかく、俺の目をしっかり見て、ここにいるみんなが聞こえる声で妻に謝れ。それが条件だ」

憎しみに燃え、これまでの屈辱をすべて晴らさんばかりのアドジンドの形相に震えあがり、ついにフロレンシオがこう言った。

「悪かった。君の細君に謝る」

これですっきりした。みんながアドジンドの顔色をうかがい、ほっとした様子で、彼の腕を抑えつけていた手を離した。アドジンドはこうべを垂れて、小さな声で失礼、と言うと、静まり返ったその場を離れ、通りに出た。すぐ背後でフロレンシオの間抜けな声がした。

「僕のラケット……僕のラケットは？」

数年前、彼女は彼を守るために四人の男たちの前に立ちはだかり、それは雀仔園（チョックチャイウン）の伝説になった。今度は彼が公衆の面前で彼女の屈辱を晴らす番だった。やるべきことはやったのだ。その思いで、アドジンドは家を借りることができなかった悔しさを飲み込んだ。

二十八

ア・レンはこれまで、夫にフロレンシオに仕返しをしてほしいなどと言ったことはなかった。この喧嘩はアドジンドから仕掛けたことだったし、もっと大ごとになってしまったら大変だったかもしれない。それでも、彼が自分を守るために、公衆の面前で、一杯のお茶も出さなかったあの憎らしい男に謝らせ、汚名をそそいでくれたことがア・レンには嬉しかった。自分たちがようやく、「まともな人間」として認められるようになったのだ、と思えた。

でも、まだ完全に認められたわけではなかった。アドジンドはア・レンに家を借りられなかったことを打ち明け、別の物件を探そうともちかけた。しかし、ア・レンは所有者が誰なのかを聞くと、こう言った。

「あたし、その女性（ひと）を知ってるわ……聖アントニオ教会でよく会うの」

「聖アントニオ教会に、君は何をしに行ってるのかい？」

ア・レンは唇を噛んだ。それまで聖アントニオ教会に通っていることは秘密にしていたのだ。隣人のティナに、聖アントニオは奇跡を起こしてくれる聖人だと聞かされ、週に二回、祈りを捧げに行っていた。彼女が何の奇跡を望んでいるのか、彼女は言わなかったし、彼も聞かなかった。

「たぶんあたしのことを見て知っていると思うの。いつも教会に入ってくると、立ち止まってあたしのことを見ているから。あたし、あの女性（ひと）と話してみる」

ティナはア・レンのアイディアにあまり感心しなかった。彼女は聖アントニオ教会でおこなわれる婦人会でよくカピトリーナに会っていて、その頑固さ加減をよく知っていた。夫人は、一度ノーと言ったらその意見を覆すことはまずなかった。

しかしア・レンはあきらめず、ティナに自分の計画について話した。哀願者のように彼女の家の扉を叩く代わりに、すべての者は平等だとされる教会の中で夫人をつかまえ、家を貸してもらえないかどうか頼んでみる。うまくいかなくても、その状況であればあまり傷つかずにすむ、と。

ティナはア・レンの頭の良さに舌を巻いた。確かに教会の中であれば近づきやすいし、自分もア・レンのことを頑固な老婦人に紹介しやすい。その日の午後、毎年おこなわれる聖アントニオ祭の準備のため、教区の婦人会の打ち合わせがあり、夫人は絶対に現れるはずだった。ふたりは意を決して実行することにした。ア・レンは濃い赤色の中国服を身にまとい、髪をきれいにお団子にして、中ぐらいのヒールの靴を履き、黒いハンドバックを手にした。

これまで、ティナに伴って何度も聖アントニオ教会には来ていたが、どこかまだ、自分はよそ者のように感じていた。洗礼を受け、結婚式を挙げた聖ラザロ教会の信者のほとんどは改宗した中国人だったが、ここはそうではなかったからだ。祈るときも、中国語の短い祈りの言葉しか知らなかった。神様は中国語がわかるのかしら、とティナに聞くと、神様や聖人様たちはどんな言葉だっておわかりになるし、祈る気持ちが大事なのだと教えられ、ほっとして、心の中にしまってある祈りを捧げ続けてきた。奇跡を叶えてくださるという聖アントニオ像のまなざしは優しく、ア・レンは最初からこの聖人像に親しみを感じていた。

　まだカピトリーナ夫人は到着していないようだったので、ア・レンは教会の中で待つことにした。どきどきする気持ちを抑え、落ち着きはらったふりをして、教会に入ってくる人々を見ていた。ついに、痩せた老婦人が教会に入ってきた。ティナははやる心を抑え、ア・レンを連れてカピトリーナのもとへ向かった。

「失礼します、カピトリーナさん。この方をご紹介したいのですが」

　夫人は厳しい表情をこちらに向け、冷たくこう言った。

「ごめんなさいね、もう集まりが始まるので」

　そのとき、ア・レンが無邪気な笑顔を浮かべ、夫人に話しかけた。

「少しだけでいいんです……五分だけでも」

　魅力的な顔立ちと、漆黒の美しい髪を持ったア・レンのすらりとした姿は目を引いた。カピトリーナ夫人は立ち止まり、ア・レンの体を頭からつま先まで眺めまわし、ミサ以外の時間帯に、何度か彼女の姿を見たことがあったことを思い出した。

「わたし、アドジンドの、家内です」

　そして、まるで相手に息をする時間も与えないかのように、今の自分たちの状況と、今より大きな家が必要であるということ、子どもたちをもっと良い環境で育てたいということを、一気に話した。自分たちにとって、アルティリェイロス坂の物件は理想的なので、ぜひ考え直してほしい、家は大事に使うし、今までの中で一番良い借主になりますからと、ポルトガル語と中国語が混ざった、おそらくマカオのポルトガル人子孫にしか理解できない、独特の話し方で熱心に語りかけた。

「あなたのご主人には、息子を通じてお答えしたはずよ。わたくしに二言はないの。あの家は売りにしか出しません」

もっと別の言い方がないものかしら、とティナは背筋が寒くなった。尊大で乱暴な物の言い方は先祖代々持って生まれたものらしい。しかしア・レンはめげずに、天真爛漫な笑顔を浮かべたままでこう続けた。

「あなたが今まで受けてきた幸運を減らしてしまうのはもったいない、と思われませんか？」

「どういう意味かしら？」むっとして夫人が尋ねた。

「悪く思わないでください。つまり……」

ア・レンの説明はこうだった。家を見に行ったとき、自分が母と呼んでいる女性と、ティナを連れて行った。外から家を眺めたとき、母はその家が風水上とても良い位置にあると太鼓判を押した。

「母は、色々な風水師と知り合いなのですが、いつもこう言うのです。良い風水にある家をあきらめることは絶対に良くないことだって」

「もう三年も誰も住んでいないのですよ」

「でもあなたは今もその家を所有されています。だから、あなたはいつも幸運に恵まれているんです。そして立派な息子さんと……幸せな結婚をして子宝に恵まれた娘さんがいます」

通訳をしながら、ティナはア・レンの説得の巧さに舌を巻いた。

カピトリーナはその言葉に胸を打たれ、打ち合わせのことを忘れてしまった。確かに以前、能無しだった夫の死後、アルティリェイロス通りのあの家に引っ越してから、幸せに暮らしてきたこと、そしてサン・パウロ通りの家に移った今もずっと、裕福な生活が続いていることを。しかし彼女はあえてこう言った。

「あなたが今信じている宗教は迷信を信じないのですよ」

ア・レンはにっこりと微笑んでこう答えた。

「ここに生まれ育った者や、長く住んでいる者の中で、風水を信じていない人はいるでしょうか？とても少ないと思います。私には学はありませんが、物事はよく考えます。宗教は風水とは関係ないのです。それどころか、風水は神様が与えてくれる贈り物だと私は信じています」

厳しかったカピトリーナの表情が柔らかくなり、微笑すら浮かべているように見えた。ア・レンは続けた。

「奥様、主人と子どもたち、そして私に、少しだけこの風水を分けてもらえませんか？」

向こうからカピトリーナを呼ぶ声がしていたが、彼女はア・レンの言葉に釘付けになっていた。

「あなたのことはよく教会で見かけていたけれど、ミサには出たことがないわよね。ミサには参列しないの？　キリスト教の教えは実践していないの」

「いいえ、私はこの教会に来て、いつも聖アントニオ様にお願いをしています。でもミサは聖ラザロ教会のほうに行くのです。私たちはそこで結婚し、主人が神父様と仲良くしていただいているので。主人の意思に従っています」

「それは良いことね、ご主人に忠実なのね。それは良い言葉だわ。でもあなた方はこの教会のミサに出るべきですよ。もうこの地区に住んでいるのですから。そのうえあなたのご主人は聖アントニオ地区で生まれたのですから」

「はい、アドジンドにそう伝えます」

夫人はすっかりア・レンの姿に見入っていた。

「ねえあなた、あなたのそのきれいな結い髪はご自身の？　それとも付け毛？」

ア・レンはすぐに答えた。

「私自身のです。主人は絶対に私の髪を切らせないんです。ひとつに結って、垂らしてほしいと言うのです。でもご存知のように、私にはもうできません、既婚者ですから」

「そんなにアドジンドのことを好きなのね？」

ア・レンの顔は赤くなった。こんなに自分が誰かへの愛を他人に話すことはなかったからだ。

「主人はとても良い人なのです。私が今あるのは主人のおかげなのです」

もう十分だった。もう一度呼ばれ、カピトリーナは立ち去る前に、こう言った。

「考えてみましょう。待っていて」

ア・レンは、聖アントニオに祈り、教会の周りを散歩しながら、彼女を待った。しばらくして夫人が姿を現した。そして言った。

「打ち合わせはまだ時間がかかりそうなの。あなたもお忙しいでしょう。私は少しばかりの風水をあなたにお分けすることにするわ。ご主人に、明日うちの息子と話すように言ってちょうだい」

「聖アントニオ様の奇跡だわ……」ティナはつぶやいた。

二十九

カピトリーナの息子、「鉄拳ジョアキン」は母の心変わりに驚いていた。実際、賃貸を断ったのは、「鉄拳ジョアキン」がアドジンドのことを気に入らなかったことから端を発していた。彼は色々といやがらせをして家の内見をこばもうとしたが、ア・レンの登場で状況は一変した。彼女の美しさと柔らかな物腰に、ついに二年更新、月々八十パタカ（注二十一）の家賃で交渉が成立したのだった。

引越しの日はちょうど聖アントニオ祭の当日で、偶然、中国暦でも縁起の良い日だった。家族と共に新居に向かうア・レンは、チョン・サン（チャイナドレス）に身を包み、その体のシルエットは目も覚めるほど美しかった。

アルティリェイロス坂の家は高い家賃を払うだけの価値があった。家族全員が暮らすためには十分なほどの広さと、ギア灯台、聖ジェロニモの丘、最近開発されている谷の地区が見渡せ、二つの丘の間にプライア・グランデの海岸線と、その奥にタイパ島の姿が垣間見えた。両サイドに屋根があり、小さなテラスもあって、そこからはルクレシアの住む屋敷が坂の下のほうに見えた。それを見ると、自分の社会的立場が上がった印のように思え、アドジンドは嬉しかった。

移転前には家の壁が白く塗り直され、床もきれいに磨かれ、すべてが新しく見えた。ペンキのにおいがなくなるのを待って、家族はレポウゾ通りから家財を移した。かつて結婚式の際、「ローマは一日にしてならず、ですよ」と言ってくれた聖ラザロ教会の司祭から今回も祝福を受け、いっぽう「女王蜂」も、良い風水が続くようにと中国式の祈りを捧げてくれた。二つの異なる宗教が、新しい家を祝福してくれているようだった。

「良きイエス様の行列」や「聖母ファティマの行列」（注二十二）はマカオの街中を歩くのに対し、「聖アントニオ祭の行列」は、その地区だけでおこなわれる祝祭行事だった。その日は聖アントニオ地区一帯がお祭り気分になり、地区中の人々がおめかしをして歩くのだった。カモンイス広場、オルタ・ダ・コンパニア通り、サン・パウロ通り周辺にある大きな邸宅では、シャー・ゴルド（注二十三）と呼ばれるアフタヌーンティが催された。

雨のシーズンにもかかわらず太陽に恵まれた空の下、アドジンドと家族は人々に交じって教会の入り口で行列が始まるのを待っていた。その姿は人目を引いたが、彼らは堂々としていた。そして、かつてのように彼らを敵意のまなざしで見る人々はおらず、アドジンドたちに挨拶したり、話しかけてくる者もいた。

教会から聖アントニオ像をかついだ輿（こし）が出てきて、行列が始まった。道沿いの家々ではシャー・

ゴルドがおこなわれていて、開かれた窓に両親の顔を見つけられないかと思ったが叶わず、アドジンドは悲しい気持ちになった。行列が終わり教会に戻ってくると、アドジンドと家族は教会の周りの出店でひと息つき、ティナ夫妻、ヴァルデメーロ、オリンピオたちと落ち合った。息子たちは両親の苦労も知らず、そこで初めて会った他の子どもたちとすぐにうちとけて遊んでいた。そして、彼を見つけたかつての隣人たちや、学校の同級生たちが声をかけてくれた。アドジンドは長い旅から戻って来たような気分になった。

聖アントニオ祭（1950年代）
Procissão de Santo António, na década de 1950
〔写真提供〕ジョゼ・イト・カリオンJr.
Photo courtesy of José Ito Carion Jr.

新居がある小さな広場では木々が優しくざわめき、モンテの丘から吹いてくる爽やかなそよ風がどこからかナイトジャスミンの香りを運んできた。向こうのほうから子犬が駆けてきた。遠くで誰かが中国風の音楽を奏でる音がしていた。

自宅のそばで、白いブラウスと黒いズボン姿の痩せた中国人の娘が立っていた。その姿はかつてのア・レンの姿を思い起こさせたが、彼女ほどの魅力は持っていなかった。ア・レンは雀仔園（チョックチャイウン）のかつての仲間の娘で、これから家で働かせるつもりだと言った。

その夜、アドジンドは彼女に尋ねた。

「君が『センオントンネイ』（注二十四）の敬虔な信者だとは知らなかったよ。君の唇が何かを唱えているのに気がついたのだけど、何を祈っていたの？」

「お礼を言っていたのよ」

「家のことで？」

「それだけじゃないの。他のこともよ」

「何なのか聞いてもいいかな？」

彼女は声を立てて笑い、彼の耳たぶを軽く噛んで、彼の手を自分のお腹の上に置いた。

「もちろんよ。子どもを授かったの。今日、つわりがあったから……間違いないわ。きっと女の子よ」

「なぜわかるんだい？」

「なぜって、聖アントニオ様は色々な望みを叶えてくれるからよ。どんなにあたしたちが女の子を欲しいと思っているか、わかっていらっしゃるから」

そのとき、星空に赤い風船が、まるでひとすじの炎のように漂うのが見えた。

三十

それから数年が経過した。アドジンドの父アウレリオは、年齢による身体の衰えを感じていた。背中は丸くなり、リウマチからくる膝の痛みのために歩きづらくなってきていた。毎夕、会社から家に帰る途中、ヴァスコ・ダ・ガマ公園に立ち寄り、偉大な冒険者の像の周りに置かれたベンチで三十分ほど休憩するのを習慣にしていた。暑い夏の日差しのもと、鳥たちがさえずる木陰で疲れた足を休め、膝をさすりながら、ヴィトーリア通りに引越してから今までのことに思いを馳せていた。なんと多くのことが変わってしまったのだろう！

かつて心を占めていた怒りや失望は、時間の経過とともに、何もできなかったことへの哀しみに変わっていた。

息子がおかしくなった最初のころは、彼を正しい道に引き戻そうと必死になった。息子の浅はかな行為は自分には何の影響も及ぼさないと、泰然自若のふりをしていた。しかし長くは続かなかった。社会の最底辺の階級の、雀仔園（チョックチャイウン）出身の豚のような裸足の中国人娘などに大事な息子をたぶらかされたことに、激しい怒りをしばしば爆発させた。そのうちアドジンドが戻ってきて、自分たちに助けを請うだろうとたかをくくり、出て行ったあとに自分の荷物を取りに来ることも禁じてしまったが、結局息子は姿を現さず、彼の部屋はそのままになり、週に一度、姪のカタリーナが来て掃除をしてくれなければ、すっかりほこりをかぶってしまっていたことだろう。

アウレリオは、あれから、アドジンドが仕事に就けず生活に困窮していることを人の噂から知っていた。そのうち困って帰って来るだろうと、残酷な笑いを浮かべて待っていた。しかし彼は帰って来なかった。

フロレンシオが息子の後釜におさまり、ルクレシアと結婚したことはアウレリオのプライドを大いに傷つけた。豪華な結婚式に参列したあと、アドジンドに勘当を言い渡した書斎に閉じ込もり、ひとり男泣きにむせんだ。ルクレシアとフロレンシオの海外旅行、リヴィエラホテルでのウイスキー・セッション、マカオ総督公邸でのレセプションの話や、ヴィトーリア通りを駆け抜けるシボレーの轟音を聞くたびに、言いようのない怒りがこみあげてきて、心の傷は癒えなかった。そして、アドジンドが聖ラザロ教会で結婚式を挙げたという話を聞いたあと、妻とともに完全に社交的生活から身を引いた。人々の噂話を耳にするのはもうたくさんだった。

家族のもうひとつの心配の種は姪のカタリーナだった。彼女が従弟のアドジンドに恋心をいだいていたことは、家族の公然の秘密だった。アドジンドが中国人の水売り娘と出て行ってから、カタリーナは深い悲しみに沈み、修道院に入ると言い出したり、喪に服すような生活をしたりしていたが、ある日、窓辺で見かけた背の高いポルトガル人軍人、シルヴェリオと恋に落ちた。ほどなくシルヴェリオはアウレリオのもとを訪れ、結婚を許してくれるように懇願した。突然の訪問にアウレリオは驚いたが、カタリーナを結婚させる必要があったし、彼女の恋を成就させなければ、もうこの先別の機会はないと思い、家族と相談すると約束した。

カタリーナの母、叔母、祖母は、マカオに兵役で駐在している軍人との結婚は、遅かれ早かれ帰国命令とともにマカオを去ることになり、遠く離れた異国で畑仕事をするようなことになるのではないかと心配し、結婚に反対した。しかし、これまでずっと従順に生きてきたカタリーナは、めずらしく自分の意志を曲げず、もし反対するならここから出て行くと言い張った。結局、アウレリオが女たちを説得し、カタリーナは軍人と結婚し、嬉々として家を出て行った。こうして家には老人だけが残り、しんとした屋敷の中で、召使たちの小さな話し声がするだけになった。

公園を走り回る子どもの声で我に返った。アウレリオは、自分にも孫がいることを知っていた。最初に二人の男の子の存在を知ったとき、罪深い女の種として無視をした。さらに二人の女の子が生まれ、今一番下の子はまだ母の腕に抱かれており、どの子もみな愛くるしいという。その噂が家にもたらされたとき、誰も提言をする者はいなかったが、アウレリオの心に、自分の血を引く孫たちの顔を一目見てみたい、という思いが生まれていた。

その思いは、家で起こったある出来事でさらに強くなった。ある晩の夕食後のことだった。アウレリオは新聞を読んでいた。ヨーロッパでは戦火がロシア、そして北アフリカにまで広がり、いっぽう東洋では日本とアメリカの関係が悪化し太平洋における戦いは避けられないと目されていた。いたたまれず紙面から目を離すと、義母が刺しゅうの手を休め、ぼんやりとしたまなざしで外を見ているのに気づいた。しかし、彼女は何も見てはいなかった。かつてアドジンドが受け継いだ美貌で知られた老女の顔は、八十歳に近くなった今、皺だらけになっていた。孫のしでかしたことを一番怒り、許そうとしなかったのが彼女だった。しかし、それから八年が経過し、自分の死期がそろそろ近づいていることを感じる今、一番の秘蔵っ子だった孫のアドジンドと、その子どもたちに会ってみたいという気持ちにかられていたのだった。

「あの子たちに会ってみたいのです……とても愛くるしいそうですよ」

「誰のことですか?」

「私の……私のひ孫ですよ」

「お義母さん、どうなさったのですか。突然そんなことをおっしゃって」

「なぜって？　私は忘れることはできないのですよ。何と言われようと、私の血を引いた子どもたちなのですよ。このままではあの子たちの顔も見ることができないまま、聖ミゲル墓地に行くことになるのですよ。もう私は八十歳になるのですから」

「お義母さん、落ち着いてください、気付け薬代わりにリキュール酒はいかがですか」

「私は……私はね、悲しいのですよ」

　彼女はハンカチーフを目に当てると、いきなり泣き崩れた。孫のことで人前で取り乱したのは、初めてのことだった。彼女が誰の助けも借りずによろよろと自室に去ったあと、残された家族たちは食後のお茶が運ばれるまで、交わす言葉もなかった。

　公園のベンチに座ったまま、アウレリオは他の心配事にも心をめぐらした。一九三二年の香港株式市場の株価暴落は、幸運なことに彼の所有する船会社には大きな経済的損失を与えることはなかったが、一九三七年、日中戦争が始まり、日本が次々と中国の主要港をおさえると、船舶産業は大きな打撃を受けた。さらにヨーロッパで始まった戦争は次第に世界中を巻き込み、一九四一年には日本がアメリカとイギリスに宣戦布告、太平洋戦争が始まり、血なまぐさい戦いが展開されることが予想された。現状では貿易業はほとんど停止状態となり、仕事への取り組みを再考することが必要だったが、それを考えるには、彼はもう年をとりすぎていた。

アウレリオは思いをふりきるように、首をふりながら空を見上げた。木々の幹の向こうで二つの凧が争うように空に浮かんでいた。昔から、夏になると、「コルタ・コルタ」(注二十五)と呼ばれる凧の糸を切り合う競争が大人や子どもの間で流行っていた。それを見ながら、ふと、若かった時代、何の心配事もなかったあのころ、自分は凧の名手で、競争すると誰にも負けなかったことを思い出した。自分の凧はいつもまっすぐに上がって、他の凧の進路を妨げ、カンパル地区の空や、カモンイス公園の上に君臨していたっけ。

ふと、かつて凧を上げていたカンパル地区に行こうかと思った。ここから五分もかからない場所だ。行こうかどうか迷っていたとき、前方から旧友のセバスティアンが歩いてくるのに気づいた。セバスティアンはポルトガル南東部のアレンテージョ出身の退役軍人で、もう四十年以上もマカオに住み続けていた。マカエンセの女性を妻とし、孫たちにも恵まれ、もう故郷には帰らないと言っていた。

「おや、アウレリオ、こんなところで寂しそうに何をしているのかい?」

「そのとおり、寂しいのさ。私の周りはみんな空っぽになってしまった。戦争で会社の経営はあがったりでね、ここで少し気持ちを紛らわしていたんだよ」

「君は考えすぎるのさ。不幸せに感じるのは、自分のせいさ。わたしの言いたいことはわかっているだろう」

セバスティアンはアウレリオのかたわらに腰かけ、フィリピン製の煙草に火をつけた。セバスティアンは、かつてアウレリオから息子アドジンドの話を聞いていきさつをよく知っていた。そのたび、彼はアウレリオにアドジンドと和解するように勧めてきたが、父親は頑としてセバスティアンの話を聞こうとはしなかった。

「わたしは息子を失ったんだ。あいつは恥ずべき行為で私の体面を台無しにした。許せないことだよ！　あいつは自分のやるべきこともやらず、家族の名を汚したんだ。せっかくいい結婚をすることができたのに、それを蹴って、無知で無学な水売りの娘などと一緒になったんだ」

愚痴を言い続けるアウレリオの話にじっと耳を傾けながら、セバスティアンは煙をくゆらした。また新しい煙草に火をつけながら、人差し指を挙げて、友人の独白をさえぎった。

「アウレリオ、君が何か、わかるかね？　エゴイストだよ」

「エゴイストだって？」

「そうさ、エゴイストだよ。まさにそのとおりだ。君の話をずっと聞いていると、君は自分のことしか考えていないし、家族の名声だの体面だの、そればかりじゃないか。君はずっと、自分の思いどおりに息子を育てようとしてきたんだ。息子には息子の意思があることを君は忘れているんじゃないか？　君が彼にとって幸せだと思ったことが、彼にとって幸せだなんて限らないんだよ。彼の人生は彼自身のものなのだから」

アウレリオの顔は真っ赤になった。今までそんなふうに他人から言われたことはなかった。

「セバスティアン、ひどいことを言うんだな」

「そろそろ君に本当のことを言うべきだと思ったんだ。今まで君の話を何度も聞いてきたが、私は父と子の間の問題に他人が首を突っ込んではいけないと思い、何も言わなかった。しかし、もうそろそろいいだろう。友人の心からの気持ちだと思って、怒らないで聞いてくれたまえよ。僕が知る限り、君の息子のアドジンドほど礼儀正しくて正直な人物はいないよ。道端で会うたびに私たちは握手をして挨拶しているんだ。さっきも彼がカンパルの広場で子どもたちと凧を上げているのを見たばかりだよ」

そしてセバスティアンは、アドジンドとア・レンの間にあった真実をアウレリオに語った。大きな望みも持たず、自分の住む界隈でそれなりに幸せに暮らし、そこでは「お姫様」とも呼ばれていた娘を、アドジンドが誘惑したために、彼女も彼と恋に落ち、その結果、彼だけでなく、彼女も住む場所を追われたこと。そして子どもをみごもったこと。そこでアドジンドが道を正し、子どもが日陰の身にならないために教会で正式な結婚をしたこと。それこそが、男としてあるべき姿だということ。

セバスティアンは言った。

「アウレリオ、友よ、私の言葉を信じてくれたまえ。今後、こんなふうに君とまた会えるとは限らないから……君の息子はアルティリェイロス坂に住んでいて、私が毎日のようにモンテの丘に散策に行くと彼に出会うんだよ。私たちはよく話をするんだ。彼は君が思っているよりずっと成長して大人になったよ。彼は君のことも、母上のことも、伯母上やおばあ様のこともけっして悪く言わない。そして従姉のカタリーナも彼に会いに行くようだ。彼は君たちが元気でやっているかどうかかいつも聞いているようだよ。君が彼の細君と会おうとしなければ、自分の孫たちと会うことはないんだよ」

「あんな女と一緒にいて、息子が幸せであるはずがない」

「それは君の偏見だよ。ふたりは八年間も一緒に暮らしていて、お互いによく理解し合っている。もしかしたら、アドジンドにとって、彼女は理想としていた妻ではないかもしれない。でもそれは、住まいを追われ、人々から引き離され、習慣も違う彼についていくことを決めた彼女にとっても同じことだよ。どちらがより苦しんで、より犠牲になったなんていうことは誰にも決められない。私が知っているのは、彼女は素晴らしい魅力を持った美しい女性だということだよ。彼女の微笑みには誰も抗えない。彼が彼女の虜になったのも不思議ではないよ。アウレリオ、なぜそんなに頑固なのかい？　もう昔のことは誰も覚えてはいないよ。そろそろふたりのことを許してやってはどうかな。教育も文化も違うふたりの心がひとつになることは、誰の邪魔にもならないのではないかな。それが、結局のところ、私たちが住んでいるマカオなのではないかな」

　アウレリオは煙草をセバスティアンから受け取った。ふたりともしばらく無言のままだった。仏塔の向こうに見える木々やヤシの木の上に、太陽のまぶしい光が反射していた。白い上着と黒いズボン姿の下女たちが、主人の子どもたちを連れて午後の散歩をしていた。何匹かの蝶が花の周りを舞うように飛んでいた。高い木の上には巣があるのか、何羽かの鳥が空を飛んでいた。はなやぐような若い娘の笑い声が美しい空に響いた。

三十一

アドジンドは八歳のパウロ、まもなく六歳になるジャイメ、その妹のアントニアを連れて凧上げをしていた。幼い子どもたちにはまだもったいないほどの良い品質のマレー凧を香港で買ってきたのだが、なかなか使いこなせず、凧はバランスを失って空をさまよっていた。子どもたちは、すごい凧を持っているね、と最初は他の子どもたちにもてはやされたものの、うまく扱えないために馬鹿にされ、がっかりしていた。何もわからない娘が、ズボンの裾を引っ張って、もっと高く上げてよ、と無邪気に叫ぶのにいらいらさせられた。そんなときだった。

「凧は大丈夫だけれど、裏の糸目のところが悪いのではないかな」

後方からかけられたその声に、アドジンドは驚いて振り返った。そこには父が立っていた。背筋を伸ばして、少し青白い顔で、これまで何もなかったようなふりをしているのがよくわかった。

アドジンドは何かを言おうとしたが声にならず、手の力が抜けてしまったので、凧はますますバランスを欠いてどこかに飛んで行きそうになった。三人の子どもたちはそこに立っている老人が誰かもわからず、凧のことが心配になって大声を出した。アドジンドは我に返り、凧糸をしっかり握って腕を引いたので、なんとか凧は飛んで行かずにすんだ。

「凧を貸してごらん。糸目のところを直してやろう。そうすればきっとうまく飛ぶよ」

アドジンドは言われたとおりにしながら、自分が幼かったころの記憶を思い出した。

「お父さん、ありがとう」

「久しぶりだな」

父と息子は、かつてのように挨拶のキスを交わした。何年間も会っていなかったことなど嘘のように。親子の愛が通い合い、お互い、過去のことは何も言わなかった。三人の子どもたちは、びっくりしたように、父と知らない老人のことを見つめていた。

「では、この子たちが、私の孫なんだね」

「そうです。パウロと、ジャイメと、マリア・アントニアです。母親はトニア、と呼んでいるんですよ。まだもうひとり、七カ月になるリジアが、家にいます。みんな、おじい様にご挨拶のキスをしなさい」

息子たちはまだ事情が飲み込めていないようだったが、何も聞かず、祖父に挨拶をした。小さな恥ずかしがり屋のトニアだけは、父の足と足の間に隠れてしまった。アウレリオは体を屈めてその可愛らしい顔をのぞき込んだ。その面立ちは西洋人と中国人の両方の血が美しく調和されていた。

凧を下ろすと、アウレリオは注意深く確認し、こう言った。

「思ったとおりだ。凧そのものはとても良くできているし、風にも乗ると思うよ。糸目のところが悪いんだ」

そして、凧の裏側を修理し始めた。少年たちはその手さばきにすっかり魅了され、祖父に質問を浴びせた。アドジンドはそれを黙って見守り、父の足元に隠れていた小さな娘は、目を見開いて祖父をのぞき見た。

「子どもたちはポルトガル語を話すのだね」

「ええ、僕とはポルトガル語で、そして母親とは中国語を話します」

裏の糸目の部分を直した凧を、ジャイメが空に離し、糸の束はアドジンドが手に持った。風に乗って、凧は空高く上がった。子どもたちが歓声を上げた。

広場には彼ら以外にも凧上げを楽しんでいる人々がいた。ただ自分の凧を上げるのでなく、他の凧との競争、「コルタ・コルタ」を目的とする者たちもいた。

「僕たちの凧に近づいてくる凧があるよ。シマォンのだ」

シマォンの凧は手作りで、細かなガラス片が塗布された糸を使っていたので、接触すると他の凧の糸が切れてしまうことが多く、皆が怖がっていた。アドジンドも同様に、シマォンの凧が上がると自分の凧を下ろしてしまうことが多かった。しかし、侮辱されたような気分になり、戦わずして逃げる自分の姿を子どもたちにさらすうしろめたさも感じていた。

アドジンドは今回もシマォンの凧を避けようとしたが、アウレリオはそれを制した。

「逃げてはいけないよ。戦いに挑みなさい。もしここでやめたら皆に笑われるぞ。頑張るんだ」

そして、アウレリオは糸巻きを手に取り、シマォンの凧と戦った。若かりしころのエネルギーが戻ってきた。本当に久しぶりだったが、昔とったきねづかは健在だった。二つの凧はぶつかり合い、絡み合ったが、最後にはシマォンの凧が落ちて行き、アウレリオが操っていた凧は悠々と空に浮かんだままだった。

少年たちは喜んで抱き合い、小さな娘は祖父に向かって手をたたいた。アウレリオは、額の汗を拭いて微笑んだ。

「私の腕もまだまだなまってはいないようだな。でも私だけの力ではないぞ。お前たちの応援のおかげだ」

周囲で見守っていた人々がおめでとう、と声をかけてきた。誰も、アウレリオとアドジンドが一緒にいるのをいぶかしげに見る者はいなかった。戦いに負けたシマォンはくやしそうに去って行った。

凧を下ろし、祖父、父、孫たちは広場を出てゆっくりと歩き、モンテの丘に続く道に出た。そのとき、聖ラザロ教会の鐘の音が鳴り響き、広場からフローラ地区、そしてギアの丘に広がっていった。みんな静かに聖母マリアの祈りを唱えた。

白い雲が、赤紫の夕焼けの空に浮かんでいた。ギア灯台の灯りが青白く光った。蝉の鳴き声が木々の間から聞こえた。ツバメが古い家並みの上を猛スピードで飛んで行った。もっと高い所から鳩の鳴き声が聞こえ、夕闇が迫っていることを感じさせた。

アウレリオは、ここで別れたほうがいいのかどうか戸惑った。年かさの孫たちは次々と質問を投げかけていた。恥ずかしがり屋のトニアは何も言わず彼のことを見つめていた。アドジンドが遠慮がちにこう言った。

「お父さん、僕たちと一緒にいらっしゃいませんか。まだ早いですし。ア・レンも喜びます。それにリジアにも会ってもらえますし」

その瞬間、アウレリオは急に霧の中に迷い込んだように立ち止まり、喉が詰まるように感じた。彼の目に涙がこみあげた。トニアが小さな手を優しく彼にさしのべた。かわいらしい指をその手に包み込み、小さな子どものように手を引かれて歩き出した。

こうして皆は一緒にゆっくりと歩いた。ふと気がつくと、アウレリオは、アルティリェイロス坂にいた。そして、ある一軒の家の扉が開き、幼子を抱いたほっそりとした女性が現れた。

義理の父を見て、ア・レンの心臓は高鳴った。そして、今まで言ったことのない、そして、自分に言うことは禁じられていると思っていた、あのポルトガル語のフレーズを思い出し、温かく、優しい声でこう言った。

「いらっしゃい、お義父さん。お待ちしていました」

日没の真っ赤な太陽がモンテの丘の後ろに沈もうとしていた。穏やかなそよ風が吹き、家々の窓は黄金色の光に照らされてきらきらと輝いていた。

（注一） ラルゴ・デ・カモンイス（カモンイス広場）は澳門半島北西部に位置し、中世ポルトガルを代表する詩人カモンイスの名前を冠した公園の前に広がる広場とその周辺の地区を指す。「ママォン」Mamão はマカオの聖アントニオ地区（正しくは教区）に生まれた子を指すマカエンセ・コミュニティのことば。

（注二）原作の中では、この時点でのアドジンドの年齢が明らかにされていないが、本作第九節（九五ページ）で父アウレリオから「三十歳近くなって」と諭される場面が出てくることから、すでに二十代後半になっていると考えられる。

（注三）マカオ半島南西部にある港。対岸にある中国・珠海（ポルトガル統治時代はラパLapaと呼ばれていた）とは渡し舟で五分ほどの至近距離である。ポルトガル統治時代、一九六〇年代までポルトガルをはじめとする海外から来航する船はマカオ内港に入出港し、停泊した。『ア・チャン、舟渡しの女』注十三参照。

（注四）モン・ハー Mong Há マカオ半島北部にある丘。中国語（広東語）の地名は「望廈」。十九世紀のマカオ総督フェレイラ・ド・アマラルが中国からの攻撃に備えて砦を築いた。この時代には、ポルトガル軍アフリカ人兵士の兵舎として使用されていた。

（注五）中国語（広東語）の「鬼佬」。当時広東語で西洋人を呼んだ蔑称。「鬼（グワイ）」は「化け物」、「佬（ロー）」は「男、奴ら」の意味。本作の中では、「鬼（グワイ）」のみの名称で呼ばれている箇所もある。

（注六）マカオで旧暦（農暦）二月二日におこなわれる、土地の神を祝う中国民間信仰の祝祭。中国語では「土地誕」。

（注七）広東語では「粤劇（ユッケッ）」。いわゆる「京劇の広東語版」として知られるが、音楽・歌唱法・化粧法も異なる。明代末期から清代初期、香港・マカオを含む広東地方珠江デルタ地域に誕生し、二十世紀初期に黄金時代を迎えた伝統芸能。二〇〇九年にユネスコ世界無形文化遺産に登録された。

（注八）旧暦の一月一日。中国語では「春節」。毎年移動し、通常一月下旬から二月下旬の間に当たる。

（注九）二十世紀前半まで主に年配のマカエンセの女性が着ていた黒いベールと長いドレスの正装。

（注十）　豆乳から作るゼリー状の菓子。
（注十一）　マカオを構成する三つの島（マカオ半島、タイパ島、コロアネ島）の一つ。
（注十二）　一九三一年八月十三日午前五時三十五分、マカオ市内のフローラ地区に設置されていた三つの火薬庫の一つで爆発事故が発生した。同火薬庫があった地区には二十世紀初頭まで「フローラ屋敷」の名で呼ばれていたマカオ総督の夏の別荘があり、一九二〇年代からはポルトガル語幼稚園、展示会場、ルイス・デ・カモンイス美術館、マカオ政府のオフィスの一部として使われていた。また、同地区の前には中国人実業家リー・チャイ・トンが所有する住宅が軒を連ねるロン・ティン地区があった。三十トンもの火薬が爆発したことにより、周囲半径三百メートル内の建物は大きく損壊し、二十一名の死者（ポルトガル人六名、中国人十五名）と五十名の負傷者を出す大事故となった。爆発事故の原因は、真夏のこの時期、火薬庫内の気温上昇を防ぐ冷却・換気設備が不充分だったことであるようだ。しかし、最終的には原因は不明とされた。反政府運動や海賊による所業であると報じた海外の新聞もあったが、マカオ政府はそれらを否定した。
（注十三）　当時ポルトガルの植民地であったゴアからマカオ駐留軍に徴兵されていたインド人兵の呼び名。
（注十四）　かつて売春宿が並んでいた界隈。
（注十五）　広東語で一つにまとめて後ろに三つ編みで束ねた髪を指す言葉。
（注十六）　売春婦のこと。
（注十七）　二十世紀半ばまでマカオのポルトガル人コミュニティで一般的に使われていたポルトガル語系クレオール語。
（注十八）　マカオと中国本土とのボーダーゲート、関閘（中国語）。マカオ半島北端に位置し、陸路で現在の広東省珠海市に入境するための入管手続きをおこなう場所。中国返還前はポルトガル領マカオと中国の「国境」であった。

（注十九）ラパ（Lapa）はマカオ半島西方の島で現在は中国広東省珠海市の一部にあたる（注三参照）。ここでは日陰の身の子ども、庶子のことを指す。

（注二十）一九三三年に開局したマカオ初のラジオ局。当初は一日二時間の放送だった。

（注二十一）マカオの法定通貨。ポルトガル語ではPatacaと表記、中国語では澳門幣。

（注二十二）「良きイエス様の行列」（Procissão do Senhor Bom Jesus dos Passos）は、キリストが捕らえられて十字架をかつがされ、磔刑に処せられるまでの十五の場面（十字架の道行き）を再現する行事で、マカオでは四旬節（復活祭の四十六日前の水曜日から復活祭の前日の土曜日）の最初の週末に十字架を背負ったキリスト像の輿をかつぎ街中を行列する。「聖母ファティマの行列」（Procissão de Nossa Senhora de Fátima）は一九一七年にポルトガルの寒村ファティマに出現したとされる聖母マリアの奇跡を記念して毎年五月十三日におこなわれる行列。これらの祭礼行事はマカオが中国特別行政区となった今も継続されている。

（注二十三）シャー・ゴルド（葡 Chá Gordo）は「リッチなお茶」を意味する。かつてマカエンセのコミュニティで、祝祭時におこなわれていたホームパーティー。

（注二十四）聖アントニオを表すポルトガル語「サン・アントニオ」を広東語なまりで発音したもの。

（注二十五）コルタ・コルタ（葡 Corta-corta）。コルタ（corta）はcortar（カットする、邪魔する）を意味する動詞からとったものと思われる。

第二章

デオリンダ・ダ・コンセイサォン

Deolinda da Conceição

デオリンダ・ダ・コンセイサォン
Deolinda da Conceição
(1913–1957)

一九一三年、マカオに生まれる。父は兵役でマカオに駐屯したのち定住し、退役後貿易商となったポルトガル人、母はマカエンセ。父にとっては再婚で、亡くなった最初の妻との間に三人の娘がいた。高等学校を卒業後、十八歳で三歳年上のジャーナリスト、ルイス・アルヴェスと結婚、上海に移り住み、二人の息子に恵まれるが、まもなく離婚。上海が日本軍に占領された一九三七年ごろ息子たちを伴って英領香港に逃れるが、香港も日本軍占領下となる。結局一九四五年終戦まで滞在し、在香港ポルトガル学校の校長を務めるとともに、英語ニュースをポルトガル語に翻訳してマカオのポルトガル語新聞「ア・ヴォス・デ・マカオ（マカオの声）」に掲載するなど、ジャーナリストとしても活動した。終戦後、息子たちとマカオに帰還。一九四七年に創刊された新聞「ノーティシアス・デ・マカオ（マカオ・ニュース）」に記者として執筆するかたわら、教員としてのキャリアも続け、ペドロ・ノラスコ・ダ・シルヴァ商業学校で英語と速記を教えた。一九四八年、新聞社の同僚で、のちに同紙編集長となるアントニオ・マリア・ダ・コンセイサォンと再婚。結婚後も精力的に文筆活動を続け、女性の社会的自立や自由などをテーマにしたコラムが人気を博した。一九五一年に三男を出産、一九五六年、夫と三男とともに初めて父の祖国ポルトガルの土を踏み、半年

間滞在。滞在期間中に、主にノーティシアス・デ・マカオ紙に連載してきた短編小説をまとめた『チョン・サン―カバイア』（チョン・サン Cheong-sam は中国人女性が着る上衣、いわゆるチャイナドレス。カバイアはそのポルトガル語訳）をリスボンの著名な出版社、フランシスコ・フランコ社から出版。しかしポルトガル滞在中にすでに病魔に侵され、一九五七年帰国後すぐに香港の病院に入院、同年、四十三歳の若さで死去。

遺作となってしまった初めての著書『チョン・サン―カバイア』は「中国人たちの物語」というサブタイトルを伴い、二十七の短編小説から成る。いずれも二十世紀前半の中国およびマカオが舞台となり、戦中戦後の混乱と貧困、男性優位の父権社会の中で、夫や父に虐げられたり、支配階級のポルトガル人やマカエンセの男性にもてあそばれ捨てられたりしながらも、逞しく生き抜いてゆく中国人女性の姿が描かれている。

写真１　デオリンダ（一番左）の実家、サルヴァードー家
（9歳、1922年）

写真２　弟のマヌエルと
（15歳、1929年）

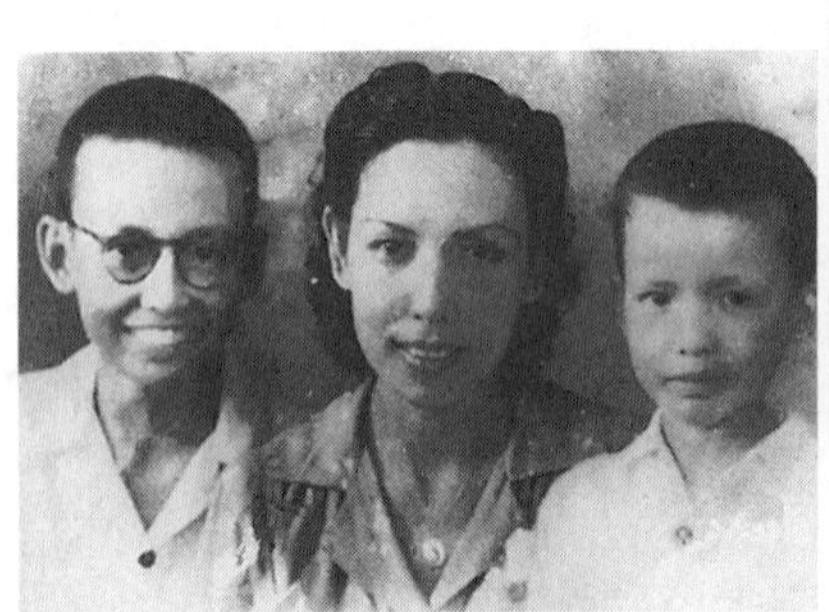

写真３　長男のジョゼ、次男のルイと
（27歳ごろ）

写真４　ポルトガル語新聞ノーティシアス・デ・マカオ社での勤務風景
右は同僚でその後夫となるアントニオ・ダ・コンセイサォン（1947年）

写真５　アントニオ・ダ・コンセイサォン
と再婚（34歳、1948年）

写真6　三男アントニオ誕生（38歳、1951年）

写真7　リヴィエラホテルにて、編集部の同僚らと
（左列中央、デオリンダの右隣はルイス・ゴンザガ・ゴメス、撮影年不明）

写真８　夫と三男アントニオと
（40歳、1954年）

写真９　リスボンから帰国したデオリンダと三男アントニオを出迎える次男ルイ（右）
この後、まもなく死去（1957年）

【写真掲載元】

写真1, 3～8　*Revista de Cultura International Edition* No.43 2013, Macau: Instituto Cultural. より転載

写真2, 9, プロフィール欄顔写真（p. 204）　António Conceição Junior

※すべての写真は三男アントニオ・コンセイサォン・ジュニオール氏より掲載許可取得。

All photographs are reproduced by courtesy of António Conceição Junior.

チョン・サン（チャイナドレス）

【時代は日中戦争開戦後、舞台は中国大陸のどこかの町。三十二歳になったばかりのア・チュンは、牢の中で、殺した妻チャン・ヌイの亡霊に怯えている。ふたりの故郷は上海よりも北にある町で、隣り合って米屋と酒屋を営み、父親どうしの思惑で結婚したのだった。家父長制の中で長子として周囲にかしずかれて育った夫と、結婚前に海外に留学し西洋風のふるまいを身につけて帰国した妻の間に、次第に溝が深まっていき、戦争の影響で生活が苦しくなっていく中で、最後には悲劇の結末が待っている。

この短編小説集に登場する中国人女性のほとんどは、貧しく無学で、封建的な夫や男に盲従して生きている者たちだが、表題作である本作の主人公の妻、チャン・ヌイはまったく異なるタイプの女性である。田舎町に生まれ、親に決められた結婚を受け入れながらも、婚礼の前に夢だった海外留学を叶え、美しく独立した大人の女性に成長したチャン・ヌイは、戦争による混乱の中で生活能力を失った夫の代わりに家庭の大黒柱となるが、その独立性ゆえに夫との確執が生まれ、出奔し愛人のもとへ走り、嫉妬に狂った夫に殺される運命をたどる。

●チョン・サン（チャイナドレス）

チャン・ヌイが婚礼の宴で身にまとい、結婚後も大事に保管していた「チョン・サン」（チャイナドレス）が物語のタイトル、また短編集そのものの書名として選ばれているのは、中国人女性の美しい衣服として知られるチョン・サンを、どんな女性も内面に持っている美しさ、強さ、尊厳の象徴として表現しているのではないだろうか。悲劇的な人生の結末を迎えながらも、短い人生を自分の意志で生き抜いたヒロインの姿に、まだ女性の社会的地位が低かった時代にキャリアウーマンとして活躍し、私生活では結婚と離婚を経験した作者が、仕事に対する情熱と、女性としての生き方をつらぬき通した自らの人生を重ね合わせたように思われる。】

初版本表紙（1956）
〔写真提供〕アントニオ・コンセイサォン・ジュニオール
Photo courtesy of António Conceição Júnior

悲痛な叫びが夜の静けさを引き裂いた。それは、つい数時間前に終身刑を言い渡されたばかりの男がいる牢から放たれたものだった。看守たちが駆けつけると、男はそわそわとした落ち着かない表情で独房の壁を見つめていた。そこには、外で吹き荒れている風が揺らす木々が作る、恐ろしげな影が映っていた。

「眠るんだ、ア・チュン。こいつはただの木の影だよ。影が怖いのか？」

と看守の一人が尋ねた。

恐ろしい悪夢にうなされた囚人は落ち着かない様子でこうつぶやいた。

「すみません、何でもないんです、いや、なんというか、悪い夢を見たんです。あの、もし、できたら別の牢に移していただけませんか。この牢に映る影は何とも恐ろしくて、神経にさわるんです」

「わかった、わかった。明日相談してみよう。こんな遅い時間には何もできないからな。面倒を起こさないでちゃんと眠れ。もし眠れないならせめて静かにして、他の囚人たちを眠らせてやれよ」

ア・チュンは少し落ち着いた様子で、寝台の上に横たわり、すまないというように看守たちに手を合わせた。看守が自分たちの詰所に引き上げると、ア・チュンは目を見開いて天井を見つめていたが、すぐにまた締め付けられるような叫び声がのどの奥からせり上がり、辺りに響き渡った。

もう一度駆けつけてきた看守たちは、男がぶつぶつと何かを言いながら、せわしげに牢内を歩き回っているのを見た。男はこう言っていた。

「俺の前からそいつを取っ払ってくれ、俺を追いかけてくるその服を破って火にくべてしまってくれ。俺のことをあざ笑っているみたいなんだ、まるでまだ生きているみたいに、あの女が……俺が殺しちまったんだ。ああ！　もう死んじまったっていうのに、こんなふうに俺に復讐しやがるんだ、あの服を着てやって来て……だからあれを木っ端みじんに破っちまわなければならないんだ、俺があいつにしたみたいに……」

「静かにしろ、ア・チュン、落ち着くんだ。女物の服なんてここにはないだろう？　しっかりしろ！　もう寝るんだ、明日話をしてやるから。面倒をかけるんじゃない。お前のせいでみんなが眠れないんだぞ」

ア・チュンは頭をかきむしり、寝台が置いてある独房の暗い隅に向かっていった。そして再び横になると、何も言わずに目を閉じたが、痩せぎすの体はぶるぶると震えていた。

やがて男は少しずつ落ち着きを取り戻したのか、静けさが牢内に広がった。そして朝が来ると、起床して日課を始める囚人たちの声や音が聞こえ始めた。しかしア・チュンは横たわったまま動かなかった。その瞳はうつろなままで、腕は頭を抱え、まるで自分の人生を反芻しているかのように見えた。

男は三十二歳だった。その人生は暗い影に覆われていた。近々流刑地へと送られることになっていた。残酷な運命によって孤児院に送られてしまった、罪なき三人の幼いわが子たちの顔を二度と見ることはできないと思うと、心が休まらなかった。子どもたちはあまりに幼すぎ、いまだに自らの不運をわかってはいないだろう。それが不憫でならなかった。

何もかも戦争のせいだ！　そうだ、戦争のせいなんだ、俺を罪人に、人殺しにしてしまったのは。人でなしの父親にしてしまったのは。

男は自分でも驚くほど乱暴に寝台から立ち上がり、窓にもたれかかり、自分の人生を振り返った。今はそれしか考えることがなかった。

もうすぐ、遠く離れた流刑地に行かなければならない。涙があふれて流れ落ち、嗚咽をもらした。俺の子どもたちよ、かわいい子どもたちよ、もう会えないんだ。お前たちがこれからどうなるのかわからない。運命よ、俺はどうなってもいいから、あの子たちにはどうか優しくしてくれ。俺の犯した罪であの子たちを苦しめないでくれ。

でも……その罪は、本当に男が犯したものだったのだろうか？

二つの家族が隣り合って住んでいた。それぞれが向かい合う形で店を開いていたが、お互い張り合うこともなく、双方ともに商売は繁盛していた。黒い看板に赤い文字で店名が彫られており、ヴォン・カムの店には「米店」と、またタイ・サン・ロンの店には「酒屋」と記されていた。

お互い家族ぐるみのつきあいをしていて、主人どうしは親友だった。ふたりは将来を憂えていた。すでに日中戦争が始まったころで、日本軍が中国全土で攻撃の手を広げているのがもっぱらの心配事だった。しかし彼らの住む土地には、まだ何も起こっていなかった。

ヴォン・カムは、息子のア・チュンを進学させるかどうかで迷っていた。ア・チュンはすでに父を手伝っており、商売に向いているようだった。店の跡継ぎとして精進させ、いつか自分がいなくなったあとは、母親や妹たち、そして妾たちの面倒を見させねばならないと考えていた。そのためには、故郷を離れて勉強することなど不必要であった。算盤を習ったり、商売に必要な数字を学んだり、新聞を読めたりするだけで十分だった。ヴォン・カムの商売は順調で、市場や農家との関係も良かった。たとえ今後、戦争の影響を受けても、米は必要不可欠のものであるから、商売が滞る心配はなさそうだった。

いっぽう、酒屋を営むタイ・サン・ロンには妻との間に娘が一人しかおらず、自分以外の男手がない酒屋の商売はうまくいかないこともあったが、それも運命と思っていた。妻と娘との生活に満足していたので、妾を持とうとはしなかった。娘のチャン・ヌイは健康で美しく、学校でも評判の利発な子に成長し、次第に海外の生活に憧れるようになった。

タイ・サン・ロンは娘をいずれ財産のある男のもとに嫁がせ、生活に困るような思いをさせたくないと考えていた。そんなある日、十五歳になった娘の将来について親友のヴォン・カムに打ち明け、話し合っているうちに、それでは将来、お互いの子どもたちを結婚させ、店を一つにして商売を盛り立てようという話になった。

若いふたりは、父親どうしの決断を素直に受け入れて婚約者となった。しかし、両家の商売が順調であると思われる三年のうちに婚礼を済ませよう、と期限を設けたとき、タイ・サン・ロンの家で騒動が起きた。チャン・ヌイが、妻としての重責を担う前に、どうしても西洋に留学したいと言い出したのだ。幼少のころから映画などを通じて憧れてきた新しい世界を訪れ、ことは違う生活や習慣を体験したいと熱望し、その国で話される言葉も勉強していた。父はその熱意に根負けし、二年以上は許さないという約束で娘を留学させた。

それを聞いたア・チュンは気にする様子もなかった。実際、婚約者のチャン・ヌイとは特に親しくしているわけではなかったからだ。家では自分が家長の父親に次ぐ者であり、父の妾たちや、妹たちにかしずかれる立場であった。そう、ア・チュンの家庭では、伝統的な中国社会の家父長制が根強く残っていたのだった。

チャン・ヌイが留学していた二年間、送られてくる手紙や写真から、彼女が外国生活を楽しみ、どんどん美しくなり、内面的にも大きく変わっていく様子が見てとれた。しかし父親たちはそれほど心配していなかった。

帰国したとき、出発するころには内気ではかなげだった少女は、堂々とした洗練された女性に変身していた。その話し方や手振り身振りは力強く、教養を身につけた自信がみなぎっていた。

ア・チュンは、婚約者が自分の周囲のどんな女たちとも違っていることに気づいた。彼女は海外生活を通して、決断力と判断力を身につけ、男におもねることなく、自らの足で地に立っていた。

その数か月後、ふたりの結婚式がとりおこなわれた。式の当日、新郎のア・チュンが緊張のあまりうまく立ち回れず、終始そわそわとしているのに対し、かたわらにたたずむチャン・ヌイの美しい物腰と落ち着きはらった様子は、新郎とはまるで対照的なものであった。中国のしきたりに倣い、新婦のチャン・ヌイは忠誠の証として義理の両親の前にひざまずいて茶をふるまい、両家の中で一番の年長者に深いお辞儀をした。彼女のその姿は優美そのものだった。

その後、宴が始まると、新婦は金の刺しゅうがちりばめられた、幾重ものペチコートや帯から成る真紅のサテンの豪華な婚礼衣装から、さまざまな色の縁取りがほどこされた黒いサテンの優美なドレスに着替えて登場した。美しい体の線を強調した、たおやかなその姿は参列者の目を奪い、感嘆の声が広がった。

ア・チュンはそのとき、華奢で美しく、落ち着きはらったいでたちの新婦の横に立つ、ずんぐりむっくりとした赤ら顔の自分に、初めて劣等感のようなものを感じた。しかし、優美に微笑んでいる妻の前で、すぐに不愉快な思いを消し去ろうとした。

五年の間に、ふたりは三人の子どもに恵まれた。ア・チュンの父親ヴォン・カムは、まだ商売が順調なうちに死を迎え、その喪中に一番下の子が生まれた。

そして、次第に戦争の色が濃くなってきた。商売は繁盛しなくなり、生活も苦しくなってきた。チャン・ヌイの両親とア・チュンの母親は、若いふたりに対し、三人の子どもを連れ、戦火から遠い南へと避難するように勧めた。すべての財産をかき集め、彼らは上海に向かい、数か月間暮らした。両親たちは仕送りをしてくれた。しかしまもなく、日本軍による侵略が上海にも及び、町は戦火に包まれた。チャン・ヌイたちはさらに南へと逃れたが、故郷からの便りは途絶え、持ち金はなくなっていった。避難した町には知り合いは誰もおらず、彼らは粗末な宿に泊まるしかなく、生活は荒んでいった。

いよいよ持ち金が少なくなると、家族はもっと粗末な住まいに移らざるをえなくなった。食べるものにも事欠き、チャン・ヌイは飢えた子どもたちの姿に心を痛めた。もはや家賃を払うために子どもたちの服を質屋に持って行かざるをえず、最後には旅行鞄さえも質に入れてしまった。

ア・チュンは毎日新聞に見入っては、憎き敵の敗戦の知らせを探そうとしたが、日本軍の勢力はますます広がるばかりだった。中国全土は相次ぐ戦火に見舞われ、人々は逃げまどい、人間らしい心を失っていった。

チャン・ヌイは夫になんとかして仕事を見つけるように頼んだが、夫は戦争によって心を病み、その気力さえも失っていた。朝、仕事を探しに家を出ても、何も見つからずあちこち歩き回り、ただただ、疲れ切って帰宅する日が続いた。頼る者もなく、それ以上に、すべての人々が飢えに苦しんでいた。仕事を得る者は、敵に心を売った者だけだった。このままでは、子どもたちを飢え死にさせるのを待つだけだった。

チャン・ヌイは立ち上がった。自分が飢え死にすること以上に、子どもたちを餓死させるのは許されないことだった。チャン・ヌイは気力を失った夫を、愚か者、と罵った。このまま運命を受け入れることなど耐えられなかった。男が働き、妻子を養うという当たり前の図式が通じないならば、彼女が働くしかなかった。しかしそれは、同時に自分の心や体を雇い主に売り渡すことを意味していた。
チャン・ヌイは子どもの世話を夫に任せ、市内のダンスクラブで踊り子となった。彼女は若く、エレガントで、ダンスも上手に踊れたので、店にはいつも金を持った客が彼女目当てにやって来た。ア・チュンは毎晩、子どもたちを寝かしつけたあと、妻を店に迎えに行く日が続いた。そして彼女の収入で、家族はなんとか生き延びることができるようになった。

籠の中には、チャン・ヌイが婚礼の晩に着たあと大事にしまっていた、色とりどりの装飾がほどこされた、細身の黒いサテンのドレスがまだ残っていた。

こうして何か月間かが過ぎた。米だけでなく、魚や肉も食卓に上がるようになり、子どもたちの顔にも明るさが戻ってきていた。しかしそれに反して、夫婦の間の溝は深まっていった。ふたりの間には会話がなくなり、視線を合わせることもなくなっていった。ア・チュンは荒れてゆき、子どもたちに手を上げたと思うと、自分の部屋に閉じ込もり、妻がクラブで客たちと楽しげに談笑する姿を想像しては、うじうじと涙を流したりしていた。チャン・ヌイのほうはというと、最初に感じていた客商売への嫌悪感も次第になくなり、仕事にだんだん慣れてきていた。

そんなある晩、隣町から来た一人の富豪が、彼女をテーブルに呼んだ。男の容姿は良く身なりも立派で、そのうえ彼女が知っている外国語を話した。色々な話に花を咲かせていくうちに、チャン・

ヌイは次第に彼に惹かれてゆき、今まで忘れていた明るさを取り戻した。そして、彼がこのうえなく金持ちで、札束をばら撒くほどに金遣いが荒い男であることを知った。

その夜、自宅に戻ったとき、知らず知らずに、豪快で気前よく湯水のように金を使うあの客と、目の前にいる内気で醜い夫を比べてしまい、うんざりするような現実に思わず強く目をつぶった。もし夫にもっと甲斐性があったなら、あたしは場末のダンスバーの踊り子なぞに身を持ち崩すことはなかったのに……。そして一晩じゅう、三人の罪なき子どもたちの姿を思いながらも、自分の気持ちと闘ったのだった。

一週間が過ぎた。チャン・ヌイは、ある人に伴って隣町に行かなければならない、もし行けば、この生活からしばし解放されるぐらいのお金を調達できるかもしれないから、と夫に告げた。夫はためらったが、彼女が三日で必ず戻ってくると約束したので、まあいいだろう、と言った。三日間などあっという間だ、それでチャン・ヌイが金を調達してくれるなら、俺も何か仕事ができるかもしれない……

彼女は子どもたちに、しばしの別れを告げた。父さんの言うことをよく聞いてね。何か美味しいものをお土産に持って帰って来るからね。

ア・チュンは彼女を抱きよせ、そっとささやいた。

「三日だけだからな、忘れるなよ、三日だぞ」

こうして彼女は足早に旅立った。悲しさと喜びの間を行きつ戻りつしながら。

男とともに隣町に着き、これまでの貧しい生活から放たれた彼女は、すべてを忘れてしまった。それは光と喧騒と音楽、そして目もくらむような輝きに満ちた新しい日々だった。

あっという間に一週間が過ぎた。男との生活は、美しいものや、香水や、宝石や、上等な衣装であふれていた。洗練されたきらびやかな生活に夢中になった。上等な食卓、美味しいワイン、そして、そして……

ある朝、まだ眠りから覚めず、ふかふかのベッドに横たわった彼女の目に、ア・チュンが投稿した新聞の尋ね人の欄が飛び込んできた。一番幼い息子が危篤状態にあるので、至急帰宅されよ、という知らせであった。

ぞっとして我に返ったチャン・ヌイは、取るものも取りあえず、最初の船に飛び乗った。家に帰ったとき、自分が金も持たず、子どもたちへの土産も手にしていなかったことに気がついた。さらに悪いことには、あの知らせは妻を帰宅させるための作り話だったことを知ったのだった。宝石や、高価な品々を置いてきてしまっただけでなく、この生活からせっかく逃げる機会をも失ってしまったのだった。

夫は憤慨し、妻を罵倒した。チャン・ヌイは気が違いそうになった。自分のしたことを棚に上げて、夫が自分をだましたことを許せないと言い、自分の自由を、自分たちの自由を、そして子どもたちの自由を得る機会をあなたはつぶしたのだわ、と叫んだ。

夫は怒りでぶるぶると震え、台所の包丁を引き抜き、恐ろしい形相でチャン・ヌイに襲いかかった。思いがけない夫の行動に驚き、彼女はその手から逃れようとしたが、男はまるで地獄から這い上がってきた悪魔のような怪力で彼女を切りつけた。悲鳴を聞きつけて、隣人たちが駆けつけると、チャン・ヌイが床にうつ伏せに倒れており、そこからおびただしい血が流れていた。

何事も知らず、家の外で遊んでいる子どもたちの声が聞こえた。彼女は最後の力をふりしぼって、子どもたちの名を呼んだ。

数時間後、チャン・ヌイの無残な姿が粗末な籠に入れられて運び出されていった。

妻のなきがらが運ばれていくのをア・チュンはうなだれて見送った。顔にも、体にも、そして腕にも傷あとが残り、いまだに血がしたたっていた。


子どもたちは孤児院へと送られることになった。


自分の部屋を出るとき、惨めな男は後ろを振り返った。扉の後ろには、妻が婚礼のときに着た、あの黒いサテンのドレスが掛けられていたが、それはまるで男を責めているかのように、風に激しく揺れていた。

涙も、言葉すらも出なかった。

時が過ぎた。流刑の宣告を受けた男は、何か言おうと口を開いたが、紫色の震える唇からもれたのはため息だけであった。それは安堵のため息にも見えた。

男は静かに、そしてこれ以上ないほど穏やかに両手首を差し出して手かせをはめさせ、番人たちに牢へと連れて行かれたのだった。

奇しくもその日は、ア・チュンの三十二回目の誕生日だった。

クァイ・ムイの夢

【物語の背景は具体的に説明されていないが、おそらく一九三〇~四〇年代、舞台は中国もしくはマカオでのことであろう。結核にむしばまれた体を病院のベッドに横たえ、おそらく四十代後半の中国人女性、クァイ・ムイが自分の辛く惨めだった人生を振り返りながら、最後の最後にもたらされた、宝くじ当選という幸運の喜びをかみしめている。

この作品集の中には、本作に限らず、貧しさのために親に売られ、幼少から奴隷同然の生活を強いられ、年ごろになると男に囲われ、産まされた子どもをひたすら育てて人生を終える中国人女性たちの姿が頻繁に登場する。自分で自分の人生を選択できることが当たり前のようになっている現代、こうした受動的な人生を強いられた女性たちの物語は、いわゆる「ハッピーエンド」には程遠いものばかりのように思えるが、その中で語られる女性たちは驚くほど現実主義で、そして子どもへの深い愛情にあふれている。】

とうとう、長い年月をかけて願い続けてきた彼女の夢が、その命が燃え尽きようとしている今、現実のものになったのだった。

神々は、何年もの間、彼女の祈りを聞き続けてきた。こんなにも時間が流れ、今になってようやく、その願いを聞き届けてくれるとは……でも構わない、微笑みかけてきた幸運の女神のおかげで、愛する娘に自分とは違う将来をもたらしてやれるのだから。

結核に侵された体を病院のベッドに横たえながら、クァイ・ムイは貧しく悲惨だった娘時代のことを思い出していた。まだ幼いころ、親に売られ、遠く離れた村からある女に連れて来られたときのことを思い出すと、いまだに心が痛む。七歳を少し超えたばかりだったが、背中に弟をおぶって歩いたり、その弟がよちよち歩きするのを見守ったりしていた記憶が残っている。寒い日に、森に薪を取りに行かされたり、泉に水を汲みに行かされたりしたことも覚えている。

両親は貧農でいつも生活が安定せず、機嫌を損ねると八つ当たりされることもしばしばだった。その日に食べる米もないときに、彼女が無邪気に遊んでいると、意味もなくぶたれたりすることもあった。そんなとき、彼女は涙を流したが、無邪気な子どもらしくすぐに忘れて、また遊びに夢中になったものだった。

五人きょうだいの長女だったので、彼女には弟や妹たちの子守の仕事が与えられていた。一番下の弟がお気に入りで、いつも面倒を見ていたが、手を煩わされることはほとんどなかった。

そして、村に洪水が押し寄せ、多くの死者を出したあの暗い一日のことも思い出す。荒れ狂う激流が、豚も、ニワトリも、アヒルも、すべての家畜を押し流していってしまった。稲田は影も形もなくなり、すっかり荒らされ、藁ぶき屋根の家々は崩れ落ちてしまった。

彼女が住んでいた家は完全に水浸しになり、二日二晩、彼女は弟を背中におぶったまま、家の屋根の上で過ごした。家族全員が屋根に上り、お互いに強く抱き合い、水位の上昇とともに激しくなる濁流に押し流されないように、必死に耐えぬいた。やがて水は引いたが、後に残された村は完全に破壊されていた。

遠くの村から救援にやってきた人たちが、鶏がゆをふるまってくれたり、衣服をくれたりして、二週間が過ぎた。少しずつ、新たに小さな小屋が建て始められたり、藁ぶき屋根が敷かれたりして、一か月ほど経つと元の生活が戻ってきたが、洪水前にすでに貧しかった者たちは、さらに貧しさに苦しむことになった。

あの女が現れたのは、そのころのことだった。そのときのことを思うと今も辛くなる。女の口調は優しく、手首には本物の金の腕輪をしていた。そして、それが生活を立て直す唯一の方法だと言って、両親に自分を売らないかともちかけたのだった。

こうして親に売られた彼女は、数日後、町に連れて来られた。これまでよりも良い生活をさせてやると約束されていたのに、その運命は過酷だった。食べる物は与えられたが、奴隷として重労働をさせられ、すべてを拘束される生活が何年間も続いた。その間、家族の便りは一度たりともなかった。

十四歳のとき、彼女は別の女にまた売られたが、そこでの生活はもっとひどいものだった。たまらずある夜、逃げ出した。だいたいめどをつけていたつもりが、道に迷ってしまった。このままだと罪人として捕まってしまう、そう思うと、自分自身の影にも怯える日々が続いた。

そんなある日、自分の前に、背の低い商人の男が現れ、その男に囲われることになった。男の家に連れて行かれたが、そこに住んでいる他の女からは冷たい目で見られ、いつもいびられた。

何か月か経ったある日、旦那が病の床に伏した。けれど彼女は、かたわらで死を看取ることも許されなかった。旦那が死ぬとすぐ、もうすぐ生まれる子どもをお腹に抱えながら、家を追い出されてしまった。

旦那の友人が助けてくれたおかげで、なんとかある工場に働き口を見つけた。少し経って、娘が生まれた。美しい赤子の顔を見ていると、心が喜びであふれた。

その後もずっとその工場で働き続けた。そして毎日、娘のア・キンのために、神々に祈りを捧げた。ア・キンはすくすくと育ち、利発で従順な娘になっていった。母親は自分のことは二の次にして、懸命に娘を育てた。せめて、自分より不幸にならないようにと祈りながら。

娘は早くから、隣人に教えてもらって読み書きを学び、学校にも通った。

そしてついに、長年にわたる苦労がたたったのか、クァイ・ムイは病に倒れた。貧しい者たちが収容される病院に送られた結果、結核だということがわかった。そのころ、娘は裁縫女として働き、なんとか生活をしていた。余るお金はわずかだったが、それでも、毎月宝くじを買って母に贈るのを忘れなかった。家の壁中に、何年間も買い続けた宝くじがピンで留められていた。

母は、熱でほてる手で、最後の宝くじを受け取った。ああ、これが当たりますように！　そうしたら、あきらめて死を受け入れよう、あの娘の将来が約束されるのだから。一晩中、神々に祈りを捧げた。それぐらいしか自分にできることはなかったから。いくらお線香を捧げても、わざわざ寺に出向いて願掛けのために柱に頭をこすりつけても、生活はずっと苦しいままだった。

そして、ずっと願い続けてきた、宝くじの当選を知らされたとき、彼女は喜びにむせんだ。ついに、ついに、長いこと追い続けてきた夢が叶ったのだ。

彼女は娘を床のかたわらに呼び、自分の人生をずっと語って聞かせた。娘が思いがけない大金をつかんで目がくらまないように、そして、これからの人生で出会うであろうさまざまな不幸を少しでも減らしていくために。

一日中、話し続け、そして微笑んだ。その間、いつも熱っぽかった瞳は輝き、常に青ざめていた顔には赤みが差し、力が蘇ったように思えた。しかし、太陽が地平線に沈むとともに、その表情は瀕死の病人のそれに代わっていた。クァイ・ムイは西のほうに視線を向けて、こうつぶやいた。

「あたしは太陽と一緒にあの世に行くよ。これまで一度も一緒にいたことはなかったけれど……」

リン・フォンの受難

【物語の時代背景は明確ではないが、おそらく戦後のマカオであろう。一八八七年、葡清友好条約によって、国際法上ポルトガル領として認められたマカオには、「本国」ポルトガルから兵役によって多数の若い男性が送られるようになった。こうした若者たちが、祖国から遠く離れた東洋の地で、寂しさをまぎらわすために現地女性と一時的な関係を持つのは自然の成り行きだった。その中で多くのポルトガル人の血を引く子どもたち、すなわちマカエンセが生まれていった。彼らの「父親」となったポルトガル人男性の中には、子どもの顔も見ずに女性を捨てて帰国していった者、子どもだけを連れて本国に帰った者、覚悟を決めてマカオに定住し家族とともに人生をまっとうした者などさまざまなケースがあった。その中で常に大きな精神的かつ肉体的負担を強いられたのは、男性の一時的な感情を真実の愛と思い込み、身も心も尽くした中国人女性たちであった。】

マカオの街に日が静かに暮れなずみ、青空に星が現れる前の優しい光の中で、東の空に紫色の黄昏が見え隠れするころ、リン・フォンは思い悩む心を抱えながら工場で働いていた。心ここにあらずで、小さな木の作業台の上で、いつもなら機敏に爆竹（注一）を作る手が止まっていた。

壁で四つに仕切られた広い工場の壁は白く上塗りされていたが、建物の屋根を支える天井の梁はもうずいぶん前から汚れて黒ずんでいた。工場内は労働者たちの大きな声であふれかえっていたが、その中で彼女の静けさはひときわ目立っていた。

終業の鐘が鳴ると、いつものように、リン・フォンはできあがった爆竹が入った重たい籠を渡しに行った。青白く、震える手を伸ばしてその日の給金を受け取り、貧しさに身震いした。一日中、閉ざされた空間の中で、作業台の上で身をかがめ、暑さや寒さに耐えながら、無理な姿勢で働いて内臓がねじ曲げられるような思いをしながらも、一パタカ（注二）にも満たない給金しか受け取れないのだった。

結核に侵されてしまった母に何と言えばいいのだろう、毎日娘が帰って来るのを心待ちにし、きっと翌日には、医者に勧められたスープを飲むことができるだろうと楽しみにしている母に。

稼いだ金のほとんどは米を買うために使ってしまい、毎日、母と娘は、少しばかりの野菜か、塩漬けの魚をおかずにするだけで満足しなくてはならなかった。

リン・フォンは工場の中で一番仕事ができると思われていたが、この不況の中では、どんなに努力しても、昔のように仕事を得ることはできなかった。彼女が雇われ続けていたのは、工場長のア・

チョックが、ずっと前から彼女を付け狙っていたからだった。とはいっても、工場長は彼女をものにしたいだけで、母親が病気で薬が必要なことや、彼女自身が辛い思いをしていることなどにはお構いなしだった。

うつむきながら工場を出て、リン・フォンは、自分の顔を見るたびに不平不満をもらす母に、今日は何と言って言い訳をしようかと思いめぐらしていた。家に向かって歩いていたが、ここ数か月通っている寺の前で足を止め、今日は中に入ろうかどうか逡巡した。女神様はあたしのことなど忘れてしまっているのかもしれない。どんなに女神様の前にひざまずき、床に額をこすりつけて願掛けをしても、ゆっくり構えていらっしゃるのか、あたしの苦しみを救ってはくださらない。いや、今日はお参りするのはやめよう、もしかしたら急に西洋(サイオン)から「彼」が指令を受けて戻って来て、あの幸せな時間を取り戻せるかもしれないから。

そして思い出した。あの穏やかな、そして静かな夜、「彼」と並んで港沿いに散歩しながら、優雅に入港してくるジャンク船の帆を眺めたことを。最初のうちは、「彼」が何を言っているのか言葉がわからなかったけれど、次第に何を言いたいのか推測できるようになったことや、手をぎゅっと握りしめられたり、抱きしめられたり、接吻されたりすることに、それまでまったく慣れていなかったので逃げようとしてしまったことを。

そのあと、母が生きている間は結婚するつもりはないと工場長に告げたとき、いぶかしげな目で見られたうえ、ある夜、浜辺で「彼」と一緒にいるところを目撃され、無言でにらみつけられたことも思い出した。

その翌日、仕事を終えて工場から出たとき、工場長は彼女を呼び止め、貞節を汚すような下品な言葉を投げつけ、お前は男にもてあそばれているだけなのだと言って罵倒した。

彼女は、若さと、木綿の中国服の下に隠れている美しい体だけがとりえの、無学で卑しい自分に、あの西洋人の男がもしかしたら結婚を申し込んでくれるのではないかという幻想を抱いていた。だから、リン・フォンは、工場長の言葉に深く傷ついた。そして「彼」は他の男とは違うということを証明してやろうと思った。なぜなら、「彼」はいつも自分の故郷や、母親の話をしては、いつか彼女に、豊かな小麦畑や、雪に覆われた山々を見せてやろうと約束してくれたから。

「彼」が自分の腰に優しく腕を回してくれたときのことを思い出すと、体が熱くなった。だから、工場長にくだらないことを言われたとき、心の底から憎らしいと思った。

確かに、「彼」は、一度も結婚のことを言わなかった。でも、はるか遠くの西洋(サイオン)まで自分を連れて行ってくれるという台詞(せりふ)は、結婚の申し込みに匹敵するものだと思った。それが「彼」の習慣であるのだからと自分に言い聞かせ、心を落ち着かせた。もう「彼」のそばにいなければ幸せを感じなくなり、日が暮れたあと、「彼」と会って、優しくしてもらわなければ生きていけないと思うほどになってしまった。思いつめた彼女はア・チョックのことも、彼の警告のこともすっかり忘れてしまった。「彼」は全面的に信頼できる相手であり、すべての愛を傾けるにふさわしい相手であり、服従する相手でさえもあった。「彼」が嬉しそうにしているのを見るのが自分にとっての誇りだったし、「彼」が自分に喜びを与えてくれるから、自分も「彼」をいつも笑顔にしてあげられるのだと思っていた。

何週間かが経過したある夜、彼女は自分の、そして自分だけではなくふたりの間の秘密、「彼の子をみごもっていること」を打ち明け、その秘密を知ればきっと「彼」も喜んでくれると思った。しかし、「彼」は良い顔をせず、心配そうな面持ちで押し黙ってしまった。

工場では、工場長のア・チョックがひそかに彼女を見張っていた。彼女の顔が真っ青で、目の下に隈をつくり、椅子から何度も立ち上がったり座ったりしているのをじっと見ていた。そして、お前が入れ込んでいるサイ・オン・グワイ（西洋の悪魔）のせいで、気分が優れないのではないか、と尋ねた。

彼女には言い返す勇気がなく、押し黙ってしまった。

ある夜、「彼」がやって来て別れを告げた。まったく予想していなかったが、遠くの故郷に他の兵士たちと一緒に帰らなくてはならない、でも、きっと君を迎えに来るからと言った。ふたりの間にできた秘密については、男の助けを借りず、自分ひとりで解決しなくてはならないことを知った。

リン・フォンの目からは涙も出なかった。自分が置かれた状況を知り、こみあげる恐ろしさが彼女をすっかり憔悴させた。まるでロボットのようにぎこちなく歩いて家に帰った。

そして翌朝、仕事を休み、船に乗って帰国する兵士たちを見送りに行った。木の後ろに身を隠しながら見ていると、背中にリュックを背負い、堂々と笑顔で乗船する兵士たちの間で、伏し目がちに歩いている「彼」の姿を見つけた。「彼」は寂しそうに見えて、それは少しばかり彼女の気持ちを慰めた。つい、隠れて見ていた場所を離れ、ゆっくりと、相手から自分が見える位置まで歩いて行った。

「彼」は彼女に気づき、うなずいて合図をした。それだけで、さっきより不幸ではなくなったように思えた。さらに乗船後、以前、彼女が「彼」にプレゼントした、派手な色のハンカチーフをこちらのほうに向かって振ってくれた。そのときだった。彼女の心の中で何かがはじけ、同時に、その胎内でいのちをそっと育んでいた「秘密」が乱暴なほどの力でお腹を蹴った。ここにいるよ、と言うように。

けれど、その日以来、リン・フォンはまるでキリストの受難のような日々を過ごしている。あの人は西洋(サイオン)からきっと帰って来ると願いながら。彼が残した赤子の泣き声を聞くために。

きっと、きっといつか「彼」は戻ってくる……そして夜のとばりが下り、ジャンク船が漁場から戻ってくると、リン・フォンは川沿いに歩きながら、孤独な受難の一日がまた終わったことを感じ、地平線の向こうに姿を消してしまったあの人は、いったいここからどれだけ遠くにいるのだろう、と考えにふけるのだった。

（注一）　中国で祝祭時に頻繁に使われる、竹や紙製の筒に火薬を詰めた花火。本来は、魔除けのために使われた。

（注二）　マカオの法定通貨。ポルトガル語では Pataca と表記、中国語では澳門幣。

施し

【物語の舞台はマカオ、外国へと向かう船が発着する埠頭。おそらく時代は戦後、一九五〇年代であろう。主人公はポルトガル人の父と、現地の中国人の母の間に生まれたマカエンセの青年で、彼は今まさにマカオを離れ、父の故郷ポルトガルへ旅立とうとしている。

一九四〇年代、世界中が戦争の影に覆われていた時代、中立を守ったポルトガルとその植民地マカオは戦火に見舞われることはなかった。しかし、三〇年代から始まったサラザール独裁政権下、国民の精神はコントロールされ、おそらくそれに適応できず、不健康な精神状況を抱えたまま植民地へと逃げるように向かった者も多く存在していただろう。主人公の父親であるポルトガル人男性もその一人であり、心を病んだまま関係を持った中国人女性を愛することもなく、かといって捨てることもなく、ひとつ屋根の下で主人と召使のような関係のまま、主人公の青年を育てていく。

そのような状況で育った若者が、マカエンセのコミュニティで生きていく中で、社会の最下層の階級出身の無学な中国人の母親をうとみ、憎むようになり、自分の「呪われた」運命から逃げ出そうとする心の機微が、この作品には非常によく表れている。

しかし、この若者は、白人優越主義が如実に残る当時のポルトガルで、本当に希望していた幸せをつかむことができるのだろうか。その後の彼の運命を追いたくなるような作品である。】

マカオ内港の埠頭（1930年代）
〔写真提供〕マカオ観光局

小さな埠頭は、群衆でごったがえしていた。埠頭に入る者はチケットを購入して入港税を支払わねばならないのだが、それを逃れようとする見送りの者たちが落ち着かない様子であちこち動き回り、支払いを要求する管理官の命令的な口調が響き渡るたびに、その場の雰囲気を悪くしていた。出発の時間が近づき、みんなが青年に別れを告げるために歩み寄ってきた。その若い学生はこれからこの地を発ち、遠く離れた異国の地に向かい、そこで父の家族に初めて会い、勉学を続けることになっていた。

彼は鋭い視線で群衆を見渡した。客船が接岸した埠頭にかかった狭い橋は、さらに多くの見送りをする者たちであふれかえっていた。そこには、学校の同級生たちや、数人の教師、わずかばかりの父親の友人たちの姿が見えた。また、友情からではなく、卑しい目的でやって来たであろう、何人かの知人の姿も認め、眉をひそめた。

まだ幼いころ、自分と同級生たちとの違いを知ったときに心の傷を負ってからずっと、この企てを実行しようと考えていた。その感情こそが、これまでの惨めな状況から脱出するという夢を叶えるために、必死に勉学に取り組み、長い間書物の中に埋もれて過ごし、子どもらしいことをする権利を放棄してきた一番の原因だった。でも同時に、後ろめたさも感じていた。それは人間としての尊厳に反することかもしれないから。

彼は、不公平な自分の運命に傷ついていた。なぜ、自分はあんな環境のもとで生まれなくてはならなかったのだろう。なぜ、神は彼に他人よりも高い知性と学力を与えながら、その悲しい運命を負わせたのだろう?

いつになったら、自分を苦しめている状況から逃げ出すことができるのか、いつになったら、自分に重くのしかかる「妾の子」という恥さらしな影から解放され、すべてを終わらせることができるのかと、何度も何度も自分自身に問いかけてきた。

でも……それは自分のせいだとは思っていなかった。そして、自分自身を揺り動かすようなねじれた感情に苦しんでいた。

彼は、父親が、遠く、そして古いヨーロッパの国からやって来たということを知っていた。人生に幻滅し、苦しみ、絶望していた父は、その心の痛みと、おそらく屈辱感を、遠い中国の地にそっと埋めるためにやって来たようだった。母親は、貧しく無知で、裸足で歩き、わずかばかりの教育も受けずに育った中国人女だった。父はある日、その中国人女を家に連れてきて、その女が召使なのか、それとも内縁の妻なのかはっきりしないまま一緒に暮らしていた。わかっているのは、その女が自分の母親だということだった。心の中では母のことは好きだった。でも社会の中では恥ずかしい存在だった。だから母と一緒にいるところを他人に見られたくなかった。

そして、母親は自分のことを理解しなかった。自分を産み、育て、養ってくれた母ではあったけれど、まだ幼いころ、母の気に入らないことをすると、怒りにまかせて彼をたたいたり、品もなくどなりちらしたりした。

父は、母と会話をすることはあまりなかった。なぜなら、父は母が話す言語をほとんど理解していなかったからだ。しかし彼は、父の言葉も母の言葉も理解できるように、両方の言語を学び、流暢に話すことができた。

両親が一緒に出かける姿を見たことは一度もなかったし、ふたりが日々の生活について意見を交わすことも一度もなかった。ある程度道理がわかるようになったころから、両親を見ていると、父が命令したことだけを母がひたすら隷属的に行動に移しているのだということがわかってきた。

食卓では、母は箸を使って椀に入ったご飯を食べ、いっぽうでは父がナイフとフォークを使って食事をしていた。

クリスマスをはじめとするキリスト教の祝祭事は、彼の家には関係のないものだった。

彼が病気になると、父親は彼を西洋医のところに連れて行ったが、母が彼の面倒を見るときは祈祷師を家に呼んだ。そして状況は混乱し、ふたりの間に不和が生じた。そうなると、父に対してはその怒りをなだめ、母に対しては医者が言うことを理解させるようにしなくてはならなかった。父が母を、母が父を非難する言葉をうんざりと聞きながら、内心、怒りで煮えくり返っていた。

なぜ、自分はこんな家に生まれてしまったのだろう？　なぜ？　どうして？

埠頭にたたずみ、彼は、涙ひとつこぼさず、友人たちと抱き合い、頑張れよという言葉にありがとうと礼を言った。そして、友情のために埠頭に来たわけではないであろう知人たちと握手をするために手を差し出したとき、一瞬、意識が遠のくような気分がした。でも、しっかりしなければと気持ちを引き締めた。もうすぐ、ずっと嫌な思いをさせられてきたすべてのものから、自分は解放されるのだから。

父が腕を広げ、彼はされるがままにその抱擁を受けたが、それに応えて自分から父を抱きしめることはできなかった。その瞬間、自己嫌悪に襲われたが、それは自分のせいではないと思い直した。

自分の父はこの男なのだ。父の不作法で粗野なふるまいの中に自分への深い思いがあることは知っていたし、父の発するあいまいな言葉の中に、息子の悲しい運命をどうにかして埋め合わせしてやりたいと思う、内に秘めた愛情が見え隠れしていることもわかっていた。

彼は、常に自分が進もうとする道からどんな障害をも取り払おうとしてくれる、この父という男のことを誇りに思えたら良いのにと思っていた。しかし、実際は、憐み以外の感情は持てなかった。結局のところ、自分にこの苦々しい人生を背負わせたのは父だったのだし、父のせいで自分の運命がこうなってしまったのだから。

彼の心は飢えていた、愛情を得たいと激しく渇望していた。それは父と母がもっと親しげに抱き合う姿を見てみたいという気持ちでもあったが、ふたりは自分が望むような両親ではなかったし、小さいころの自分の思いは叶えられなかった。まだ幼かったころ、何度となく聞いたものだ。なぜ僕だけ他の子たちみたいなパパとママがいないの、と。

今や、もうすぐ、そんな状況から自分は解放される。今までのように、中国人の血が流れているという出自の烙印を彼の顔に見いだそうとする人々の、興味津々とした視線に耐える必要もなくなり、新しい仲間や友人たちの輪の中に入ることができるのだ。

これまで必死に勉学に励み、意地悪な言葉には耳をふさいできた。今、自分は旅立つ。新しい人間になるために。常に奪われていた自尊心をようやく獲得するために。他の人間と肩を並べ、すっきりとした気持ちになるために。

だから、母には埠頭に見送りに来ないように言っておいた。行ってくるよ、と別れを告げたとき、もう二度と母と会うことはないかと思うと、心が痛んだ。しかしすぐに、母に生まれつき備わっている、別れを惜しむ大げさな態度や、大仰な身振り手振りをつけて泣き叫ぶ声に腹立たしさを覚えた。母が中国服の袖で涙をぬぐったかと思うと、またあの醜く不作法な様子で別れを惜しむ態度を見て、後悔の気持ち半分、ほっとする気持ちも半分でその場を逃げ出した。

ぼんやりとした気分で、人々から差し出された手と握手を交わした。近くで、旅行の同伴者の一人がもう船の出航が近づいているから早くしたほうがいいぞ、と声をかけてくれた。

突然、彼は雷に打たれたように立ちすくんだ。すぐ近くで、一人の中国人女が大声で泣きわめきながら、人々をかきわけて彼のほうに来ようとしていた。乱れた服装と、大声で嘆き悲しむそのありさまは、いかにも労働者階級の女のふるまいらしかった。

若者の顔はこわばり、真っ青になって、視線を動かし父を探したが、父はまるでこの場に立ち会いたくないかのように、早々に姿を消していた。

　女がようやく彼に近づくことができたとき、彼女が大げさな態度をとる前に、若者はチョッキのポケットに手を突っ込むと、一枚の硬貨を取り出し、熱く懇願するように掲げられた女の掌に落とした。そのあと、身を震わせ、せわしない様子でその場を離れ、船にかけられたタラップを、熱に浮かされたような足取りで急いで上ってしまった。

　残された女は、狂ったような面持ちで、大きくひきつった泣き声でこう繰り返した。

「あの子はあたしに施しをしたんだよ、まるで乞食に与えるみたいに。あたしが与えてやった命とひきかえに！」

第三章

ルイス・ゴンザガ・ゴメス

Luís Gonzaga Gomes

ルイス・ゴンザガ・ゴメス
Luís Gonzaga Gomes
(1907–1976)

一九〇七年、マカエンセの両親のもと、マカオに生まれる。幼少から中国文化に大きな興味を持ち、中国語の会話だけでなく読み書きも修得。高等学校卒業後、マカオの中国文化に関する歴史研究に没頭。中国およびマカオの歴史から、伝説・民話・芸術・祭礼・生活習慣・言葉に至るまで、多様なテーマに関して三十作以上にわたるポルトガル語による著書・翻訳書を執筆した。

特に一九五〇年代には、『中国の民話』(一九五〇)、『マカオに残る中国の伝説』(一九五一)、『中国の習慣』(一九五二)、『昔日のマカオ奇談』(一九五二)、『中国の祭礼』(一九五三)、『中国の美術』(一九五四)、『マカオの史実』(一九五四)と立て続けに作品を発表。これらの作品はマカオのポルトガル語新聞・雑誌で記事やコラムとして紹介され、ポルトガル人やマカエンセ・コミュニティに中国やマカオの文化への興味関心を持たせる大きなきっかけとなった。また、中国語(広東語)とポルトガル語の翻訳も手がけ、三十代半ばで広東語=ポルトガル語の単語集(一九四一)を出版、ポルトガル中世を代表する抒情詩人ルイス・デ・カモンイスの代表作『ウズ・ルジアダス Os Lusíadas(ルシタニアの人々)』をやさしく解説したジョアン・バロス著『子どもに語るウズ・ルジアダス』の広東語訳(一九四二)、その後、ポルトガルの現代詩人フェルナンド・ペッソーアの詩集『メッセージ』の広東語訳（一九五九）を出版した。逆に、十八世紀半ばに発表されたマカオの歴史書『澳門記略』や中国古典『論語』などのポルトガル語訳も手がけた。

ルイス・ゴンザガ・ゴメスは、教育面でも大きな功績を残した。ポルトガル語公立小学校ペドロ・ノラスコ・ダ・シルヴァ校で二十年間にわたり校長を務めたほか、母校の高等学校ならびに複数の公的機関で広東語と英語の教鞭をとり、ポルトガル語を母語とするマカエンセの生徒たちに中国文化を学習する大切さを教えた。また、中国本土からマカオに派遣された中国人高官に対するポルトガル語の教育にもあたった。

その他、ルイス・カモンイス美術館（現マカオ美術館）、マカオ古文書館出版局、マカオ図書館など多くの公的機関の局長を歴任。音楽・演劇・スポーツなどの分野に対する造詣も深く、マカオにおける文化関連団体の創設や運営にも尽力し、副市長にあたるマカオ政庁副代表にも就任した。

ルイス・ゴンザガ・ゴメスの最大の功績は、中国人コミュニティとポルトガル人ならびにマカエンセのコミュニティがお互いの言語や文化を学ぼうとしなかった当時のマカオ社会において、双方の言語を操る高い語学力と深い学識をもって、異なるコミュニティがお互いの歴史文化を理解しあう世界を作ろうと尽力したことである。

マカオ社会の中でグローバリゼーションの先駆け的存在となったルイス・ゴンザガ・ゴメスは、ポルトガルとフランスから文化勲章を授けられ、その名を冠した通り（ルイス・

ゴンザガ・ゴメス通り）や中国語とポルトガル語双方を教える中高等学校（ルイス・ゴンザガ・ゴメス中葡中高等学校）が作られるなど、マカエンセのみならず中国人住民にも敬愛されたが、私生活では生涯独身を貫き、自身の子孫を残さないまま、一九七六年、六十八歳で病気のためマカオで死去した。

※本書で紹介する六作品は、翻訳にあたり、一部内容の編集・加筆をおこなった。

ルイス・ゴンザガ・ゴメスの生い立ちを知ることができるような写真はほとんど残っていない。

今回入手できたのは、18歳から40代ごろまでの個人のポートレートのみである。

写真1　18歳（1925年）

写真2　年代不明

写真3　40代（1950年代）

【写真掲載元】

写真1, 3　Carlos Francisco Moura（2014）*Mosaico Volume XXIX, Luís Gonzaga Gomes e uma Produtiva Cooperação Cultural: Macau-Portugal-Brasil*, Macau: Instituto Internacional de Macau.

写真2　Graciete Nogueira Batalha（2007）*Mosaico Volume III, Luís Gonzaga Gomes e o Intercâmbio Cultural Luso-Chinês*, Macau: Instituto Internacional de Macau.

プロフィール欄顔写真（p. 246）　Jorge A.H. Rangel（2007）*Mosaico Volume VI, No Centenário de Luís Gonzaga Gomes*, Macau: Instituto Internacional de Macau.

マカオのさまざまな名称

【一九五一年に出版された『マカオに残る中国の伝説』に掲載。一九九四年に改版された際には、『マカオの史実と伝説』というタイトルの作品集に収められている。

ポルトガル人来航以前は、中国広東地方の静かな漁村にすぎなかったマカオが、歴史上どのような名称で呼ばれてきたのか、わかりやすく解説した文章である。ポルトガル語による原文の中で、それぞれの名称の発音と漢字表記が記載され、漢字一語一語の意味を詳しく説明している。本作で紹介されている古い名称の中には、現在、マカオ市内の地名や建物名などに残されているものもある。

また、現在国際的に知られている「マカオ」（ポルトガル語 Macau 英語 Macao）という名称の発音は、マカオで日常的に話されている言葉である広東語の「オウムン」とも、普通話（公用語）である北京語の「アオメン」いずれの発音ともまったく異なる。その理由は本作を読むと理解できる。

返還前のマカオ社会において、ほとんどのマカエンセはポルトガル語および英語で教育を受けていたため、広東語の日常会話は流暢であるが、漢字の読み書きは習得していない者が圧倒的多数だった。また、特に小・中・高のポルトガル語教育に関しては、本国ポルトガルとまったく同内容のカリキュラムを使用していたため、生徒たちはポルトガルについて多くのことを学習しながら、生まれ育ったマカオの歴史や文化についてはほとんど情報を持ち合わせていなかった。

本作の執筆にあたり、著者はいわゆる地名学に基づいた正式な文献のみを取り上げたわけではないようで、本文の最後を「これらすべてのデータにはあまり確実性はない」と自信なげな言葉でしめくくっているが、それでも、こうした作品は当時のマカエンセ・コミュニティにとって非常に貴重な知識の情報源であったことがうかがわれる。

なお、原文の文章構成にやや混乱が生じているため、本稿では、一部の段落を前後に移動し、さらに本文で紹介されているさまざまなマカオの名称を各段落の前に提示する形をとった。】

『香山懸志』（1673年刊行）に描かれた、プライア・グランデ（南湾）から見た当時のマカオの情景。バーラの要塞（媽角炮台）、ペーニャの丘の聖堂（西望洋寺）、モンテの丘（中炮台）、聖パウロ天主堂（大三巴寺）、ギアの丘の要塞（東望洋砲台）などの記載が見える。A Praia Grande, reproduzida de Hèong-Sán Ün-Tchi.
〔写真転載〕Luís Gonzaga Gomes (2010) *Páginas da História de Macau*, Macau: Instituto Internacional de Macau, p. 53.

〔澳門〕

中国人の間では、マカオという街は、周りを囲んでいる他の島々との関係に見られる形状や状況によって推測される多様な名称で知られている。現在使われている名称は「澳門（オウムン）」で、「湾の扉」を意味する。しかし、この名称が明朝以前の中国の文献に適用されていたかどうかということははっきりしていない。

その地名学上の起源について、中国人の中には、「澳門（オウムン）」という地名が、マカオへの玄関口で海が大きな入り江をつくることによって、ギアの丘、すなわち東望洋山（東から大海を望む丘）と、ペーニャの丘、すなわち西望洋山（西から大海を望む丘）のふもとで分かれ、湾を形成しているという事実に由来し、外洋からマカオを見た彼らの祖先にそこにまるでひとつの巨大な扉があるような空想を作り出したのだ、という説を唱える者もいる。

しかしながら、『中國古今地名大辞典』（注一）では、澳門の「門」という言葉は「谷」を表していると説明している。その谷は現在の運動場（注二）にあたる場所で、両側に東望洋山・西望洋山の二つの丘がそびえていることから、この辞書では両者を南臺（南の高台）と北臺（北の高台）という名称で表している。他にも「湾の門」、すなわち「扉」という意味が、「十」という字の形をした入り江が澳門南部に位置する複数の小島を分けて位置しているところから連想されたという説もある。

〔海鏡澳〕〔海鏡〕〔鏡海〕〔鏡湖〕

タイパ島とマカオのプライア・グランデ湾によって区切られた大きな水域は、一年の大半を通して静かで、太陽の光が水面に降り注ぐと、巨大な鏡のようにきらきらとした光できらめくため、明朝以前に生きていた中国人の詩人たちにこの半島に「海鏡澳(ホイゲーンオウ)」すなわち「海を映す湾」、もしくは単に「海鏡(ホイゲーン)」という名称を想起させたと考えられる。

「鏡海(ゲーンホイ)」ならびに「鏡湖(ゲーンウー)」という名称もあるが、双方とも「海鏡」という名称に由来している。現在、バーラ廟(媽閣廟)(注三)の後方にある岩場に「海鏡」の二文字が彫られた石が残っているが、いつ、誰の手によるものなのかはわかっていない。

はじめて「海鏡」という名称をつけたのは、蹟跚(チョク・チャック)という反体制派の思想家であった僧侶であるとされている。彼は、明朝崩壊の少しあと、侵略してきた満州の清王朝に対する革命を煽動していた混乱期にこの街の「普済禅院(ポウツァイスィンユン)」(注四)に身を寄せ、その際、「両岸山光涵海鏡」すなわち「海鏡(マカオ)は山々の光によって照らされた二つの浜辺の間に囲まれた地である」という詩をしたためた。この二つの浜辺とは、明らかにギアとペーニャの丘のふもとのことを述べていると考えられる。その一文は現在も普済禅院にある石碑に残されている。

〔濠鏡〕〔蠔鏡〕〔濠江〕〔壕江〕

「海鏡」によく似ている名称が「濠鏡(ホウゲーン)」であるが、なぜこの半島の名称に、防御用に作る「濠(ほり)」

という字を当てたのかという理由を見つけることはできない。しかし、以下のことが推測できる。実は、ポルトガル人来航以前、当時の中国文学作品の中では、「濠」ではなく、同音異字で牡蠣（かき）を意味する「蠔」が使われていた。牡蠣は中国人が非常に好む貝類で、太古の昔からこの辺りに豊富に生息することで知られており、マカオ半島の周囲にある岩礁地帯からふんだんに採取することができた（注五）。このことから、最初は「牡蠣が多く生息する鏡のように美しい水域」を意味する「蠔鏡」の名称が使われ、その後、「濠鏡」に代わったのではないかと思われる。

「濠鏡」の名称は、明朝の間にさらに「濠江（ホウ・ゴン）」（濠の川）に変わり、以後、詩人たちは水を表す「濠」の代わりに土を意味する「壕」の文字を好んで使うようになった。

〔蓮花島〕〔蓮洋〕

また、この半島を指すときに、「蓮花島（リンファドウ）」という名称が使われることもあった。それは風水師がこの土地を指すときに使った「蓮の地」という表現に由来するという。そのほかにも、マカオ半島の地形が蓮の葉の形に似ており、いくつかの丘が花びらに、街中に広がる小道が葉脈にたとえられ、ポルタス・ド・セルコ（注六）が中国語では葉柄、すなわち「蓮花茎（リンファカン）」という名称で呼ばれていたため、「蓮の花の島」の名称が生まれたという説もある。

この場所には蓮花廟という寺があり、中国人たちがさまざまな用途に使う蓮を、ここで栽培している。池を埋めつくす蓮の葉はそよ風に揺れ、緑の海のように見える。この半島を指すもうひとつの詩的な名称「蓮洋（リンヨーン）」は、おそらくその情景から誰かが思いついた地名であるのだろう。

〔馬角〕〔馬蛟〕〔媽港〕〔亜媽港〕

これまでとは異なる名称である「馬蛟（マーカウ）」（馬の交尾）という言葉の由来は、「馬角（マーコッ）」から変形したもので、我々がバーラと呼んでいる地区の〔広東語の〕地名である。ここは明朝時代の嘉靖二十六（一五五八）年夏、東洋に到来した最初のポルトガル人が上陸し、中国側に船の停泊と交易の許可を求めた場所で、さまざまな商業施設が寺（バーラ廟）の前に建てられた。

バーラ廟の前の広場で、自分たちが上陸した土地は何という街なのか、とポルトガル人に尋ねられたとき、現地住民たちは、その場所の地名を聞かれていると勘違いし、「馬角（マーコッ）」と答えた、という話を信じている者は多いようだ。

その他にも「マカオ」という名称は、航海の守護女神、阿媽（アーマー）を祀るバーラ廟のすぐ近くにある港という意味を持つ「媽港（マーコン）」もしくは「亜媽港（アーマーコン）」に由来するという説もある。

現在のバーラ広場（後方は媽閣廟）
〔写真提供〕マカオ観光局

〔金斗鹽場〕

北宋（九六〇～一一二七）の年代記である『北宋典册』では、この半島のことを「金斗盥場（ガウタウウイムチョン）」（金の斗（ます）の岸辺）という名前で言及している。「金斗湾（ガムタウワン）」という名称は、中国人が現在もなおイーリャ・ヴェルデ（注七）北部のほぼ全域を指すときに使う呼び名であるが、それは、イーリャ・ヴェルデの地形が斗、すなわちマカオで米を量るときに使われる竹製の容器の形に似ており、中国人にとってかつて米は金に値するほど貴重なものであったことに由来している。

〔香山鎮〕

かつて、マカオはごくわずかな漁民と農民が暮らす一つもしくは二つの村落から構成された狭い土地で、塩官（専売制の塩を管理する役人）の管轄地であったと思われる。この地域の歴史に名を残している役人の一人が、海賊の侵略を防ぐ目的で前山（チンサン）という名の村落を囲む防壁の建設を指示した陳天（チャンティン）という人物である。その村落は香山鎮（ホンサンチャン）の名でも知られていた（注八）。

〔海角〕

最後に、この土地を「海角（ホイコッ）」、すなわち「海の扉」もしくは「岬」という名で呼ぶ者もいたが、これはこの半島そのものの形状に由来する名称であるのは明らかだ。

実は、これらすべてのデータにはあまり確実性はない。しかし本作では、マカオのさまざまな名称と起源について興味を持っている読者のため、中国語で書かれた資料を参考に解説を試みた。

(注一) 中国大陸の地名・行政区に関する辞典。臧勵龢等編、商務印書館香港分館、一九三一年発行。
(注二) 現在の塔石広場(Tap Seak Square)。
(注三) マカオ最大の道教寺院、媽閣廟(マーコッミュウ)を指す。バーラ(barra)はポルトガル語で「波打ち際、浅瀬」の意味。マカオ半島の南端に位置し、ポルトガル人が最初に上陸した場所であるといわれている。なお、原文ではTemplo da Barra(バーラ寺)と記載されているが、日本語の道教寺院の名称に倣い、「バーラ廟(びょう)」とした。なお、「廟」とは、祖先の霊や神を祀る場所を指すが、孔子や関羽といった民衆が英雄視する歴史上の人物を祀る廟もある。
(注四) 観音堂の別名で知られている。後出の「悲恋のものがたり」参照。
(注五) 広東料理でよく使用されるオイスターソース(牡蠣油)の生産で世界的に有名な「李錦記」社が、二十世紀前半はマカオに拠点を置いていたことからも、当時のマカオで牡蠣が豊富に収穫されていたことがわかる。
(注六) マカオと中国大陸とのボーダーゲート、関閘(中国語)。マカオ半島北端に位置し、陸路で現在の広東省珠海市に入境するための入管手続きをおこなう場所。中国返還前はポルトガル領マカオと中国の「国境」であった。

（注七）　中国語では「青洲」。マカオ半島北西部、中国広東省珠海市に近い埋め立て地区で、かつてはマカオ半島沿岸から約一キロ、マカオ内港に浮かぶ小さな島だった。

（注八）　前山・香山鎮ともに、マカオ半島に隣接する広東省珠海市の一部を指す唐代の地名である。

バーラ廟（媽閣廟）の伝説

【一九五二年に出版された『昔日のマカオ奇談』に掲載。バーラ廟は現地の中国人の間では「媽閣廟」と呼ばれ、明朝時代、一四八八年にマカオ半島最南端に建立された、航海と漁業の守護女神、媽祖（阿媽）を祀るマカオ最古の道教寺院（廟）で、正殿にあたる正覚禅林を含む四つの堂から成る。

媽祖のモデルとなったのは、宋の建隆元年（九六〇）、福建省・莆田に住む林氏の家に生まれ、泣き声を上げないので黙娘と名づけられた実在の女性といわれる。聡明で神通力を持った黙娘は父親を海難事故で失ったことを悲しみ、山に入って仙人に導かれ、二十八歳で天に召された。そののちも赤い衣装を身にまとって海上に出現し、航海する人々を守り、平和と幸運をもたらしたという伝説から、航海・漁業の女神「媽祖」として信仰されるようになった。歴代の中国皇帝からも信奉され、「順済夫人」「霊恵妃」「天妃」「天后」「天上聖母」「媽祖菩薩」などの贈り名（尊号、称号）が与えられている。現在では中国沿海部をはじめ、福建省からの移民が多い台湾で篤く信仰され、「媽祖廟」と呼ばれる寺院（マカオでは「媽閣廟」）が各地に建てられている。

ポルトガル人は十六世紀半ばにマカオ到来後、一六二九年に媽閣廟の裏手にそびえる丘に聖ティアゴ・ダ・バーラ要塞を築いた。その要塞跡は、改築され現在ポルトガル風ホテル（ポウザーダ）となっている。また、媽閣廟とその前に広がるポルトガル風の石畳の広場（バーラ広場）は二〇〇五年にユネスコ世界遺産に登録された「マカオ歴史市街地区」の一部を構成している。

前出のエッセイ「マカオのさまざまな名称」の中では、ポルトガル人による「マカオ」という地名の発音の由来として、ポルトガル人が最初にマカオに上陸した場所が媽閣廟の前にある場所の地名（馬角）であるという説や、廟のすぐ近くにある港の呼び名である「媽港」「亜媽港」が挙げられていたが、実は広く一般的に信じられているのは次の説である。

スペインと並び大航海時代の覇者であったポルトガルの航海者たちが、「新発見地」であるマカオに到来した際、媽閣廟の目の前に広がる浅瀬（バーラ）から上陸し、たまたま通りかかった現地住民に「我々はどこにいるのか」と身振り手振りで尋ねたところ、言葉が通じない相手は後方の媽閣廟のことを問われたのだと思い、「これは媽閣廟だ」と答えた。廟を表す広東語の「マーコッミュウ」が「マカオ」という発音に変化し、次第にこの地域全体を指す地名に変わっていったのだという。

本作は媽閣廟が祀る女神、媽祖（阿媽）の伝説を物語風に語った作品である。「マカオのさまざまな名称」同様、ポルトガル語の原文の中で、重要な固有名詞に関しては広東語の発音と漢字表記が記載されている。】

現在の媽閣廟　〔写真提供〕マカオ観光局

「パゴダ」という単語は、ヒンディー語のpokodaまたはbootkoda、もしくはペルシャ語のbutkudaに由来し、さらにそれらの言葉はサンスクリット語で「神像の家」「神の住むドーム・天蓋」もしくは「聖なる邸宅」という意味を持つchagavatiという言葉に由来する。パゴダとは通常七階建てもしくは九階建ての建造物である（それより低い場合もある）が、常に奇数階である。なぜなら奇数は中国人にとって縁起のいい数であるからだ。そして六角形もしくは八角形のオベリスク（注一）の形になっているのは、それが風水によって要求された建築様式であるためだ。

ヨーロッパ人にとっても、また中国人にとっても「聖なる街」であったマカオは、街が作られた当初から例外的に大災害に見舞われることなく繁栄し、周囲で起こる不吉な出来事の影響を妨げるためにパゴダ（仏塔）を建設する必要も一度もなかった。そこで、パゴダの代わりに、マカオには充分な数の寺廟（注二）が建設された。

この街に現存するすべての中国式寺廟の中で、芸術的観点から言っても、素朴な伝説の詩篇の中で詠われている点からも、間違いなくバーラ廟がもっとも興味深いものである。

この廟は「天上で最高の地位にある女神」を意味する「天后元君」に捧げられた廟で、人々は親しみをこめて「娘媽（ニョンマー）」（マーさん）と呼んでいる。廟が建立されたのははるか昔、最初のポルトガル人の中国到来と同じ時期にあたる（注三）。

バーラ廟の手前に広がっていたマンデュッコ海岸を埋め立てて舗装する前は、この廟の本尊である女神に捧げる祭礼（注四）が毎年旧暦三月二十三日に盛大に催されていた。寺の前の土地には広東オペラ（注五）を上演するための巨大な舞台が設置され、この街の中国人住民ほとんど全員がそれを見にやって来たものだった。

「天后元君」は、女神となる以前は、我々と同じように限りある命の持ち主で、福建省の莆田（ティンポウ）に生まれ育った。彼女はけっして道を外れないように断食や苦行にその身を捧げ、まだとても若い時分に、永遠に純潔であることを誓った。

遠い昔、このマカオという植民地が形成されたころ、福建省の対外貿易はほぼ独占的にマカオを中継しておこなわれていた。約半月の旅を経て、貴重な茶葉を大量に運ぶ行商隊が時折マカオを訪れ、これらの商品はさらに西洋へ向けて運ばれた。

まだ人間だったころの「天后元君」は、ある日、そんな行商船のひとつに乗ってマカオに行こうとした。出発が間近に迫った船の中にいた乗客たちは、白い外套に身を包んだひとりの上品な乙女がゆっくりとやって来るのを見た。彼女は小さな足で泥道を苦労して歩いていたが、船にたどり着くまでにはだいぶかかりそうな様子であった。

早く出発したくてたまらない乗客たちは早くしろと言って彼女をせかした。そのせいで彼女が陸地と船の間にかけられたタラップを上がっていくとき、その左足から絹製の小さい靴が脱げてしまった。ちょうど靴が脱げたそのときにタラップが外されてしまったので、彼女は、旅の間、ずっと左の足が裸足のまま過ごさねばならなくなってしまった。

広げた船の帆が順風に乗り、船は猛スピードでマカオの地めざして航海していった。

福建省とマカオをつなぐ連絡船は、当時、今ほど頻繁に行き来していなかったので、船は乗客でごったがえしていた。誰も素性を知らないミステリアスな娘は、座る場所どころか、休む場所すら見つけることができなかった。

外洋に出ると、海が荒れ始めた。雷鳴がとどろき、高波で船はひどく揺れ、乗客たちは上へ下へと飛ばされ、ぶつかり合った。しかし、不思議なことにどれほど波の揺れが激しくなろうが、娘は誰ともぶつかることがなかった。神秘的なまなざしで、まるで崇高な夢の中に潜り込んだように、彼女は時に身をゆだね、身動きもしなかった。

この嵐で、他のすべての船が難破してしまったにもかかわらず、娘が乗った船だけは難を逃れ、無事にマカオに入港することができた。そのとき、茶商人の沈文(サンマン)だけが、彼女に気を取られていた。賢く物静かな沈文は、娘に起こった現象を不思議に思い、それ以降、船がバーラ廟の前の船着き場に到着するときまで、ずっと彼女の姿を見守っていた。彼女は他の乗客に混じって下船し、現在バーラ廟がある丘に向かいおごそかに歩いて行ったが、驚くべきことに、そこで彼女の姿は忽然と消え

てしまった。

沈文は彼女の後を追い、朝方の霧に包まれた丘へ登ってみた。すると、坂道の途中に、左足が裸足の女神の木像がたたずんでいた。それを見て、沈文は、あの不思議な船の同乗者が嵐のときに人間世界から解放され、女神になったのだと確信した。

沈文は強いインスピレーションを感じ、すぐさま、「闈姓賭(ウァイセントン)」（宝くじ業者）の店に走り、頭に浮かんだ文字を賭けてみた。そしてすぐに木像があった場所に戻ると、像の前の地面にひれ伏して、もし自分に大きな運を授けてもらえたら、そこに女神を祀るお堂を建設する、と約束をした。

はたして幸運が沈文にもたらされ、願掛けが叶ったお礼に、彼は現在媽閣廟の二階部分にあたる場所に小さな寺院を建てた。そして媽祖を信仰する者には徳が与えられると信じられたことから、その寺にはひっきりなしに信者が参拝するようになった。信者たちがますます増えたことから、天后元君（媽祖）の崇拝者たちは費用を出し合って新しい寺を建設した。それが現在の媽閣廟(マーコッミュウ)の一階部分にあたる。

その後、年月とともに次々に祠が増築されたが、誰も最初の小さな聖堂を取り壊すことはなく、そこには天后の身体が祀ら

媽祖が乗船した船をイメージした石（媽閣廟）
〔写真提供〕マカオ観光局

れ、左足が裸足の木像も納められているそうだ（注六）。

（注一）高くて細長いタワー状の建物のこと。

（注二）前出の「マカオのさまざまな名称」注三参照。「寺廟（じびょう）」は中国語で寺や神社を指す言葉。

（注三）ポルトガル人の最初の中国到来は一五一三年、ジョルジェ・アルヴァレスによる珠江河口の屯門（現在の香港新界）上陸とされており、媽閣廟の創設（一四八八年）とは実質二十五年の差がある。

（注四）媽祖の生誕を祝って旧暦三月二十三日に催される祭礼「娘媽誕」（天后誕）。現在もおこなわれており、二〇一二年、媽祖信仰と一連の伝統行事（媽祖信俗）はマカオ特別行政区の無形文化遺産に登録された。

（注五）広東語では「粵劇（ユッケッ）」。いわゆる「京劇の広東語版」として知られるが、音楽・歌唱法・化粧法も異なる。明代末期から清代初期、香港・マカオを含む広東地方珠江デルタ地域に誕生し、二十世紀初期に黄金時代を迎えた伝統芸能。二〇〇九年にユネスコ世界無形文化遺産に登録された。

（注六）原文の最後に「一九四二年五月八日」と日付が記載されている。

媽祖　〔写真提供〕マカオ観光局

マカオの風水

【一九五一年に発表された『マカオに残る中国の伝説』に掲載。中国人なら誰もが信じる「風水」を取り上げ、マカオという土地が歴史上、中国人にとってどのような風水のもとにあったかを解説している。

「風水」とは、「気」の流れに基づき、衣・食・住など人間をとりまく環境の吉凶を決定する、古代中国で発祥した思想である。風水思想は七世紀（唐代）に盛んになり、天体の動き、山河などの自然の地形、季節や一日の天気の移り変わりなど、いわゆる自然の摂理をもとに「陰陽」「五行」という思想を編みだした。

「陰陽」とは、万物は二つの相反する「気」である「陰」と「陽」から構成され、双方が調和することで自然界が安定した秩序を得ることができるという思想で、例として「男・女」「光・影」「夏・冬」「昼・夜」「火・水」「右・左」「動・静」「天・地」などが挙げられる。いっぽう「五行」とは、自然界のすべては「木」「火」「土」「金」「水」の五つの「気」のうちいずれかの要素に属すという思想で、その後、両思想が合わさり「陰陽五行思想」として発展していった。風水上では、お互いに良い影響を及ぼし合う「陽」の関係（五行相生）と、悪い影響を与えてしまう「陰」の関係（五行相剋）をうまく取り入れて「気」の流れを整えることが重要であるとする。

九世紀（唐代末）になると、この「陰陽五行説」をもとに、自然の地形や建物の形など目に見えるもので判断する「巒頭派（らんとうは）」が生まれた。巒頭派風水では、地球上には「龍脈」という「気」の通り道があり、気が集中する穴（いわゆるパワースポット）を「龍穴」と呼んで、建物の形状・方向・地質にどんな龍脈が走っているのかを調べ、「気」の流れを調整していく。さらに十一世紀（宋代）になると、羅盤（らばん）という方位磁針を用い、星の動きや生年月日など目に見えないもので吉凶を判断する「理気派」（方位学派）が誕生した。

本作を読むと、当時のマカオでは、羅盤を使用する風水師もいる中で、圧倒的に巒頭派が主流であったことが推察できる。そして、社会の九割以上を占める中国人住民が風水に一喜一憂する日常生活の中で、風水思想を持たないキリスト教徒である著者がこうした風潮に強い批判的精神を持っていたことがうかがわれる。

通常、淡々と客観的事実を述べることが多い著者の作品の中で、本作では「風水はナンセンスともいえる迷信」であり、「エセ科学者たちが、民衆の受動的で人を信じやすい心をたくみに悪用して、厚かましく付け入り、多額の謝金をもらっている」などと手厳しい意見を述べている点に、著者ルイス・ゴンザガ・ゴメスの人間らしい豊かな感情表現が感じられる。】

中国人が風水に非常に重きを置いていることを知らない者は誰もいない。迷信深い中国人は、川がどんなふうに流れているか、山脈がどの方角にあるか、墓がどこに置かれているか、その他、毎日接するさまざまなことがらや状況の方位と方角に注意をはらい、すべては自然が与える良い影響もしくは悪い影響が目に見える形で現れるのだ、と言う。

中国人から景勝地として称賛されているマカオは、以前から風水師に「蓮の花の土地」と呼ばれ、際立って運気の良い土地と考えられていた。なぜならそもそも、「蓮」を表す「レン」は継続を意味する文字「連」の同音異義語であり、また、仏教徒にとって蓮の花は、人間が自らを律し努力することによって、堕落の罪から脱し、清められた精神の象徴として、特別な花であるからだ。

かつて、迷信の持つ力がまだ今ほど衰えていなかったころ、中国人はまず風水師に相談しないことには家を建てることもなければ、その家に住むこともなかった。

風水師たちはきわめて豊かな想像力の持ち主で、わずかな地形の変化や独特な形状をした自然物を見つけては、それらを一般人には想像できないような事象として解釈し、信心深い人々にナンセンスとも言えるようなことを信じさせた。それらの解釈は、自分流の風水学的解釈と精力的な現地調査、そして何よりも常に持ち歩く、「羅盤」と呼ばれる風水磁石の助けを借りておこなわれる。これらのエセ科学者たちは、民衆の受動的で人を信じやすい心をたくみに悪用し、厚かましく付け入って、多額の謝金を受けては自分や家族の生活の糧にしていた。

そのころ、マカオは中国南部の高名な風水師たちが常に訪問する場所であった。これらの風水師たちは中国人住民側から大きな尊敬を集める対象だったが、住民たちは予測不能な災いに対してとても臆病で、風水師の予言やお告げに対して疑問を持つことなどなかった。たとえば風水師が、近い将来に想定される災難や不幸を避けるために何かを提案すると、それをすべて受け入れ、常に言うとおりに行動したのだった。

風水師たちによると、埋めたて以前は聖フランシスコ要塞からレプブリカ大通りまで美しいカーブを描いていたプライア・グランデの海岸線に、風水上、一匹の巨大なカニが住んでいて、その眼のひとつは官庁街の前にあり、もうひとつはサン・ジョアン通りの前にあった。

それ以前にプライア・グランデ沿いに建てられていたマカオの裕福なポルトガル人の邸宅は、ポルトガルの極東貿易の衰退とともに、少しずつ、中国人の大富豪の手に渡っていった。これらの中国人は、けっして家を赤や灰色に塗らせなかった。なぜなら、赤や灰色はカニが茹で上がっているか死んでいる色を表すからである。望ましいと思われていたのは、生きているときの甲羅の色に相当する緑か黄色っぽい色であった。

何年か前、この風水上のカニがプライア・グランデの埋め立て工事によって深い傷を負ったそうだ。その際、ひとりの風水師が、この地区に住んでいた裕福な中国人たちに対し、災いが迫っているから、住居を変えたほうが良いとお告げを出した。しかし、移転するためにはたいへんな出費を必要としたので、住民たちはそのまま同じ場所に住み続けることにした。その後、災厄に怯えながら暮らしていたが、結局何も起こらなかったようで、彼らは今もなお同じ場所で悠々自適に生活している。

また、一般に知られている言い伝えによると、マカオには龍もいるそうだ。しかし、活気がなく、仲間の龍とうまくやっていけない状態にあるという。

龍の頭の部分を構成するのがペーニャの丘で、体はラパ島（注一）の方向へ延び、マカオとの境界となる河口デルタの一翼を飛び越え、周辺地域の複雑に入り組んだ地形が背骨のように曲がりくねり、河をもう一度渡って尾の部分はポルタス・ド・セルコ（注二）まで続く。しかし、この龍はアルメイダ・リベイロ大通りが開通した際、体の一部を切断されてしまったので、この平穏な街の住民たちの経済生活や運命を好転させるような影響を与えることができないという。風水上で見ると、マカオの北と南に龍の体が二分されているのだ。その龍は死にかけていたにもかかわらず、鼓動はまだ感じられ、いまわの際のうなりの中で、何回か身悶えしながら飛び回り、激しい動きをしている。その龍がマカオという植民地をエルドラド（黄金郷）

●マカオの風水

へと変えることができるかもしれないと言う者もいる（注三）。

龍は、他にもう一匹いて、その体はサン・ドミンゴス通り、ペドロ・ノラスコ・ダ・シルヴァ通り、コンセリェイロ・フェレイラ・デ・アルメイダ大通り、シドニオ・パイス大通り、アレイア・プレタ通り、ポルタス・ド・セルコの地峡を通って蛇行し、曲がりくねって、中国大陸のサ・メイに続く。この龍こそ、ある時期にこの街の住民が享受した繁栄の気の流れを吹き込んだ龍であり、それを縮小した姿が、メスキータ大尉像（注四）の台座の周りの、現在は芝生が植えられている場所にあった、灰色の石からできたアラベスク模様の装飾に描かれていた。

この部分がメスキータ大尉像を設置するために壊されたとき、マカオの年配の中国人商人たちはかなり動揺した。なぜなら風水師に、今後、人々の平穏な生活は確実に失われてしまうだろうという予言を受けていたからである。今では、結局それは太平洋戦争とそれに続く香港陥落を予言していたと言われている。

また、長い間、風水信仰によって、中国人住民は、現在レプブリカ大通りがある場所には居住しないように勧められていた。なぜなら、その地区が、風水上の鶏のくちばしによって繁栄しなくなるだろうと信じられていたからである。その鶏のくちばしは、マカオ半島の隣のタイパ島の小さな先端部によって形成されており、少し長細くでこぼこに隆起している部分が、ニワトリの頸部にあるふくらんだ袋から伸びた首を想起させることから、中国人の間では「ニワトリの首」という名で知られていた。

もしその風水上の鶏のくちばしが、逆の方向を向いていたら良かったのだが、不運なことに、そうではないというのである。不吉なくちばしは縁起の悪いレプブリカ大通りのほうに向いており、もしその場所にあえて住もうとする者がいれば、その者は一文無しになるまで財産を失ってしまう、つまり、その住人が持っているすべての富が、少しずつ、情け容赦なくついばまれてしまう恐れがあると信じられていた。そこで、風水上の雄鶏の悪い「気」を取り除くため、人々はペーニャの丘のふもと、タイパ島のカブリッタ岬に面する場所に、「海を見渡す憐みの観音」の小さな石像を置き、その衣で、そのいまわしい鶏のくちばしがもたらすすべての不吉な影響から免れることができるように祈った。

しかしながら、観音は呪われたくちばしの力を無害に変えるだけの十分な力を持ち合わせてい

メスキータ大尉像（セナード広場、1950年代）
Senado Square, circa1950s / Statue of Coronel Nicolau Mesquita
〔写真転載〕 António M. Jorge da Silva（2015）*Macaenses - The Portuguese in China*, Macau: Instituto Internacional de Macau, p. 130.

ないと判断された。そこで今度は、タイパ島のほうに向いている丘の部分が獅子の頭に似ていることから、それに生を与え、この獅子が大きな口で雄鶏のくちばしによって発せられた不吉な「気」の流れをすべて食い尽くしてしまうように、獅子の眼の穴に相当すると思われる場所に二か所の穴を掘り、そこにこうこうと灯りをともした。それ以来、レプブリカ大通りに人が住めるようになったということだ。

現在のセナード広場（噴水はかつてメスキータ大尉像があった場所）
〔写真提供〕マカオ観光局

（注一）　マカオ半島西方の島。現在は中国広東省珠海市の一部にあたる。

（注二）　マカオと中国大陸とのボーダーゲート、関閘（中国語）。マカオ半島北端に位置し、陸路で現在の広東省珠海市に入境するための入管手続きをおこなう場所。中国返還前はポルトガル領マカオと中国の「国境」であった。

（注三）　本作が執筆されたのは一九四〇年代末〜五〇年代初めと推測されるが、「（風水上の龍が）マカオという植民地をエルドラド（黄金郷）へと変えることができるかもしれない」という文章は、ある意味、ギャンブル産業で潤う現在のマカオ社会の一面を予想しているかのように思える。

（注四）　ヴィセンテ・ニコラウ・デ・メスキータ（Vicente Nicolau de Mesquita　一八一八〜八〇）。マカエンセの軍人。一八四五年、マカオ総督としてポルトガルから来澳したフェレイラ・ド・アマラル（João Maria Ferreira do Amaral）が、それまで中国に支払っていたマカオ租借料の支払いを中止し、一八四九年、一方的にマカオの実質的行政権の獲得を宣言した。この暴挙に怒った中国人住民らによって、同年八月二十二日、アマラル総督は自らが指揮を執ってマカオ半島最北端に建設中だった中国本土とのボーダーゲート（ポルタス・ド・セルコ）の近辺で暗殺された。その直後、ボーダーゲート近くのパッサレオン砦に約二千人の中国人兵士が集結、一触即発の事態に陥った。当時、マカオの兵力はその十分の一にも満たなかったが、メスキータ中尉の奇襲作戦が成功し中国側は撤退、双方ともに多くの死傷者を出さないまま事件は収拾された。メスキータはその後大尉に昇進したものの、ポルトガル本国出身でないことで昇進が遅れたことを不服とし、精神を病んでしまった。五十五歳で退役を余儀なくされた後も回復せず、最期に妻と娘を殺害し自殺、六十二年の生涯を終えた。悲劇的な最期を遂げたことで、死後しばらくはマカオ政府からもキリスト教会からも葬儀を拒否されたが、その後、名誉が回復され、一九四〇年、マカオ市政庁（レアル・セナード。現在、建物は「民政総署」としてマカオ世界遺産のひとつとなっている）前の広場に銅像が建てられた。

しかし、一九六六年、中国文化大革命に影響を受けた左翼系中国人住民による、反ポルトガル闘争デモ（一・二・三事件）の際、暴徒化した住民らによってメスキータ大尉像は倒され、以後二度と同じ場所に戻されることなく現在に至っている。倒された像はその後、ポルトガルに移送され、ポルト市内に保管されているという。

コオロギ相撲

【一九五二年に出版された『昔日のマカオ奇談』に掲載。八世紀ごろ、唐の宮廷で始まったといわれる中国伝統の「闘蟋（とうしつ）」を取り上げたものである。闘蟋とは、コオロギ（中国語の名称は「蟋蟀」「促織」など）のオスどうしを戦わせる昆虫相撲で、中国歴代の有名人物の中にも闘蟋の愛好者は多く、たとえば南宋末期の宰相、賈似道（一二一三～七五）はコオロギに関する辞典ともいえる『促織経』を記した。また、清代の怪奇短編小説集『聊斎志異』でも「促織」の題目で、「宣徳帝（一四二七～三六）統治下、宮中でコオロギ相撲が流行し、領民から良いコオロギを取り立てるコオロギ税のようなものが発生し、人々を苦しめた」といった内容の物語が描かれた。近年では、一九九七年に『蟋蟀文化大典』（孟昭连編、上海三联书店）が出版されている。

闘蟋は民衆の娯楽として中国全土に普及し、さまざまな流儀が生まれた。「戦士」と呼ばれるコオロギの育成法、闘蟋のいわば試合会場となる容器や試合中に必要な器具なども、中国の伝統工芸品の一つとして発展を遂げた。文化大革命（一九六六～七六）の間は中国共産党の弾圧対象となったものの、その後復興し、今日に至るまで大衆の人気を獲得している。現在、さまざまな闘蟋大会もおこなわれており、優勝したコオロギはチャンピオンとして「虫王」という称号を与えられるという。

本作を読むと、一九四〇年代のマカオにおいても、闘蟋がいかに中国人住民に熱狂的に支持されていたかということがよくわかる。こうした伝統を持たないマカエンセにとっては、おそらく闘蟋を街角で目にしたことはあっても、その詳細を知る者は多くなかったと考えられるので、非常に興味深い内容であったことだろう。

他の作品同様、ポルトガル語の原文の中で、重要な固有名詞に関しては広東語の発音と漢字表記が記載されている。】

●コオロギ相撲

中国では、秋に匹敵するほど良い季節はない。一年の中でもっとも素晴らしい時期、特に新月から数えて七番目の立秋の時期には、空は晴れ渡り、嵐を呼ぶ雲は一切なくなる。強烈で明るい陽光のもと、世界は喜びに満ちあふれ、大地に活力を与え、果樹園の実を熟す。完全に熟してみずみずしく赤く膨らんだ柿は摘み取られ、どんな果物よりも甘みの強い果汁で食いしん坊たちの欲望を満たす。寺院の門に植えられた神秘的なニッキの木の芳香は中庭まで入り込み、庭園では、まるで姿勢を正すかのようにヒマワリが立ち上がり、エネルギーを与えてくれる光を求めてみな太陽のほうに向き揃う。

そして、農夫たちは、龍眼（ロンガン）（注一）のとても甘く透き通った果肉でコオロギたちをおびきよせ、その隠れた巣を見つけるために、岩山や絶壁の間を、手や足を怪我しながら敏捷にそして注意深く歩き回る。虫たちはいったん捕まると、竹製の小さな筒の中に入れられて人々が集まる場所に送られ、そこで驚くほどいい値段で競売にかけられる。

西方にある有名な御陵で知られている西陵地域（注二）から持ち込まれたコオロギは、教養人が好んで求めるもので、彼らはそのコオロギの奏でる甲高く単調な音、言い換えると、まるで割れたカスタネットのようなつぶれた音にうっとりと聞き惚れるのだが、より大きく甲高い音を奏でるコオロギほど珍重され価値があるものと考えられている。

清遠（チェンエン）、従化（チョンファ）、雲浮（ウァンファウ）、高要（コウイウ）といった地域産のコオロギは、中国人がもっとも好む遊びのひとつである「コオロギ相撲」のために、かなり大量に採取される。

一般的に、もっとも動きが速く戦いに向いているコオロギは、柔らかい土壌で育つといわれているが、そのような場所にはムカデやヘビなどが多く生息するので、コオロギを捕獲するのは難しいといわれている。その多様な種類によって、戦うコオロギは「白麻頭（パッマータウ）」（白い頭）、「黄麻頭（ウォンマータウ）」（黄色い頭）、「黒麻頭（ハッマータウ）」（黒い頭）、「蟹鉗（ハイキン）」（カニの顎）、「金絲（ガムスィー）」（絹の糸）、「銀角（ンゴッコッ）」（銀の角）などといった名前で呼ばれている。

コオロギの飼育は、高額な費用がかかるだけでなく、きわめて繊細な注意を必要とする。これらの虫は一般的には豪華な釉薬（ゆうやく）を塗った陶器の壺（注三）で育てられ、壺の中にはコオロギたちの渇きを癒すための二つの小さな器に水が入れられている。コオロギのエサは、魚、特殊なゾウ虫、栗、炊いた米であり、より強くするために蜜も与えられる。コオロギが消化不良になったときには、定期的に一定量の赤虫を与えることで元気になる。もし風邪をひいたら、蚊を少々やるとすぐに治る。もしずっと熱があるようだったら、野生のマメ科植物の実と一緒に置いてやるとよい。

エサや飼育場所などの物質的な注意以外にも、オスは毎晩メスと一緒にいる必要がある。ただし、一緒にいる時間は二時間を超えてはならない。

コオロギを怒らせる原因を作らないために、コオロギを飼っている部屋の中での喫煙は厳禁である。なぜならタバコの煙はコオロギの繊細な気質を苦しめて、いらいらさせるからである。

最近までマカオはコオロギ相撲で有名な場所のひとつであった。この遊びが一番盛り上がった時分には、多数の旅館やホテルがこの種の試合に熱狂的な商人たちや、貴重な種類のコオロギの競売人や所有者で満室になったものだった。

ギャンブラーたちが賭博をするために集まった場所は、クーレス通りの倉庫、現在執信（ツァップソン）学校の校舎として使われているアンジョス通りの旺（ウォン）爺さんの豪邸、ガンボア通りの何（ホー）家などであった。戦いにもっとも適した特質を持った虫を手に入れようと一番力を入れていたのが、この街の富豪、蕭（シウ）家、李（レイ）家、そして關（グァン）家であった。

対戦者どうしによって試合の日が決められ、当日になると、試合場には非常に多くの観客が集まる。戦う虫たちの選抜がおこなわれ、その重さ（注四）と、力と、大きさと、色が吟味されたあと、二匹の戦士たちが底が平らな器に作られた土俵（注五）に放される。そして、審判がネズミの毛で作られた筆で背中をなでてコオロギを怒らせる（注六）。挑発を受けた対戦者のコオロギは、熱気を帯びて立ち上がり、怒りに打ち震えながら雄叫びをあげて相手に向かっていく。そして帰るべき兵舎のない兵士のように、身が砕けるまで戦う。

しかしながら、戦場から撤退する意気地なしのコオロギもいる。その際には審判たちによって試合の勝ち負けが決定される。どんな賭けであっても、少なくとも賭け金の二十パーセントが賭博場の所有者、もしくは元締めの儲けになる。そしておごそかな儀式がとりおこなわれ、勝利したコオロギの飼い主は祝福され、祝杯を授けられ、優勝したコオロギを称賛する文字が記載された真っ赤な旗が掲げられる。続いて、コオロギを飼い主の家に帰還させる凱旋行列がおこなわれ、優勝旗をうやうやしく掲げた使用人が先頭を歩き、その道すがら、興味津々の群衆を惹きつけるために爆竹が鳴らされる。

コオロギ相撲の賭け金は、けっして現金で払われることはない。賭けは口頭か、もしくは約束手形の形でおこなわれ、賭け金に相当するものは「金猪《ガムチュー》」（焼き豚）と「餅《ペアン》」（菓子）の二種類のみである。「金猪《ガムチュー》」の賭け金は事前の取り決めにより、三百パタカ、百五十パタカ、百パタカのいずれかで、「餅《ペアン》」は千パタカか、もう少し賭け金が低いものもあった。

試合が始まると、賭け金のやり直しはきかない。そして、賭け金ははね上がり、しばしば十頭以上の金猪《ガムチュー》が並べられたが、これは数千パタカに相当した。

さて、中華民国建国元年、すなわち一九一一年ごろ、マカオにマウ（注七）という名の退官した官僚がやってきた。マウが飼っていたコオロギのコレクションの中に、「梅花點《ムイファディム》」（梅の花模様）という種類が一匹おり、この種は識者によれば、毒虫が死んで腐ったあとの土の中で生まれたもので、すさまじい攻撃性を持つことで知られていた。マウはアルファンデガ通りにある撃天《ケンティン》というホテルに滞在して、毎日のように、梅花點《ムイファディム》を秋聲楽《チャウセンロッ》という名の試合場に連れていった。そこはマカオ近隣のすべての港から、コオロギ相撲のために連れてこられた有名なコオロギが集まる場であった。

そこで、人々はマウが持っている恐るべき梅花點《ムイファディム》を、マカオの中国人富豪である關《グァン》家の男が飼っているコオロギと対戦させようと、マウをけしかけた。マウのコオロギは負けなしだということを知っていたにもかかわらず、關《グァン》はマウの挑戦を迷うことなく受け入れた。最初の試合で、關《グァン》は力試しにと、単なる黄麻頭（ウォンマータウ）を賭けたが、あっさりと負けてしまい、簡単に何千パタカも失ってしまった。次の試合では、もっと強いコオロギを賭けたが、やはり負けてしまった。

観客の興奮は最高潮に達し、あちこちからけしかけられた闘（グァン）は、持ち駒の中でも一番強く、大事にしていた金絲（ガムスィー）を賭けた。両者ともに自陣の勝利を確信し、掛け金は金猪（ガムチュー）五十頭と大型餅（ペァン）一万個、すなわち合計二万パタカ相当に達した。マカオでコオロギ相撲に、これほど大がかりな賭け金がつけられた記録はそれまでなかった。集まった客がそれぞれどちらに賭けるかを決め、闘（グァン）の金絲（ガムスィー）が土俵に入場したが、会場内の光に目がくらんだのか、その巨大な敵に立ち向かうのを少しためらった。

そこで背中を筆でなでると金絲（ガムスィー）はいきりたち、二匹の戦士は取っ組み合った。戦いは数分間互角の状態が続いたが、十五回組み合ったあと、金絲（ガムスィー）の動きが鈍くなり始めた。梅花點（ムイファディム）は勝利を確信しながらも、注意深くそして一歩一歩、敵の体に確実に鋭い口でかみつくことができるように、前進していった。金絲（ガムスィー）はふらつき無気力になり、自分に向かって恐るべき敵が向かってくるのを見ると、退却し始めた。観客たちはその無気力さに驚き、応援する気分をなくし、マカオの町でもっとも有名だったコオロギがまもなく敗北することを予感した。しかし、恐ろしい敵の猛攻撃を百回ほど受けたのち、金絲（ガムスィー）は突然怒りをあらわにして立ち上がり、不思議な力を与えられたかのように、後ろ足で体を支え、怒りに燃えて敵に襲いかかった。六百回ほども取っ組み合った挙句、今度は梅（ムイ）花點（ファディム）が退却を余儀なくされ、弱気な様子で土俵をあとにした。

結局、会場の所有者にだけでも四千パタカ以上が支払われた。その勝利を盛大に祝うため、闘（グァン）はその日の夜、燕亭(インテン)という名のホテルで宴会を催し、マカオのコオロギ相撲の歴史に名を残すこととなった。

闘(グァン)の金絲(ガムスィー)のようなコオロギは、死ぬと銀製の棺に入れられ埋葬される。人々は、このような立派な葬式をすることによって、いつか、埋葬された場所から死んだコオロギと同じように強い個体がまた見つかるようにと、願を掛けるのである。

さて、コオロギ相撲は、裕福な者だけの娯楽ではない。富豪たちが都会で銀の延べ棒を賭けるいっぽう、田舎に住む若者たちは、米を入れる皿の中にコオロギを置いて戦わせ、わずかな賭け金でコオロギ相撲を楽しむのである(注八)。

(注一) 日本語ではリュウガン。ムクロジ科の熱帯果樹で、果実はブドウと似た房状の実り方をする。ゼリー状の果肉はランブータンやライチの味に似ている。中国広東地方、タイやベトナムなど東南アジアで好んで食され、果肉を乾燥させたものは漢方薬に使われる。

(注二) 中国河北省易県にある明・清王朝皇帝墓群のひとつ、「清西陵」(ユネスコ世界遺産)のことを指していると考えられる。

(注三) 「養盆」と呼ばれる。その中に水皿や餌皿のほか、寝床である「鈴房」と呼ばれる穴の開いた小さな箱を入れる。試合に出る日には重量を量るため「吊籠」という軽い容器に移す。

（注四）同じ体重、体つきのコオロギで対戦させるのがルールであり、その調整を「配闘」という。
（注五）「闘盆」と呼ばれる。
（注六）ネズミの髭などを植え込んで作る筆で、「茜草（せんそう）」と呼ばれる。この筆で刺激されると、コオロギは別の個体が縄張りに入ってきたのかと勘違いをし、闘志を燃やすという。
（注七）「マウ」の漢字は不明。
（注八）原文の最後に「一九四二年十二月十日」の日付が記載されている。

パイナップルの井戸

【一九五二年に出版された『昔日のマカオ奇談』に掲載。同書で紹介されている数点のマカオの民話・伝説のひとつである。貧しい若者が空腹に耐えかねていると、ある井戸の底から熟れた果実の甘い香りが漂い、こっそり降りてみると季節外れのパイナップルが実っていた。それを盗み見した近所の若者が、同じように井戸の底に降りてみると、死が待っていた。欲のない人間が幸運をつかみ、それを横取りしようとする隣人がひどい目に遭うという、日本の昔話・奇譚にも通じるような内容である。】

聖フランシスコ通りの近く、ギアの丘のふもと、〔珠江の入り江に面した〕岩場に、かつて、中国人住民の間では「波蘿井（ボーローゼン）」（パイナップルの井戸）という名で知られていた井戸があった（注一）。その井戸のかたわらに、誰の手によるものかもわからない、質素な御影石の石碑があり、そこにはいかにも未熟な技術で、〔髑髏（どくろ）の絵に描かれるような〕交差したすね足の骨が彫られていた。そしてその両脇に、ひとつずつパイナップルの彫刻がほどこされていた。今ではもう消失してしまったが、この興味をそそるような古い石碑には、実は、この街の年配の中国人住民だけが知っているひとつの伝説が関わっているのである。

むかしむかし、今はアンジョス通りと呼ばれている、かつてのディアビーニョス通りに並んでいた家々の間に、一軒のみすぼらしい家があり、鍛冶屋をなりわいとするある男が住んでいた。正直者で、これ以上ないというほどまじめに働き、大家族を大切にしていた男だったが、貧しさに苦しみ、わずかばかりの運も手に入れることができずにいた。どんなに働いても、生活を支えることができるようにはならなかった。

そうこうしているうちに年末になり、正月が近づくとともに（注二）、金貸したちは男に扉を開いてくれなくなった。傷ついた心を抱え、鍛冶屋は借金取りから逃れるため、家に戻らず、何時間も何時間も、通りをぶらぶらと徘徊した。

ある夜、鍛冶屋の男は疲れ切って、聖フランシスコ公園へと向かった。公園に植えられている木々からはもう葉が散ってしまっていたので、風が一番吹きつけないベンチを選んで身体を休めようとした。一年のこの時期に、こんなにも厳しい冬の寒さがこたえる日は珍しかった。心は重く、空腹だった。次第に睡魔に襲われ、鍛冶屋はうとうととなった。

そして、うっとりとするような静けさに包まれたそのとき（注三）、雷鳴がとどろき、突風が吹き荒れたかと思うと、パイナップルのとてもよい匂いが漂ってきた。なんとも奇妙だ、と鍛冶屋は思った。その辺りにパイナップルが植えられている場所はないはずだったし、パイナップルの実がなる時期でもなかったからだ。

鍛冶屋は、鼻をふくらませてその心地よい匂いを思いっきり吸い込んだ。最初は空腹のあまり、感覚がおかしくなっているのだと思った。しかし、その熟れた果物の匂いはますます強くなってきた。そこで鍛冶屋は立ち上がり、どこからその酔わせるような甘い香りがしているのか、見つけることができないものかと探しまわった。波打ち際の、水で湿った岩に頭をぶつけながらよろよろと歩いていると、ついに井戸のところまでやって来た。井戸をのぞきこみ、中の水がすでに枯れていることがわかったので、鍛冶屋は靴を脱いで裸足になり、井戸の壁のでこぼこで体を支えながら、底にたどり着いた。すると、横に向かって洞窟ができていた。そして、わずかに差す月明かりの弱い光に照らされて、一本のパイナップルの木（注四）がぼんやりと見えた。そこにたどり着いてみると、たった一個ではあるが、素晴らしい完熟のパイナップルが実っていた。鍛冶屋は、もう迷うことなくそれをもぎ取り、一心不乱に食べた。

翌日、男がもう一度奇跡の井戸に戻ってみると、なんと、新しいパイナップルが一個、実っていた。今回は食べずに、街に持ち帰った。すると、一年のその時期にパイナップルを見ることは珍しかったので、いい値段で売ることができた。

それ以降、鍛冶屋は毎日一個のパイナップルを売ることができ、こうして、まもなく借金を清算することができた。しかしその収入がどこから来るのか、皆にはひたすら隠し通していた。

しかしある日のこと、近所の若者に、自分が井戸から出るところを見られてしまい、そこでいつも何をしていたのか白状せずにはいられなかった。それを聞いた若者は自分もぜひその奇跡を見たいと言い出し、井戸を降りて行ってしまった。

しばらく時間が経ち、若者が帰ってこないのを心配した鍛冶屋は井戸の上から若者を呼んでみた。しかし何も返答がないので、様子を見に行った。すると、パイナップルの木があったはずの場所にはまったく何もなくなっていて、若者は横たわって死んでおり、辺りには恐ろしいほどの静寂が広がっていた。予期せぬ出来事を前にして、鍛冶屋は恐怖で気が遠くなった。こうして、地上に戻るやいなや、何が起こったのかを知らせに若者の母親が住む家へ走っていった。隣人たちはその奇妙な出来事を知ったとき、みな、天罰が下ったのだと噂し合った。

その後、他の誰かが同じように興味本位で井戸を降り、死んでしまうような悲劇が起こらないよう、人々はその井戸を埋めてしまった。そして、このあまりにも不思議な出来事を忘れないように、交差した二本のすね足の骨の両脇に左右対称に一個ずつパイナップルが彫られている石碑が誰かの手によって作られ、何年もの間、その場所に残されていたのだった(注五)。

(注一) 現在では、この地名に関する情報はほとんど残されていないが、文中の説明から、マカオ半島東部に位置するギアの丘(現在の地名は松山、かつては東望洋山と呼ばれた)東側のふもと、マカオ外港に近い沿岸地域のどこかであったことが推察される。

(注二) 旧正月。太陰暦(旧暦)による正月。中国では「春節」と呼ばれ、もっとも重要な祝祭日のひとつ。その日から数日間の連休となる。毎年日程は変わり、通常一月下旬から二月中旬の間にあたる。

(注三) 寒さによる低体温症で、死ぬ寸前の状況を表していると思われる。

(注四) 正しくは木でなく多年草である。

(注五) 原文の最後に「一九四二年四月三十日」の日付が記載されている。

悲恋のものがたり

【一九五一年に出版された『マカオに残る中国の伝説』掲載。マカオ三大古廟（注一）のひとつである仏教寺院「観音堂」の敷地内で起こったといわれる、一組の恋人たちの悲劇の物語である。

観音堂の正式名称は「普済禅院」で、慈母観音を祀る仏教寺院である。創建は十三世紀といわれるが、現在の建物が建築されたのは一六二七年で、マカオに現存する仏教寺院の中ではもっとも規模が大きく、豪華な寺院であると観光案内などに紹介されている。しかし、実際に観音堂を訪れると、観光客でごったがえす街中心部の喧騒から離れた地区にあるからか、どちらかというと落ち着いた、もの静かな空気を感じる。今から六十年以上前に書かれた本作で解説しているように、「いつも深い静けさと神秘性がたちこめ、瞑想にふけり、心の平穏を得ることを求める人々にはうってつけの場所」として、観音堂は今も静かに、参詣者を受け入れている。

前出の伝説「パイナップルの井戸」では、物語の舞台となる井戸が現存しないため、現代の読者はその場所を想像することしかできないが、本作については、実はそのモデルがはっきりと存在する。以下は、マカオ観光局サイトに掲載されている、観音堂に関する記述である。

「寺院の後ろにはひな段式庭園があります。その中には、一八四四年六月三日に広東総督耆英とアメリカの公使ケイレブ・クッシングとの間で締結された、初の米清間条約・望厦条約締結の際に使用された石のテーブルが存在します。付近の別棟の中には大理石で造られた僧侶像が立ち、また古くからそびえ立つ四本の菩提樹の絡み合った枝は恋人の木として知られ、結婚の忠誠のシンボルであるとされています。」

本作の中で紹介されている石のテーブル、そしてふたりの恋人の木は今も残っているのである。】

ほかの中国の街と同じように、マカオにも尼僧や僧侶がいる。彼らはさまざまな宗教行事や葬式をとりおこなうために必要な存在である。これらの僧は、中国式の修道院を表す「寺」と呼ばれる建物に集団で住んでいる。「寺」は街中のいたるところに見ることができる。その中でもっともよく知られている寺は「普済禅院（ボウツァイスィンユン）」（世界を救済し慈善を施す寺の意味）で、コロネル・メスキータ（メスキータ大尉）大通り沿い、モン・ハー地区にある。また、「竹林寺（ヅォックラムズィー）」がコエリョ・ド・アマラル通り沿いのサ・コン地区に、「蓮峰廟（リンフォンミュウ）」がモン・ハーの砦のふもとに、ロック・サン寺（注二）が聖パウロ天主堂のある丘に、「正覚禅林（ゼンコッシムラム）」がバーラ廟（媽閣廟）の中にある。

これら五つの仏教の聖職者の住居の中で、もっとも古い寺院は普済禅院で、一般には「観音堂（グンヤムトン）」、すなわち「憐みの女神の祠（ほこら）」の名で知られており、もともとはこの女神を祀る簡素な祠がひとつあるだけだった。

現在観音堂の中にある、歴史を感じさせる古い複数の祠の内部には、いつも深い静けさと神秘性がたちこめ、瞑想にふけり、心の平穏を得ることを求める人々にはうってつけの場所である。

観音堂の裏手には、あまり整備されていない庭園があり、そこから僧侶たちが眠る墓地に続く路地の途中に、葉をよく生い茂らせた二本の木があるのだが、幹の部分がなんとも奇妙に交わって伸びているため、そこを通る人々の興味関心を引いている。

その近くには石造りのテーブルとベンチが置かれていて、夏になると、その不思議な緑深い二本の木が作り出す美しい木陰に涼を求める者たちが集まり、将棋に興じたり詩歌を作ったりする姿がよく見られる。

さて、まだ観音堂が建てられる前のことだ。現在観音堂がある場所からオルタ・イ・コスタ大通りまでの地域はひとつの集落になっていて、その住民たちはみな農業に従事していた。その村に、ひとりの土地持ちの農夫が住んでいた。けっして裕福というわけではなかったが、周囲の者よりは恵まれた生活をしていた。人々は彼のことを、親しみを込めて「ウォンさん」と呼んでいた。分別があり、いつも節度を持って暮らしている人物として、皆から一目置かれている存在だった。

ウォンにはア・カムという名のほっそりとした上品な娘がいた。ア・カムは、婚期が近づいた娘を指す「真珠の掌(たなごころ)」もしくは「熟した桃」とも呼ばれていたが、父親のウォンは、近隣に住む若者たちとの縁談をすべて断り続けていた。それは一番良い縁談が来るまで待っていたいからという理由からではなく、単に、娘が嫁いでいなくなると、畑仕事の働き手が足りなくなるからという、自分勝手な思惑があったためだった。

畑に除草剤をまく時期になり、ウォンは娘のほかに、ふたりの使用人を雇って働かせた。使用人のうちのひとりはア・ヘンという元気いっぱいの、やさしい顔立ちをした明るくとても気さくな性格の若者で、ア・カムと一緒に畑仕事をすることが多かったが、そんなとき、大変な力仕事は彼女にさせないように気を遣っていた。一緒にいる時間が長くなるにつれ、お互いを想う気持ちが生まれ、それはいつしか恋心に変わっていった。

ある日、ア・カムはみごもったことに気づいた。彼女は父のもとに行き、おそるおそる真実を打ち明け、若者との結婚を許してくれるように願い出た。しかし父親は、娘の軽率なおこないに激怒した。若者を呼びつけ、悪いことをしてしまった償いをさせる代わりに、さんざん侮辱したあと、最後に、お前のような無一文の男と娘との結婚など絶対に許さないと言い放った。さらに、どうせお前は貧しい農夫としてしか生きていけないのだろうから、皆から蔑まれる惨めな人生を送るよりも、いっそのこと死んだほうがましだろう、と残酷な言葉を投げつけたのだった。

若者は心から娘を愛していたが、彼女を幸せにすることはけっして叶わないのだと知り、ア・カムのもとに行き、これから自ら死を選ぶつもりだと告げた。若者のことをいちずに愛していた娘は、自分も一緒に命を絶つ心の準備ができている、この世では添い遂げられなかったふたりは、きっとあの世では幸せに暮らすことができるだろうから、と言った。

こうして、その翌日、太陽がラパ島（注三）の後ろに沈んだころ、恋人たちはいつもの畑仕事を終え、祠の裏手に向かった。そして、大粒の涙をこぼしながら抱きしめ合ったあと、勇気をふりしぼって、その場所に離れて生えていた二本の木に、ひとりずつ首をつって死んだのだった。

しかし、死を選んだふたりの魂は鎮まることなく、それ以来、毎晩のように、腕を組んだ二つの人影がその界隈に現れるようになった。モン・ハー地区の村の住民たちは、苦しみ抜いたふたりの魂がさまよう真夜中過ぎから夜明けまで、眠ることも、また目を開けていることもできなくなってしまった。そしてさらに驚くべきことに、不幸なふたりの恋人たちが首をつった二本の木が、それ以来凄まじい速さで成長し、しかもお互いの幹が、まるで固く抱き合っているふたりの人間のように絡み合ってゆき、今見るような不思議な形になったのだった。

　のちに、元の祠のあった場所にさらに多くの祠や建物が建てられ、僧侶たちが住むようになってから、タム・カイという名の大僧正がア・カムとア・ヘンの悲恋のいきさつを知り、苦しみ漂うふたりの魂を鎮めるため、数回にわたり除霊の儀式をおこなった。

　それ以来、二つの人影はモン・ハーの界隈に現れることはなくなった。そして、さまよえるふたりの魂がもらす痛ましい嘆きの声も聞こえなくなり、村の住民たちはようやく安眠できるようになったそうだ。

（注一）　観音堂、媽閣廟、蓮峰廟（一五九二年建立）。
（注二）　漢字名は不明。
（注三）　マカオ半島西方の島。現在は中国広東省珠海市の一部にあたる。

現在の観音堂　〔写真提供〕マカオ観光局

第四章

ジョゼ・ドス・サントス・フェレイラ（アデー）

José dos Santos Ferreira （Adé）

ジョゼ・ドス・サントス・フェレイラ（通称アデー）
José dos Santos Ferreira（Adé）
（1919–1993）

一九一九年、八人きょうだいの末っ子としてマカオに生まれる。父親はポルトガル人、母親はマカオ生まれの中国人。母には死別したマカエンセの前夫との間にすでに七人の子どもがいた。五歳のとき父を亡くし、貧しい少年時代を送った。中学校を卒業後、十七歳で公務員として働き始め、兵役を経て三十代後半に母校に職員として就職、貧しい学生たちが勉強できる環境整備や社会保障の改善のために奔走した。四十五歳のとき、マカオのカジノ王スタンレー・ホーの所有企業、澳門旅遊娯楽（ＳＴＤＭ）社に転職。管理職として勤務し、同企業による奨学金制度の開設に努めた。また、慈善事業を中心とするマカオ地元の協会理事、中国人学生を対象としたポルトガル語講師、マカオと香港の新聞や雑誌の編集者・執筆者、ポルトガル本国の主要新聞の海外特派員としても働いた。そのいっぽう、マカオのポルトガル語系クレオール語（パトゥア語）の詩人・作家としても活躍し、詩・演劇・オペレッタなどさまざまなジャンルの作品を書き残した。また、ラジオやテレビの番組を通して積極的にパトゥア語による朗誦をおこなった。

パトゥア語は、十六世紀後半からポルトガル人が事実上マカオを植民地として支配していく中で、当時マカオに住んでいた現地中国人ならびにインド・マレーシア・インドネシアそして日本などの近隣アジア諸国やアフリカ出身のさまざまなエスニック集団の人々と、為政者であるポルトガル人との間の共通語として生まれ、マカエンセの家庭で話されてきた。マカエンセ・コミュニティの間では「マキスタ」とも呼ばれている。十九世紀後半、ポルトガル語教育の推進とともに話者は激減、現在は世界消滅危機言語のひとつとなっている。

アデーの最大の功績は、パトゥア語の復興と継承運動である。その遺志は現在マカエンセ協会会長ミゲル・デ・セナ・フェルナンデスに引き継がれ、自らが作家・演出家として主宰しているパトゥア語劇団の定期公演を通して、精力的にパトゥア語のリバイバル（復活）啓蒙活動がおこなわれている。同劇団の活動は二〇一二年、マカオの無形文化遺産に登録された。

マカエンセ・コミュニティの発展と伝統の言葉であるパトゥア語の継承運動にその一生を捧げたアデーには、ポルトガルのエンリケ航海王子勲章、マカオのメリト勲章が授けられ、マカオ中心街には彼の銅像も建てられた。

私生活では、マカエンセの妻との間に一男一女をもうけた。一九九三年、病気のため香港にて七十三歳で死去。

作品集には「マカオの詩」Poéma di Macau（一九八三）、「昔日のマカオ」Macau di Tempo Antigo（一九八五）、「マカオの甘いことば」Dóci Papiaçám di Macau（一九九〇）

などがある。アデーの作品には、古き良き時代のマカオの伝統行事や人々の生活を語ったり、マカオへの郷土愛を高らかに詠ったりするものが多くみられる。初期に発表された作品は全体的に牧歌的でユーモアにあふれているが、一九九九年の中国返還が公表された一九八七年の中葡共同声明以降、マカオがポルトガル領ではなくなってしまうことへの哀しみにあふれたメランコリックな色調に変わっていくのが特徴的である。

作品にはパトゥア語だけで書かれたもの、ポルトガル語だけで書かれたもの、両言語で書かれたものの三種類がある。

なお、マカオの聖パウロ天主堂跡の近くにあるマカオ博物館では、マカエンセ伝統文化を紹介する展示スペースがあり、そこにはアデーのパトゥア語による朗読・朗誦の録音を聴くことができるブースがある。

写真１　アデー誕生２年前のサントス・フェレイラー家
（1917年）

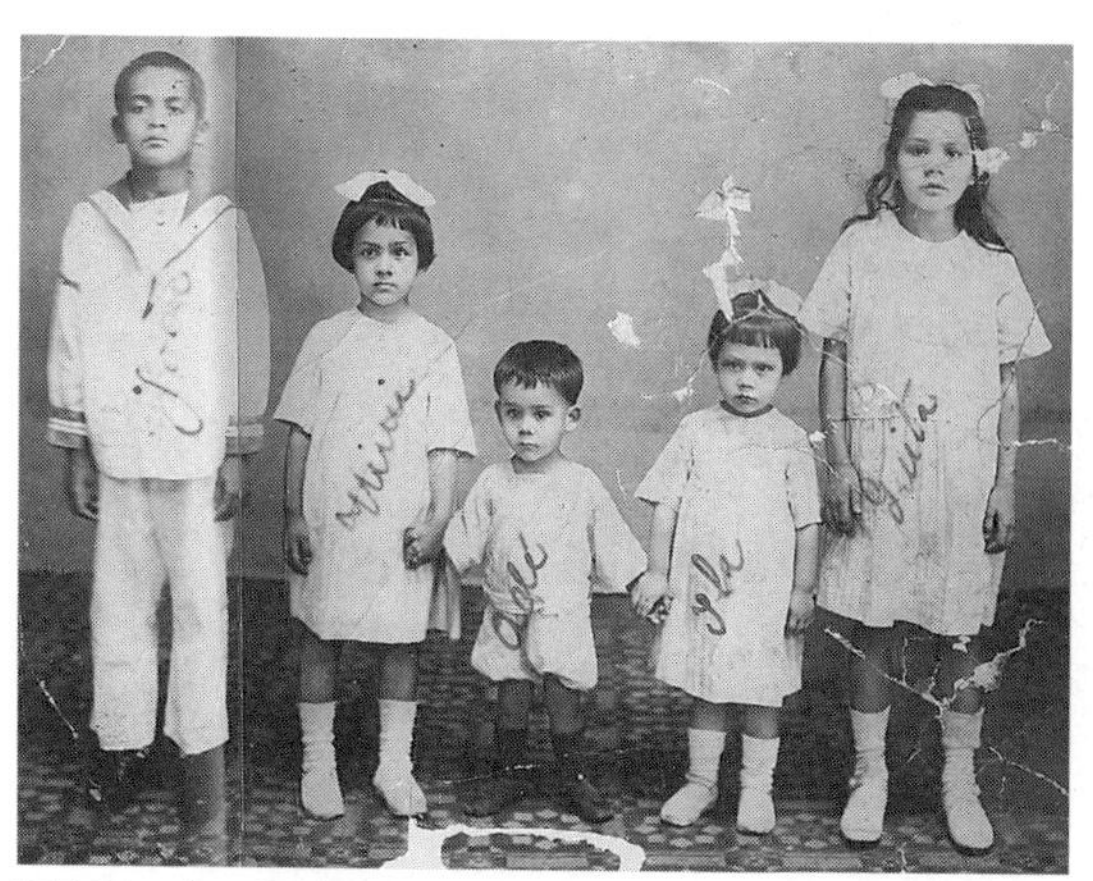

写真２　きょうだいたちと（中央、２歳、1921年）

写真３　友人の誕生日パーティにて（中央の黒い上着の少年、12歳、1931年）

写真４　マカオでの兵役時代（中央、19～20歳ごろ、1938～39年）

写真5　公務員時代（後列、20代、1940年代）

写真6　妻アルダとの結婚式（24歳、
1943年夏）

写真７　ポルトガル語新聞ノーティシアス・デ・マカオ紙の職員ならびに協力者たち。前列一番右の白い服の人物がアデー、後列左から９人目にデオリンダ・ダ・コンセイサォン、その右２人目がルイス・ゴンザガ・ゴメス

写真８　中華料理店での会食（着席している一番左の男性、43歳、1962年）アデーの左３人目がエンリケ・デ・セナ・フェルナンデス

写真9　パトゥア語演劇（1960年代）

写真10　香港にて（60代、1980年代半ば）

【写真掲載元】

Carlos Marreiros（1994）*Adé dos Santos Ferreira-Fotobiografia*, Macau: Fundação Macau.

※すべての写真とプロフィール欄顔写真（p. 298）はマカオ基金会より掲載許可取得。
All photographs are reproduced by courtesy of Macao Foundation.

【本章では、アデーの作風の特徴をよく表している作品を六編紹介する。

「これぞマカオ」（Macau sã Assi）は一九六八年発表当時のマカオの名所や、小さなコミュニティの中で暮らすマカエンセたちの濃密な人間関係をコミカルに表現したパトゥア語の歌である。実はこの歌は、一九四四年にポルトガルで公開されたスペイン映画『十二組のハネムーン』に主演したポルトガル人歌手ミルーが劇中で歌った「これぞリスボン」（Lisboa é Assim）のカバー曲で、原曲の歌詞をたくみに転用しながら、リスボンの下町とどことなく似ているマカオの風景の特徴を表現している。

「ああ、マカオよ」（Macau）はポルトガル人に神の御名の街と名づけられ、かつて東アジアのキリスト教布教の拠点となったマカオへの深い愛を詠った短い詩である。作成年は不明であるが、中国返還がまだ公表されていなかった時代の作品であると思われる。

「マカオ　花咲く春」（Macau e a Primavera Florida）、「マカオとの別れ」（Adios di Macau）、「マカオの甘いことば」（Dóci Papiaçám di Macau）はいずれも中国返還が公表された中葡共同声明の二年後、マカオの中国返還の十年前（一九八九年）に書かれた作品である。マカオのポルトガル人子孫として、近い将来にマカオがポルトガル領でなくなってしまうことへの悲しみと不安が複雑に入り混じった感情がこの三作品にはそれぞれ異なる形で表現されている。「マカオ　花咲く春」では、春という明るい季節を背景に、やや楽観的で前向きな気持ちが表されているが、一転して「マカオとの別れ」では、悲劇的な感情がほとばしっている。そして「マカオの甘いことば」では、マカオに存在するさまざまな甘い食べものを羅列しながら、「甘い」すなわち「優しい」マカエンセの言葉（パトゥア語）について語り、彼らの伝統のひとつであったパトゥア語が時代の流れとともに消失していくことを淡々とした語り口で予言している。

最後の「変わりゆくマカオ」（Macau Modernizada）は中国返還を前に猛スピードで整備されていくマカオの街を詠った詩で、作成年は不明であるが、おそらく前三作品と同時期に書かれたものであろう。実際にマカオは彼の死後、世界有数のカジノの都へと大きな発展を遂げていくとともに、古き良き伝統を失っていくことになるのだが、それをどこか冷めた目で予見しているようにも思われる作品である。】

これぞマカオ

古い軒先から
洗濯物を干している
狭い路地の階段
窓辺には花
娘たちが歌う
温かいパン
パン屋のおやじが大声で叫ぶ
太陽は高くのぼり
鉄くず集めの男がその下を歩く
これぞマカオ
ギア灯台で笑い話をして
マリア二世要塞まで走っていく

すぐ新馬路（サンマーロ）（アルメイダ・リベイロ大通り）に着く
狂ったように急ぎながら
みんなが話してる
チュナンベイロ通りからリラウ広場まで
マカオが広いなんて言う人はいるの？　誰が言ったの？
私たちはそうじゃないと思うよ

「顔見知りの娘」に会いたさに
誰かが早朝こっそりと
バーラ広場からポルタス・ド・セルコ（出入境ゲート）まで行ったらしい
噂好きの男が
まだ太陽が高いうちに窓を開け
一階まで走り降りていく
早く噂話を小耳にはさむために
悪口が始まる、みんなこんなふうに走ってくる
今度は家の中で誰が逃げなきゃいけないのかな？（注）

（パトゥア語による詩、一九六八年）

（注）マカオ半島南端、媽閣廟の前にあるバーラ広場近くに住むある男が、愛人と逢引きするためにこっそり半島北端にある出入境ゲートまで行く。用意周到に事を済ませたつもりでも、狭いマカオのこと、必ず誰かの目に触れて、あっという間に噂が広まる。さて今度は誰の番？とシニカルに詠いながら、マカエンセ・コミュニティの濃密な人間関係を解説している。

ああ、マカオよ

私たちの国、ポルトガルの人々が見いだした土地
恵まれた土地、守られてきた土地
安らぎと、住まいとなる屋根と、心の平穏を求める者すべてに
門戸を開いてくれる

多くの魂を洗う聖水盤の水
キリストの愛であふれた家庭
明るく輝く光は文明の光
あなたの価値がどんなものか、誰が計ることができようか?

雨の日も、晴れの日も、あなたは神に祝福されている
優しさと、クリスタルのような美しさを持ち

絶望してやってくる者に、パンと寝床を与えてくれる
汝、マカオよ、ポルトガルの庭よ
神によって種がまかれた世界のこの場所で
汝ほど誠実な者はほかにいない！

（パトゥア語による詩、作成年代不明）

ペーニャの丘に建つ聖堂とフェレイラ・ド・アマラル総督像（1970年代）
Ermida da Penha e Estátua de Ferreira do Amaral, década de 1970
〔写真提供〕カルロス・ディアス
Photo courtesy of Carlos Dias

マカオ　花咲く春

さわやかな花咲く春
こんなにも甘い夜明けに始まる春
愛する母なる地の空から始まる
マカオから優しさが運ばれていく
その懐かしくあたたかい抱擁から
それはかわらぬ忠誠のあかし

いくつもの高潮や荒波に堪えて
マカオは今もなおここにある
そして信仰の心は強く堅固だ
もっとも痛ましい苦境のときにも
ここには希望がある

われわれの祈りを神は聞き届けてくれる

私は涙する、そうだ、しかし信仰は褪せることはない
私は心の痛みに苦しむ、しかし希望を捨てずに生きている
なぜなら、この地は聖なる地
そして奇跡が望まれるのに値する地であるからだ

秘密のメッセージを乗せたそよ風が
君に告げる、この詩が消えゆくことを
そして空に向かって言っておくれ
私がどんなに郷愁にひたるのを恐れているかを

そして汝ら、千もの種から生まれた花たちは
ふさわしくその身を飾り
果樹園の中で純白の花を咲かせるだろう
悲しみにくれた心は
風にあおられ落ちてくるが

忘却のかなたに消えていく
人々の記憶は消え去っても
春よ、汝は永遠なのだ
汝の若々しさはすべてを包みこみ
こうしてあたたかな栄光がつくられる
キリストの血、汝を生んだ母国は
汝に誠実であった
汝に神のご加護を！

（一九八九年五月）

マカオとの別れ

マカオはもうすぐ別れを告げる
すべての子どもたちに、ポルトガルに、心から愛した人たちに向かって
マカオを心のよりどころにしている人たちは深い悲しみにくれるだろう
その声は喉もとでかすれて出なくなってしまうだろう
彼らがマカオに別れの言葉を言おうとするその瞬間に
おお！　なんて残念なことだろう、我らがマカオよ！
なんて苦しいことだろう、おまえが行かねばならないことを
私たちの生活から出て行かねばならないことを
私たちのポルトガルについて行かずに生きていかねばならないことを知るということは
私たちはおまえに行ってほしくない、おまえ自身も行きたくはないだろう……
しかし私たちは誰なのだろう、権力の強い人々がいるこの世界の中で
私たちは何なのだろう、過酷な波が打ち寄せるこの海の中で

残されているのはあと十年、わずか十年
時はあっという間に過ぎ、その時間の後ろをすべてが早く滑るように過ぎていく
一日一日が過ぎていく、週が終わり、新しい週が始まり、またひと月が、新しい年が
すべてが一回のまばたきの間に走り去っていく
すべてが群れになってあっという間に過ぎていく
空を飛ぶツバメたちのように
悲しみだけが私たちを苦しめる、私たちが一番望むものを失う心の痛み
その悲しみはすぐには過ぎ去ることはないだろう

神が恵みを与えた信仰の地に
マカオのいのちは芽吹いた、四百年以上前に
世界の果ての地に、巨人の足の片隅に
マカオは生まれ、そして育っていった
いつもポルトガルの娘として、常にキリストの愛にあふれ
従順なるマカオは献身の心で神に仕え、高貴な心で祖国に尽くした
祖国の子どもたちは勤勉な日々を過ごし、その人々は逆境に耐えた

そして祖国を大きくしたのだ！
あまりに大きくなり渇望された土地になった
何本の慈悲深い花が咲かなかったというのだろう、愛で耕されたこの庭で
いくつの称賛に値する努力が忍耐とともになされなかったというのだろう
神の栄光のために、国の威信のために
地獄のような戦乱のときも、静かな平和のときも
マカオは世界の心を耕した、純潔なる精神とともに、永遠の善良さとともに
何度となく扉は開かれた、絶望し、安らぎを求め
避難する宿と飢えを癒すための米の椀を求めて
やってきた人々を迎え入れるために
マカオよ、お前は常に火を灯したろうそくが置かれたあの祭壇だ
そのろうそくは暗闇に取り残されたたくさんの魂に、すみやかに光を与えた
マカオ！　それは聖母マリアが慈愛をもって見つめる街
奇跡の洗礼者ヨハネが貪欲な手から解放されるのを助けた街
それはポルトガル国王によって忠実な街と呼ばれた街
聖なる神の御名に値する街

「神の御名の街、これより忠実な街は他にあらず」(注)

手を離れる悲しきとき
いくつの瞳から涙が流れないというのだろう?
いくつの心が破壊されて地に堕ちることはないというのだろう?
おとなしい子羊のように、マカオは祖国から他人の手に渡っていく
庭に種まかれたすべての花、すべての穏やかな木陰
海にうかぶ船を導く灯台、私たちの心を照らす教会
モンテの丘、ペーニャの丘、ギアの丘、リラウ広場、聖ティアゴ要塞
聖パウロ天主堂の前壁に至るまで
すべてが悲しみにひたりながら静かに、苦悩に沈んだ心で渡されていくのだろう

しかしこのことははっきりしている
まばゆいばかりの太陽の光、木々の優しいみずみずしさ、あどけない小鳥たちの歌声
そして甘美な月の微笑みは、他者の手に渡ることはないだろう
なぜって?　それらは神がつくりたもうた
生きとし生けるものに等しく与えられた宝だから

それはこの世のいかなる権力者でさえも
独占することはできない宝
権力によって誰かの手から他者の手へと
渡されることはない宝

あとわずかだ、ここに、そして遠くで生きているすべての愛する子どもたちに
マカオが別れを告げるまで
悲しみの涙はひどい味がする
それは苦い、胆汁の何倍も苦い
友たちよ、おまえたちはもう十分泣いた、もうこれ以上泣くな
おまえたちは海のような涙を流すことができる
でも誰もそれに関心を示さないだろう……
そんなものだ……せわしないこの世界で、すべてが機械化された世界で
いったい誰に、お前たちが泣いている姿を見る暇があるというのだろう?
暗黒が訪れる前に、祭壇のろうそくに火を灯すのを忘れるな、硬い床にひざまずいて
聖母マリアにもうひとつの恵みを望むのだ、私たちの心のマカオのために
「善意の女王なる神の母よ

天よりわれらに投げし汝の優しきまなざしよ
マカオを守り続けよ
そしてマカオがキリストの教えの地としての栄光と
神の御名の街と呼ばれる喜びを持ち続けることを
どうか許してほしい！」

マカオに別れを告げるとき、私たちはそれ以上に何ができるだろうか？
（パトゥア語およびポルトガル語による詩、一九八九年六月）

（注）ポルトガルは一五八〇年、王位継承問題からスペイン王フェリペ二世によって併合され、スペイン併合時代は以後六十年間続いた。一六四〇年、ポルトガル国王ジョアン四世はスペインから再独立を達成し、マカオの街に対し、長年ポルトガルに忠誠を尽くしていた栄誉をたたえ、「神の御名の街マカオ、これより忠実な街は他にあらず」（Cidade do Santo Nome de Deus de Macau, Não Há Outra Mais Leal）という正式名称を与えた。以後、マカエンセ・コミュニティは、マカオの街を「神の御名の街」「神に祝福された街」などと自称するようになった。

マカオの甘いことば

私たちが住んでいるこの世界には
とっても甘いものがたくさんある
なんと幸運なことだろう！
もし甘いものがなかったら
みんな苦いものをのどに流し込んで
死んでしまうだろうから

お砂糖は甘い
はちみつ入りの牛乳も甘い
私たちがかじるサトウキビから作る
石のように固い砂糖の塊のジャグラ（片糖）も甘い（注一）
わたしたちがもいで食べる

ベビンガ・レイテ

熟したいろんな種類のフルーツも甘い

ベビンガ・レイテは甘い
コケイラ、ボーロ・ナタ、ラドューも甘い
「新婦の髪の毛」というケーキだって甘い
卵の飴とトッチャも甘い
ムチ・ムチ、ビチョ・ビチョ、バジー、ドドル、ゴイアヴァーダも甘いよ（注二）

アルアーも、ファルティも、コスコランも
ゼリーが付いた焼きプリンも甘い
甘いといえば、ボーロ・ミニーノ
フラ・フラ、エンテーナ・ポードレにいちじくのシロップ
トウガンのジャムと一緒に食べる卵黄のお菓子も甘い（注三）

月餅も甘いし
ボーロ・ウンビーゴもやっぱり甘い
アーモンドぜんざいも、あずきのお菓子も

バジー

さまざまなマカオのスイーツ
〔写真転載〕Carlos Alberto Anok Cabral (2013) *Comê qui cuza? 食乜野？What to Eat?*, Macau: Agência Comercial Seng Kung.

黒ゴマのお汁粉も、オンディ・オンディもチャ・チャも
胡桃のお汁粉と一緒に食べる豆乳プリンも甘い（注四）

マカオにはもっと甘いものがある
甘いことばを口にする人たち
そのことばはあなたたちを満足させるだろう
甘い視線を持った人たち
唇に甘い微笑みを浮かべて
あっという間にあなたたちの心を楽しくさせる……

わたしたちのマカオの過ぎ去った時代は
甘い思い出の海のようだ！
昔の人々の神への信仰は甘く優しく
ポルトガルに対して四百年もの間持ち続けてきた
敬意を持った愛情もまた、甘かった

マキスタ、すなわちマカエンセのことばも甘い

焼きプリン

月餅

わたしたちの先祖が使っていたことば
ひいおじいちゃんからおじいちゃんへ
ひいひいおじいちゃんからひいおじいちゃんへ伝えられてきた
そんなことばを、私たちは今こう呼ぶ
「マカオの甘いことば」と！

そのことばは口から甘い声で発せられ
耳に入り、脳へと昇ると
今度は下りてきて、心の中にとどまる
羽ペンから飛び出した甘いことばは
紙の上に書かれると
それを読む人の心を甘くする

あんなにたくさんあったマカオの甘いものは
いつかはきっとなくなってしまうだろう
年月は過ぎ去ってしまう、あっという間に
今生きているみんなは

チョコレートケーキ

ジュネッテ

肝に苦いものを抱えていても、口にすることは甘い
そんな人たちも、ひとりずつ逝ってしまうだろう
わたしたちの孫たちの、そのまた孫の、そのまた孫の心に
いったい最後には何が残るのだろう?
甘い思い出とともにサウダーデ（注五）が広がる
一番良かったあの時期を懐かしんで
親愛なる人々たちを懐かしんで

かつてマカオで話されていた古いことばも
きっと消えていくのだろう
なんて残念なことだ!
いつか、ずっと先のこと
子供たちは両親にこう尋ねるだろう
ねえ、「マカオの甘いことば」（注六）って
結局、いったい何なの?ってね

（パトゥア語による詩、一九八九年一月）

（注一）サトウキビの絞り汁を煮詰めて撹拌し、板状にした黒砂糖の一種。主に中国で甘味調味料として用いられる。

（注二）この節で紹介されているのはすべてマカエンセ・コミュニティに伝わる伝統菓子で、マカオ以前にポルトガル人が定住していたゴア（インド）、マレーシアに起源を持つものが多い。

ベビンガ・レイテ（Bebinga-lête）ベビンカ・ディ・レイテともいう。ココナッツミルク風味のプディング。マレーシア発祥の菓子。

コケイラ（Coquéra）一口大のココナッツの柔らかいタルト。ゴアにも同様の菓子がある。

ボーロ・ナタ（Bôlo-nata）日本では「エッグタルト」の名称で知られるポルトガル発祥のカスタードパイ。

ラドゥー（Ladú）もち粉、片糖、松の実、ココナッツ、豆粉で作る菓子で、外見も味も日本のきな粉餅に似ている。

新婦の髪の毛（Cabêlo-noiva）ポルトガルの卵黄菓子、フィオ・デ・オーヴォス（Fio de ovos）が発祥とされる。結婚式のパーティに好んで作られた。日本にも南蛮菓子のひとつとして伝えられ、「鶏卵そうめん」の名で知られる。ここではバター・米粉・片糖から作る菓子「バルバ（barba, 髭の意味）と付け合せて」と書かれている。

卵の飴（Robuçado di ôvo）卵黄、砂糖、バターだけで作る柔らかいキャンディ状の菓子。

トッチャ（Tócha）ポルトガルの修道院で作られていた卵黄菓子が発祥とされる。フィオ・デ・オーヴォス（前述）を細長く固め、砂糖の衣をつけた菓子。

ムチ・ムチ（Múchi-múchi）ココナッツ、豆粉、ゴマ、米粉から作る、クリスマス時期に食べる菓子。

ビチョ・ビチョ（Bicho-bicho）小麦粉・砂糖・卵黄を使ったクッキーのような揚げ菓子。

バジー（Bagi）ココナッツミルクを使ったライスプディング。

ドドル（Do-dol）米粉、ココナッツミルク、片糖、カシューナッツで作るゴア（インド）発祥の菓子。

ゴイアヴァーダ（Goiavada）グアバを砂糖と一緒に煮こみ、ペースト状にしたもの。

（注三）この節で紹介されているものもすべてマカエンセ菓子である。
アルアー（Alua）もち粉、ココナッツ、片糖、アーモンド、松の実、バターを使ったゴア（インド）発祥の菓子。賞味期間が長い。スライスして食べる。クリスマス時期に幼子イエスの床に見立てて食される。

ファルティ（Fárti）ココナッツ、松の実、アーモンド、クローブ（丁子）を細かくつぶしたペーストを中に入れて焼き上げたクッキー。クリスマス時期に幼子イエスの枕に見立てて食される。

コスコラン（Coscorám）中国語では「風車揚げ」と呼ばれる。薄く延ばした生地を風車のような形に揚げて砂糖をまぶしたもの。クリスマス時期に幼子イエスのシーツに見立てて食される。

ボーロ・ミニーノ（Bôlo-minino）ココナッツ・松の実・アーモンドなどのナッツ類や豆粉をふんだんに使い、表面をバターとグラニュー糖で白く飾り付けたパウンドケーキ。

フラ・フラ（Fula-fula）米とピーナッツから作る一口大の菓子。

エンテーナ・ポードレ（Enténa-pôdre）ポルトガル人がアジアへの長い船に携帯したといわれる、シナモンやアニスなどの香辛料を多く用いたボーロ・ポードレ（Bolo podre）を発祥とするパウンドケーキの一種だと思われる。

（注四）この節ではポルトガルおよびマレーシア発祥の菓子と、広東地方に伝統的に伝わる甘味が紹介されている。
ボーロ・ウンビーゴ（Bôlo-umbigo）詳細は不明だが、ポルトガル語で「おへそのケーキ」を意味することから、中央を窪ませて作るケーキであると思われる。

オンディ・オンディ（Óndi-óndi）マレーシア発祥の、ココナッツで作る団子状の菓子。

チャチャ（Chá-cha）ココナッツミルク、タロイモ、タピオカ、片糖を使った甘い粥。マレーシアのニョニャ料理発祥とされる。
（注五）サウダーデ（saudade）は「失ってしまった大事な人や事物に対して抱く懐かしさや哀しみ」を表すポルトガル語独特の言葉。
（注六）パトゥア語で「マカオの甘いことば」を表すドスィ・パピアサン・ディ・マカウ（Dóci Papiaçám di Macau）は、一九九三年に立ち上げられたパトゥア語劇団の名前になっている。

変わりゆくマカオ

今のマカオには、トンネルができている
ギアの丘の下に
たくさんの車がまるでトンボのように
一日中トンネルを行き来している

澳門外港（ポルト・エステリオール）（フェリーターミナル）に入ると
すぐにフローラ地区になる
町はずれに新しい道がつくられて
今はみんな満足だ

聖フランシスコ要塞の近くでも
上へ上へと道がつくられている

住民たちはそれを見てびっくりさ
まるで月に住んでるみたいだと

街中に大きな屋敷が建てられて
どこの街角にも公園がある
たくさんお金を払いさえすれば
まるで中国の大官のような暮らしができる

もうすぐ空港もできるらしい
私たちの島、タイパのあたりに
そこには遠い国々から飛行機がやってきて
ここからも遠くまで飛んでいくことになるだろう

私たちのマカオはこんなに便利になって
ポルトガルへと旅立つ人たちは
これから橋を一本渡るだけで行けることになる
香港までわざわざ行く時間がはぶけるのさ

ビルが林立する現在のマカオ
〔写真〕筆者撮影（2014年）

コロアネ島の九澳の海に水深の深い港もできるそうだ
そこであれば世界中から簡単に出入港ができるだろう

マカオ本島とタイパ島の間には一本の橋がかけられているが
もうすでにそれだけでは不十分になっていた
それで誰も泳いで渡らずに済むように
もう一本の橋がかけられるそうだ

道にあふれていたごみもなくなるだろう
マカオの街の衛生を保つために
政府がようやく思い立ったのだ
すべてのごみを処理する焼却炉をつくることを

香港に上客を運んでいた旧式の「フェリーボート」も
今は使われなくなり
船の汽笛はもう鳴らされることはないだろう

1974年に開通したマカオ半島とタイパ島を結ぶ最初の橋、
ノブレ・デ・カルヴァーリョ総督橋の建設風景（1973年ごろ）
〔写真提供〕マカオ観光局

これからは香港に行く者は
「ジェットフォイル」なる乗り物の中で満足を味わうだろう
「ジェットフォイル」はすごい速さで出発し
同じく高速で向こうに着くのだから

もっと早く着きたければ
ヘリコプターの座席を予約するといい
値段はべらぼうに高いだろうが
飛んでいくのも楽しいだろう

こんなに近代化されたマカオに
誰が住みたくないと思うだろうか？
進歩を続ける土地、でもここには哀しみがあり、そこには混乱がある

（ポルトガル語による詩、作成年不明）

おわりに

本書では、二十世紀前半のマカオにポルトガル人子孫として生まれ育ち、その後、作家、ジャーナリスト、歴史記述家、詩人として活動した四人のマカエンセが、ポルトガル語を用いて描いた当時のマカオ社会のさまざまな様相を、十八編の作品を通してご紹介してきました。

本書出版のきっかけは二〇一四年、それまでの私のマカエンセ研究の成果をまとめた初めての著書、『ポルトガルがマカオに残した記憶と遺産―「マカエンセ」という人々』（上智大学出版）の中で、彼らの人生と作風、そして数作品のあらすじを解説したことでした。当時はこの本に掲載したジョゼ・ドス・サントス・フェレイラ（アデー）の二つの詩作品以外に翻訳したものはなく、漠然と、いつの日か、彼らの作品にフォーカスを当て、海外文学のひとつとして紹介したいという夢を持っていました。

そして、その夢は予想外に早く実現することになりました。

まず、二〇一四年秋学期から、上智大学外国語学部ポルトガル語学科三・四年生の必修選択科目総合ポルトガル語の中で、マカエンセ文学の講義を担当することになったのです。当時、同学科の二年生が秋学期に履修する必修科目「アジアとポルトガル語圏」（輪講）で数回授業を担当し、マカオの歴史やマカエンセについて解説する機会はありましたが、独立した科目としてマカエンセ文学を紹介する機会はこれが初めてのことでした。

そこで、マカエンセ作家の第一人者であるエンリケ・デ・セナ・フェルナンデスの第一作『ア・チャン、舟渡しの女』を講読することにしたのですが、さっそく頭を悩ますこととなりました。授業では最初にポルトガル語の原文を読み、日本語に翻訳する作業が必要になるのですが、作品で使用されているポルトガル語の単語や文章表現が非常に独特であるため、それを一般のポルトガル語に言い換えたり、日本語で補足説明をしたりする必要が多いことを実感したのです。そしてその特徴は、セナ・フェルナンデスに限ったことではなく、他のマカエンセによる文章にも共通するものでした。

彼らのポルトガル語の文章がどう「独特」なのかというと、全体的に古いポルトガル語の語彙（ボキャブラリー）が好んで使われている点、そして、一般的に難解であると評されるポルトガル文学の流れを汲み、婉曲的な文章表現や一文が長い文章構成が非常に多い点が挙げられます。そのため、どの作品にも堅苦しく形式ばった文体が目立ち、総じて読みづらい印象を与えます。さらに、それまでブラジルのポルトガル語を中心に学習してきたポルトガル語学科の受講生にとって、ポルトガルで使われるポルトガル語の語彙や文法表現は目新しく、かつ難解なものが多く、講読する以前に、原文翻訳の時点で困難にぶつかる場面が多く見られました。また、『ア・チャン、舟渡しの女』のような中編作品の翻訳と講読に挑戦することは、読み切ったという読後の満足感は得られるものの、他の作品に触れることができないという欠点もあり、初年度にはさまざまな反省点が残りました。

そこで翌年以降は、まず、限られた授業回数の中でなるべく多くの作品に触れることができるように、ルイス・ゴンザガ・ゴメスによるマカオの歴史記述作品、デオリンダ・ダ・コンセイサォンの短編作品を取り上げることにしました。加えて、事前に作品の「独特なポルトガル語」の詳細な解説や時代背景に関する資料を受講生に配布してから講読を始めると、作品の内容理解がぐっと深まり、それとともにもっと多くの作品に触れたいという意欲が感じられるようになりました。開講三年目の二〇一六年にはセナ・フェルナンデスの長編小説『魅惑的な三つ編みの娘』も取り上げ、ふたりの主人公のバックグラウンドを紹介している第一章と第二章を抜粋訳で講読すると、授業終了時に「彼らの恋のゆくえをぜひ読んでみたい」という感想が多く寄せられました。

三年間の授業を通して、多くの受講生から「ポルトガル語を翻訳する作業は確かに骨が折れるけれど、マカエンセによる文学という、これまで接したことのない新しいジャンルに触れ、ポルトガル語という〈西洋〉の言葉を用いながら、マカオという〈東洋〉の社会を描いているマカエンセならではの世界観に触れるのは楽しい経験だった」という肯定的な意見を得たことは、担当教員として何より嬉しいことでした。

そして、彼らの言葉に背中を押され、授業で取り上げた作品を中心に、四名のマカエンセによるアンソロジー〈文学選集〉の出版を企画しました。そのうちの一人、ジョゼ・ドス・サントス・フェ

●おわりに

レイラ（アデー）の作品からは、あえて現在はユネスコ指定の世界消滅危機言語のひとつに登録されているパトゥア語（ポルトガル語系クレオール語）の詩を数編選び、マカエンセの友人たちの助けを借りながら翻訳に挑戦することにしました。

数か月後、同企画が無事採用され、三年前の夢が叶うことになりましたが、実際に出版準備を開始すると、さまざまな困難に直面することとなりました。出版にあたり、新たに二百ページ以上のポルトガル語原文の翻訳をおこなう作業に多くの時間を費やしたのはもちろん、前述のような「独特」な文体で書かれている作品を翻訳する際、日本語で読むと非常に読みづらい文章になったり、冗長になってしまったりする箇所が多々ありました。そこで、いったん全訳をした後に、訳者なりの解釈で文章を改変・付加・省略するという編集作業をおこなわねばなりませんでした。しかし同時に、作者の作風や作品に込められた思いを限りなく忠実に表現したいと思う気持ちもあり、読み返しては書き直すという作業が続いてしまいました。結局、最初に準備していた原稿を校正の段階で大幅に変更・加筆することになり、編集者の方々に多大なる負担を強いてしまったことを申し訳なく思っています。

また、本書では、作品に合わせ、各作者の人生や、当時のマカオとマカエンセの状況がよくわかるような写真などをなるべく多く掲載したいと思っていましたが、古い資料を収集し、掲載許可を得る作業にもかなりの時間と労力を必要としました。

こうして企画から約一年後の今、本書を出版できる運びとなり、これ以上の幸せはありません。

本書の出版にあたっては、多くの方々のご協力と励ましをいただきました。

まず、これらの作品の「最初の読者」になってくれた、かつての教え子の皆さんに感謝します。皆さんの言葉に後押しされたことがきっかけで、この本が生まれました。

次に、本書を彩る写真を無償で提供してくださった多くの方々に御礼申し上げます。表紙を飾る美しい写真は、マカオ在住の写真家カルロス・ディアス氏の作品です。かつてのマカオの風景写真はディアス氏のほか、ジョルジェ・S・アルヴェス氏、ルイ・シモンエス氏、アントニオ・M・J・ダ・シルヴァ氏、ジョゼ・イト・カリオン・ジュニオール氏から、マカエンセ伝統料理の写真はカルロス・カブラル氏から使用許可をいただきました。また、海外在住の方々との交渉の窓口として、マカオ国際研究所理事のルフィーノ・ラモス氏に大変お世話になりました。マカオ観光局日本地区マーケティングリプレゼンタティブからは、新旧マカオの風景や広東オペラの写真を多数ご提供いただきました。四名の作者のプロフィール写真を紹介するページでは、エンリケ・デ・セナ・フェルナンデスの長男ミゲル・デ・セナ・フェルナンデス氏、デオリンダ・ダ・コンセイサォンの三男アントニオ・コンセイサォン・ジュニオール氏、マカオ国際研究所、マカオ基金会が快く写真掲載を許可してくださいました。『魅惑的な三つ編みの娘』を映像化した蔡安安氏からも、映画「大辮子的誘惑」のポスターや映像写真の掲載許可をいただきました。

そして、出版に至るまでの長い期間、常にかたわらで私を励ましてくれた夫・日置圭一と息子の勇太、両親に心から感謝の言葉を送ります。特に通訳・翻訳のプロである夫には多くの面でアドバイスを得ました。

最後になりましたが、海外文学が読まれなくなっていると言われる昨今、日本ではほとんど知られていない「マカエンセ」というエスニック・マイノリティによって書かれた文学作品の出版企画を採用してくださった上智大学出版と、編集作業で大変お世話になった株式会社ぎょうせいの皆さまに深く感謝しています。ありがとうございました。

マカエンセの人々が、これからもずっと、彼らの素晴らしい伝統文化を引き継ぎ、紡いでいくことができますように。

二〇一七年九月

おだやかな初秋の朝、東京にて

内藤　理佳

dos Macaenses.
LEMOS, Lúcia and YAO, Jing Ming (2004) *Fragmentos - O Olhar de Henrique de Senna Fernandes*, Macau: Instituto Internacional de Macau / Fundação Jorge Álvares.
MARREIROS, Carlos (1994) *Adé dos Santos Ferreira - Fotobiografia*, Macau: Fundação Macau.
SILVA, António M. Jorge da (2016) *Macaense Cuisine - Origins and evolution*, Macau: Instituto Internacional de Macau.
RANGEL, Jorge A.H. (2007) *Mosaico Volume VI, No centenário de Luís Gonzaga Gomes*, Macau: Instituto Internacional de Macau.
SENNA FERNANDES, Miguel and BAXTER Alan Norman (2001) *Maquista Chapado- vocabulário e expressões do crioulo português de Macau*, Macau: Instituto Internacional de Macau.
SENNA FERNANDES, Henrique de and translated by BROOKSHAW David (2004) *The Bewitching Braid*, Hong Kong: Hong Kong University Press.

内藤理佳（2014）『ポルトガルがマカオに残した記憶と遺産―「マカエンセ」という人々』上智大学出版
目崎茂和（1998）『図説　風水学―中国四千年の知恵をさぐる』東京書籍
瀬川千秋（2002）『闘蟋―中国のコオロギ文化（あじあブックス）』大修館書店

マカオ観光局日本地区マーケティングリプレゼンタティブ
jp.macaotourism.gov.mo/

「パイナップルの井戸」O poço dos ananases
GOMES, Luís Gonzaga (1996) *Curiosidades de Macau Antiga*, 2.ª edição, Macau: Instituto Cultural de Macau.

第四章　ジョゼ・ドス・サントス・フェレイラ（通称アデー）
José dos Santos Ferreira (Adé)
「これぞマカオ」 Macau sã Assi
SANTOS FERREIRA, José dos (1996) *Macau sã Assi*, Dialecto Macaense Poemas, Obras Completas Volume V, Macau: Fundação Macau.

「ああ、マカオよ」Macau
「変わりゆくマカオ」Macau Modernizada
SANTOS FERREIRA, José dos (1996) *Macau di Tempo Antigo*, Dialecto Macaense Poemas, Obras Completas Volume III, Macau: Fundação Macau.

「マカオ　花咲く春」Macau e a Primavera florida
「マカオとの別れ」Adios di Macau
「マカオの甘いことば」Dóci Papiaçám di Macau
SANTOS FERREIRA, José dos (1990) *Dóci Papiaçám di Macau*, Colecção Poetas de Macau 1, Macau: Instituto Cultural de Macau.

《参考文献》

CABRAL, Carlos Alberto Anok (2013) *Comê qui cuza?　食乜野？ What to Eat?*, Macau: Agência Comercial Seng Kung.
GOMES, Luís Gonzaga (2010) *Páginas da História de Macau*, Macau: Instituto Internacional de Macau.
JORGE, Cecília (2004) *À Mesa da Diáspora – viagem breve pela cozinha macaense*, Hong Kong: APIM - Associação Promotora da Instrução

原作および参考文献

《原作》

第一章　エンリケ・デ・セナ・フェルナンデス Henrique de Senna Fernandes

「ア・チャン、舟渡しの女」 A-Chan, a Tancareira

SENNA FERNANDES, Henrique de (1997) *Nam Van - Contos de Macau*, 2.ª edição, Macau: Instituto Cultural de Macau.

「魅惑的な三つ編みの娘」A Trança Feiticeira

SENNA FERNANDES, Henrique de (1993) *A Trança Feiticeira*, 1.ª edição, Macau: Fundação Oriente.

第二章　デオリンダ・ダ・コンセイサォン　Deolinda da Conceição

「チョン・サン（チャイナドレス）」Cheong-Sam

「クァイ・ムイの夢」O Sonho da Cuai Mui

「リン・フォンの受難」O Calvário de Lin Fong

「施し」A esmola

CONCEIÇÃO, Deolinda da (2007) *"Cheong-Sam"-A Cabaia*, 5.ª edição, Macau: Instituto Internacional de Macau.

第三章　ルイス・ゴンザガ・ゴメス　Luís Gonzaga Gomes

「マカオのさまざまな名称」Os diversos nomes de Macau

「マカオの風水」O Fong Sôi de Macau

「悲恋のものがたり」Mal-aventurados amores

GOMES, Luís Gonzaga (1994) *Macau Factos e Lendas*, 3.ª Edição, Macau: Instituto Cultural de Macau.

「バーラ廟（媽閣廟）の伝説」A lenda do Templo da Barra

「コオロギ相撲」Combates de grilos

内藤理佳（ないとう・りか）

神奈川県生まれ。
上智大学外国語学部ポルトガル語学科卒、
放送大学大学院総合文化プログラム修了。
現在、上智大学外国語学部ポルトガル語
学科非常勤講師。
主な著書に『ポルトガルがマカオに残した記憶と遺産―「マカエンセ」という人々』（上智大学出版、2014年）。

マカエンセ文学への誘い（いざな）
―ポルトガル人子孫によるマカオ二十世紀文学―

2017年10月30日　第1版第1刷発行

翻　訳：内　藤　理　佳

発行者：髙　祖　敏　明

発　行：Sophia University Press
上　智　大　学　出　版

〒102-8554　東京都千代田区紀尾井町 7-1
URL：http://www.sophia.ac.jp/

制作・発売　㈱ぎょうせい

〒136-8575　東京都江東区新木場 1-18-11
TEL 03-6892-6666　FAX 03-6892-6925
フリーコール　0120-953-431
〈検印省略〉　URL：https://gyosei.jp

印刷・製本　ぎょうせいデジタル㈱
ISBN978-4-324-10262-6
（5300266-00-000）
［略号：（上智）マカエンセ文学］

Sophia University Press

上智大学は、その基本理念の一つとして、

「本学は、その特色を活かして、キリスト教とその文化を研究する機会を提供する。これと同時に、思想の多様性を認め、各種の思想の学問的研究を奨励する」と謳っている。

大学は、この学問的成果を学術書として発表する「独自の場」を保有することが望まれる。どのような学問的成果を世に発信しうるかは、その大学の学問的水準・評価と深く関わりを持つ。

上智大学は、(1) 高度な水準にある学術書、(2) キリスト教ヒューマニズムに関連する優れた作品、(3) 啓蒙的問題提起の書、(4) 学問研究への導入となる特色ある教科書等、個人の研究のみならず、共同の研究成果を刊行することによって、文化の創造に寄与し、大学の発展とその歴史に貢献する。

Sophia University Press

One of the fundamental ideals of Sophia University is "to embody the university's special characteristics by offering opportunities to study Christianity and Christian culture. At the same time, recognizing the diversity of thought, the university encourages academic research on a wide variety of world views."

The Sophia University Press was established to provide an independent base for the publication of scholarly research. The publications of our press are a guide to the level of research at Sophia, and one of the factors in the public evaluation of our activities.

Sophia University Press publishes books that (1) meet high academic standards; (2) are related to our university's founding spirit of Christian humanism; (3) are on important issues of interest to a broad general public; and (4) textbooks and introductions to the various academic disciplines. We publish works by individual scholars as well as the results of collaborative research projects that contribute to general cultural development and the advancement of the university.

Convite à Literatura Macaense:

A Literatura de Macau em língua portuguesa no século XX
por autores luso-descendentes

published by
Sophia University Press

production & sales agency : GYOSEI Corporation,Tokyo

ISBN 978-4-324-10262-6
order : https://gyosei.jp